Ep.8 —Gunsmoke

[글] **아사토 아사토**

[일러스트] **시라비**

[메카닉 디자인] **I-Ⅳ**

86

—에이티식스—

A call from a sea.
Their soul is driven mad.

[EIGHTY
SIX]

ASATO ASATO PRESENTS

The number is the land which isn't
admitted in the country.
And they're also boys and girls
from the land.

에이티식스들이 선 곳을,

내가 그들을 이끄는 장소를,

나는 어느샌가, 그리고 이때까지 잊었던 걸지도 모른다.

블라디레나 밀리제 『회고록』

서장 The red dragon

"자네들이 보고해 준, 제레네 여사가 제공한 정보 말인데."

이 연방 잠정 대통령 각하는 역시 어딘가 모르게 세상 전체에 똬리를 틀고 희미하게 불길을 내뿜는 용 같다고, 세오는 생각했다.

연방 수도 장크트 예데르에 있는 에른스트의 사저, 그곳의 거실. 평소처럼 기성품 양복 차림으로 말하는 에른스트와 세오, 신, 라이덴, 앙쥬, 크레나, 프레데리카가 느긋하게 소파에 앉아 낮은 테이블을 둘러싸고 있었다.

안경 안쪽으로 보이는 검은 눈동자는 휴일의 아버지처럼 온화한데, 절대로 대륙 전체에 창궐하는 강철의 재앙을 단숨에 무력화할 수단을 손에 넣은 대국의 대통령이 보일 얼굴은 아니었다.

그렇다.

〈레기온〉을 멈출 수 있다.

정지 명령을 발신하는 비밀 사령부와 〈레기온〉을 포함한 옛 기아데 제국군의 통수권을 가진 아델아들러 황실의 혈통. 대외적으로는 제국 멸망과 함께 사라진 것으로 처리된 두 가지 열쇠만 갖출 수 있다면.

신은 제레네에게서 받은 정보를 프레데리카 본인과 그 정체를 아는 자신들 네 명에게, 에른스트에게 보고하기 전에 먼저 말했다.

그들 말고는 아무에게도 밝히지 않았다.

레나에게도.

정보는 아는 자가 많으면 많을수록 누설되기 쉽다. 안 그래도 연방 전복의 원인이 될지도 모르는 제국 최후의 여제인 프레데리카. 그 인물에게 〈레기온〉과의 전쟁을 끝낼 수 있는 유일한 열쇠, 인류를 구할 기적의 힘이라는 가치가 부여된다면.

그래도 에른스트에게는 보고할 수밖에 없다. 인류의 미래를 좌우하는 이 정보를 신의 생각만으로 감추는 것은 배신이다. 적당한 구실을 대서 장크트 예데르로 돌아가 정보를 전달하자, 에른스트는 검토한 뒤에 다시 말하겠다고 했다. 그리고 사정을 아는 군, 정부의 고관들과 며칠 동안 거듭 검토한 끝에.

"결론부터 말하자면…… 자네들은 당초 예정대로 다음 파견지로 가야겠다."

"뭐?"

원래 커다란 눈을, 프레데리카가 놀란 나머지 한층 크게 뜬다.

"이 말단 관리야, 어째서냐?! 제국의 여제인 내가 여기 있는 이상, 이제는 비밀 사령부란 것을 되찾기만 하면 된다. 그저 그것뿐인데 왜 안 된다는 것이냐?!"

"그게 어렵거든. 문제의 비밀 사령부가 어디 있는지 전혀 몰라."

프레데리카는 허를 찔린 표정을 지었다.

에른스트는 미소를 지었다.

"연방은 제국에서 영토를 포함한 많은 것을 물려받았지만, 원래는 제국을 내부에서 무너뜨린 적이야. 비밀 사령부의 위치를 적에게 알릴 리가 없지. 그 사령부에 속하지 않은 아군에게도."

그리고 제국의 군사기지인 이상 기지가 있는 곳은 옛 제국령이고, 〈레기온〉이 지배하는 영역 어딘가일 것이다. 이미 연방으로서는 적진 깊숙한 곳에 있는 후보지를 모조리 조사할 여력이 없다.

"더불어서…… 자네들의 파견지. 이쪽이 오히려 시급한 상황이지. 〈레기온〉의 두 번째 대공세. 그 전조가 자네들이 공략할 예정인 거점에서 확인되었다."

그때.

숨을 삼킨 것은 누구였을까.

대공세.

연방의 서부 전선을 붕괴 직전까지 몰아넣고, 공화국을 보자면 불과 일주일 만에 함락한, 레기온이라는 이름에서 떠오르는 물량으로 이루어진 강철의 해일이.

또다시.

"최우선으로 배제할 필요가 있지. 그리고 그와 동시에 자네들은 해당 거점에서 어느 정보를 탈취해 왔으면 해."

라이덴이 눈썹을 찌푸렸다.

"정보? 〈레기온〉 놈들한테 대체 무슨 정보를?"

"〈무자비한 여왕〉은 제국군 제레네 빌켄바움 소령. 전자가속포형의 제어계는 여제 아우구스타의 필두 근위기사. 공화국 북부, 샤리테시 지하 터미널의 발전공장형도 제국파였던 모양이야."

——제국, 만세.

생전의 마지막 외침을 되풀이하고 있었을, 발전공장형 속 얼굴도 모르는 망령.

신은 이해했다는 듯이 눈을 가늘게 떴다.

"제국파의 인간이 〈양치기〉가 되었다?"

"〈레기온〉은 원래 제국의 병기니까 이상하진 않다고 생각하는데. 연방에서 모르는 비밀 사령부도 제국파의 중추였던 사람이라면 당연히 알고 있지. 그렇다면 〈양치기〉가 된 그들의 제어계에서 사령부의 정보를 끌어내는 것도……. 뭐, 가능할지는 해 봐야 알겠지만."

〈레기온〉의 제어계는 편집증처럼 암호화 처리가 되어 있어서 지금도 해석할 수 없다.

'아무리 그래도 너무 불확실하지 않아?' 라고 세오는 생각했고, 크레나는 아예 소리 내어 말했다.

"그런 게 가능해? 〈양치기〉는 86구 전체에서도 100기 정도밖에 없었는데."

9년 동안 수백만 명이 전사했고, 그 유해를 매장할 수도 없었다. 그렇기에 전사자의 뇌 구조를 흡수한 〈레기온〉——〈검은 양〉과 〈양치기〉가 수많이 생산된 86구에서도 생전의 지성과 기억을 가진 〈양치기〉는 고작 100기 정도다. 인간의 머리를 쉽사리 깨부수는 기관총탄, 인간의 몸을 산산조각 내는 전차포탄이 오가는 전장에서는 멀쩡한 뇌를 쉽사리 손에 넣을 수 없다.

"그렇지. 그러니까 동시 진행하는 여러 조사 중 하나야. 다른 수단도 당연히 다 찾고 있지. 나와 장성들도 총지휘관기가 모두 제국파 인간들이었다고 생각하는 건 아니야."

다만 그중 한두 명은 〈양치기〉로 변했을지도 모른다.

사령부 거점처럼 중요한 곳이라면 그들 중 누군가를 배치했을지도 모른다는 이야기다.

"신 군이 있으니까 그나마 판단할 수 있겠지만, 뜬구름 잡는 이야기 같네……."

곤혹스러운 듯이 앙쥬가 천장을 바라보았다. 동료들도 비슷한 눈치인데, 프레데리카만 불안한 기색으로 에른스트와 신을 번갈아 보고, 신은 무관심한 사냥개처럼 눈을 감고 있었다.

에른스트가 웃었다.

"다만. 제국파 중에서 확실히 〈양치기〉가 되었고, 또한 비밀 사령부에 관해서도 알고 있을 전사자가 한 명 있지."

고관은 아니지만, 여제의 근위기사를 맡았던. 죽은 뒤 전자가속포형의 제어계로 거두어졌던…….

"키리야 노우젠. 이를테면 그 사령부 거점에 있는 것이 그자의 망령이라면?"

"……!"

프레데리카의 안색이 창백해졌다.

이 말에는 신의 표정도 험악해졌다. 그 전자가속포형을 격파한 것은 다름 아닌 신 자신이다.

"그는 1년 전에 내가 확실히 파괴했습니다. 〈양치기〉는 같은 망령을 토대로 다수 존재하지 않습니다. 없는 망령을 정보원으로 삼을 순 없지요."

"예비기 정도는 있지 않을까. 게다가 행여 그자가 아니라고 해도 대공세의 기점이 될 수 있는 거점이니 마땅한 지휘관을 두고 있겠지."

명백히 못마땅한 기색을 드러내며, 신은 침묵했다. 그러면 당연히 싫어하겠지.

〈양치기〉가 된 형을 두었고 그 마지막 부름을 계속해서 들은 신에게는, 기계장치의 망령이라고 해도 인간이다. 그들을 이런 식으로 정보를 캐내기 위한 부품으로 간주하는 것은 마음에 들지 않으리라.

"뭐, 아무튼. 정지 수단이라고 해도 이런 식으로 시간과 수고가 드는 일이니까, 자네가 걱정한 것처럼 프레데리카의 안전을 무시하고 지금 당장 〈레기온〉을 멈춘다, 같은 일은 시키지 않을 테니까 안심해도 좋아. 자네들에게도 사령부의 위치, 더불어서 제국파의 잔당……보다도 오히려 다른 파벌이 위험하지만. 아무튼 프레데리카의 은폐를 위한 정보 공작, 무엇보다 탈환 작전에 충분한 전력 차출의 여부. 그게 모두 완료될 때까지 작전은 실행하지 않겠어. 왜냐면……."

아이를 희생양으로 삼는 나라는, 연방이 목표로 삼아야 할 정의가 아니니까.

프레데리카가 벌떡 일어났다.

"그대의 백성들이 죽는 것을 가만히 앉아서 지켜만 보며 무엇이 정의인 게냐! 연방의 수억, 인류 전체의 수십억과 비교하면 고작 나 하나 정도는 값싼 희생 아닌가?! 왜 그걸……."

"그런 비인도적인 짓을 긍정할 바에는, 인간 따윈 멸망해버리는 게 차라리 나아."

에른스트는 차갑게 내뱉었다. 프레데리카가 놀라 얼어붙었다.

세오도 조용히 전율했다.

예전에 비슷한 말을 들은 적이 있다. 그때는 자신들 다섯 명을 처분하지 않는 이유로 댔다.

──아이를 죽여야만 살아남을 수 있을 정도라면, 인류 따윈 전 멸하는 편이 나아.

"애초에 말이지. 나는 전황을 타개하는 데 자네들 에이티식스만 이 투입되는 것도 사실은 내키지 않아. 자네들도 싸운다면 괜찮아. 자네들만 희생하는 건 안 돼. 그걸 이상하다고 여길 수 없게 되는 날이 온다면, 그때는……."

그 말을 가로막으며 신이 담담하게 말했다.

"그건 안 됩니다, 에른스트."

달빛 아래의 전장에서 조용히 빛나는, 부러지는 일 없는 칼의 고요함과 예리함, 그리고 강인함을 띠고서.

"나는 인간이 멸망하는 것을 바라지 않습니다. 그래선 내 소원이 이루어지지 않습니다. 그런 식으로 당신이 실망할 거면 멸망하는 게 낫다는 식으로 대수롭잖게 말하는 것도 불쾌합니다."

그 순간.

에른스트의 회색 눈동자와 신의 핏빛 두 눈동자가 충돌한 듯했다.

미소 짓는 듯한 어두운 회색의 공허를, 피 같기도 하고 불꽃 같기도 한 붉은색이 날카롭게 튕겨냈다.

"상황은 이해했습니다. 제어중추 노획의 명령도. 나도 이 전쟁을 얼른 끝내고 싶습니다. 하지만 당신이 인류를 없애게 놔두진 않겠습니다."

프레데리카를 희생하는 길을 택하지 않겠다고.

울음을 터뜨릴 것 같은 얼굴로 프레데리카가 입을 다물었다.

그 옆에서 침묵으로 동의를 표하는 라이덴과 미소와 함께 지켜보는 앙쥬와 살짝 끄덕이면서도 다소 불안한 눈을 한 크레나.

세오 자신의 표정은 이 거실에 거울이 없어서 알 수 없다.

하지만 왠지 알 것 같았다.

이전의 신이라면.

86구에 있던 시절이라면 그런 말을 하지 않았다. 할 수 없었다. 전쟁을 끝내고 싶다고도, 자신의 소원을 이루고 싶다고도.

그것들은 86구에는 존재하지 않는 것들이었으니까.

신은, 정말로.

그 86구를 빠져나왔구나, 라고 깨닫게 되었다.

86
—에이티식스—

A call from a sea.
Their soul is driven mad.

[Ep.**8**]

— Gunsmoke on the warter —

EIGHTY
SIX

The number is the land which isn't
admitted in the country.
And they're also boys and girls
from the land.

ASATO ASATO PRESENTS

[글] **아사토 아사토**

ILLUSTRATION/SHIRABII

[일러스트] **시라비**

MECHANICALDESIGN／I-IV

[메카닉 디자인] **I - IV**

DESIGN／AFTERGLOW

그레테

연방군 대령. 신 일행의 이해자이기도 하고, [제86독립기동타격군]의 여단장을 맡는다.

아네트

레나의 친구로 〈지각동조〉 시스템 연구 주임. 신과는 과거에 공화국 제1구에서 소꿉친구 사이였다.

시덴

〈에이티식스〉 중 한 명으로 신 일행이 떠난 뒤로 레나의 부하가 되었다. 레나의 직할부대를 이끈다.

샤나

공화국 86구 시절부터 시덴의 부대에서 활약하는 여성. 시덴과는 대조적으로 무덤덤한 성격.

리토

[제86기동타격군]에 합류한 〈에이티식스〉 소년. 과거에 신이 있었던 부대 출신.

미치히

리토와 같이 기동타격군에 합류한 〈에이티식스〉 소녀. 성실하고 조용한 성격. 입니다.

더스틴

공화국 붕괴 전 〈에이티식스〉의 처우를 비난한 공화국 학생으로, 연방에 구원된 후 자원 입대했다.

마르셀

연방 군인. 과거 전투의 후유증으로 레나의 지휘를 보조하는 관제관으로 종군한다.

유토

리카, 미치히 등과 함께 전선에 참여한 〈에이티식스〉 소년. 과묵하지만 탁월한 조종, 지휘력을 지녔다.

빌렘

기아데 연방군 서방 방면군 참모장. 성격은 고약하지만, 나름대로 신과 젊은 군인들을 배려한다.

비카

로아 그레키아 연합왕국 제5왕자. 천재인 당대 [자수정]. 인간형 제어장치 〈시린〉을 개발했다.

레르케

반자율병기의 제어장치 〈시린〉의 1번기. 비카의 소꿉친구였던 소녀의 뇌 조직이 사용되었다.

The number is the land which isn't admitted in the country. And they're also boys and girls from the land.

기 아 데 연 방 군

〈 〈제86독립기동타격군〉 〉

신

산마그놀리아 공화국에서 인간이 아닌 존재——〈에이티식스〉의 낙인이 찍혔던 소년. 레기온의 '목소리'가 들리는 이능력을 지녔으며, 탁월한 조종스킬도 있어서 수많은 전장에서 살아남았다.

레나

과거에 〈에이티식스〉들과 함께 싸웠던 지휘관제관(핸들러) 소녀. 사지로 향했던 신 일행과 기적의 재회를 이루었고, 그 뒤로 기아데 연방군에서 작전총지휘관으로 다시금 함께 싸우게 되었다.

프레데리카

〈레기온〉을 개발한 옛 기아데 제국 황실의 핏줄. 신 일행과 협력하여 옛날 가신이자 오빠 같은 존재였던 키리야와 싸웠다. 〈제86독립기동타격군〉에서는 레나의 관제보좌를 맡는다.

라이덴

신과 함께 연방으로 도망친 〈에이티식스〉소년. '이능력' 때문에 고립되기 일쑤인 신을 도와준 오랜 인연.

크레나

〈에이티식스〉소녀. 저격 실력이 탁월하다. 신에게 어렴풋한 연심을 보내지만——?

세오

〈에이티식스〉소년. 쿨하고 다소 입이 험한 야유꾼. 와이어를 구사한 기동전투에 능하다.

앙쥬

〈에이티식스〉소녀. 다소곳하지만 전투에서는 과격한 일면도 있다. 미사일을 사용한 면 제압이 특기.

제1장 The gun in the high castle

실전보다 나은 훈련은 없다.

그것은 일종의 진리이지만, 사실 실전만 반복하면 부대의 전투 능력이 오히려 떨어진다. 훈련에서 하지 않은 것은 실전에서도 할 수 없다. 개인이든 부대든, 숙련도를 유지하려면 역시 적절한 훈련과 교육이 불가피하다.

제86독립기동타격군의 본거지인 뤼스트카머 기지. 그 연습장.

연방 서부전선의 주전장인 삼림과 시가지를 충실하게 재현해 만든 연습장이다. 삼림은 원래부터 있던 숲 일부를 이용하고, 시가지는 숲을 걷어내고 제국의 옛 군사 요새도시를 모방하여 만들었다.

그 한구석에 새롭게 세워진, 금속 뼈대만 있는 빌딩이 기동타격군 제1기갑 그룹의 다음 전장을 재현한 것이다.

〈저거노트〉가 아슬아슬하게 지나갈 정도의 폭밖에 안 되는 강철 대들보와 기둥. 기하학적인 패턴으로 질서정연하게 조립되어 종횡으로 공간을 이루는 물체를 박차며 두 대의 펠드레스가 질주했다.

퍼스널마크는 '야삽을 짊어진 목 없는 해골'과 '교차하는 머스

킷'. 신이 모는 〈언더테이커〉와 훈련교관으로 맹약동맹에서 파견된 올리비아의 〈안나마리아〉다. 서로 유리한 위치를 빼앗고 상대의 강점을 지워버리며, 피차 고기동전을 위해서 개발된 기체의 스펙을 한계까지 뽑아내 눈이 핑핑 돌아갈 정도의 전투가 이루어졌다.

올리비아가 가상 적기를 맡은 일대일 모의전이다.

펠드레스의 조종석은 거주성보다 생존성을 중시하여 비좁은 법이지만, 〈스톨른부름〉은 특히 심하다. 전용 장갑강화외골격이 부피를 잡아먹어서 광학 스크린을 놓을 여유도 없는 조종석에서, 올리비아는 망막에 투영된 외부 영상, 그리고 물리적인 시야가 아니라 미래의 광경을 보면서 〈언더테이커〉의 궤적을 좇았다.

미래예지. 산악지대인 국토를 통일하는 왕가를 끝까지 얻지 못하고, 산간부의 작은 영토만을 지닌 귀족도 순혈을 유지할 수 없었던 맹약동맹에서는 그의 일족만이 가까스로 잇는 이능력.

올리비아의 경우, 볼 수 있는 것은 최대 3초 후 자신의 미래뿐이다.

범위는 미래에 일어나는 사상에 따라 다르지만, 최대가 십여 미터 정도. 예지할 수 있는 것은 의식적으로 힘을 쓸 때뿐이라——일족에서는 '눈을 뜬다' 고 비유한다——위기가 닥친다고 자동으로, 무의식중에 이능력이 발동하는 것도 아니다.

그것을 일족이 아닌 자에게 밝히는 일은 없지만, 사실 다른 자들이 생각하는 만큼 유용한 능력도 아니다. 계속 사용하면 그만큼 지치기에 작전 내내 '눈을 뜰' 수는 없다. 그렇지만 상대가 인간이든 〈레기온〉이든, 올리비아가 패배하는 일은 거의 없다.

그럴 터인데.

최대 3초까지 보는 미래예지. 적기의 움직임을 3초만큼 정확하게 꿰뚫어 볼 수 있는 절대적인 어드밴티지.

하지만 그 우위를, 신은 오랜 전투 경험이 가져다주는 반사적인 예측과 범상치 않은 반응속도, 그리고 미래의 피 냄새를 맡은 듯한, 육감이라고 형용할 수밖에 없는 이상한 감으로 메웠다.

참격이 온다. 연습이라서 고주파 블레이드는 가동하지 않지만, 실전이라면 정면에서 맞붙지 않는다. 그러니까 역시나 가동하지 않는 고주파 랜스로 옆에서 쳐낸다. '눈'을 감고 있을 수 없다. 신과의 연습에서는 계속해서 미래를 보지 않으면 제대로 대응할 수 없다.

튕겨 나가는 바람에 쳐든 자세가 된 블레이드를 그대로 사선 궤도로 내리친다. 〈안나마리아〉가 뛰어서 물러나려고 하지만, 거기에 맞춰서 억지로 왼쪽 앞다리를 한 걸음 내딛는 것으로 참격의 사거리를 연장한다. 블러프로 뒤쪽으로 도약하려던 동작을 캔슬하여 옆으로 뛰어서 피해도, 내디딘 다리를 축 삼아 회전하여 가로베기의 궤도를 연장하는 것으로 그 회피를 무효화한다. 고기동성을 자랑하는 〈레긴레이브〉가 혹사와 부하로 비명을 지를 정도로 사정없는 기동, 그것을 가능케 하는 초월적인 기량.

──다만.

서로 숨 쉴 틈 없이 공격해대는 근접거리(크로스레인지), 그것도 십여 합이나 이어지는 공방. 극단적인 집중으로 시간의 흐름이 느려진 몇 초를 거치면서 먼저 〈언더테이커〉의── 신의 움직임이 멎었다. 멈추고 있던 숨을 내뱉고, 폐에 공기를 채우는 한순간의 틈.

기다리고 있던 것은 그 틈이다.

〈안나마리아〉를 돌진시킨다. 근접거리에서 〈언더테이커〉에 몸을 부딪친다. 두 기체가 서 있는 뼈대뿐인 빌딩. 그 뼈대의 틈새를 빠져나가듯이 함께 떨어진다.

신은 아직 18세밖에 안 되어서, 슬슬 성장기가 끝나가고 있다고는 해도 아직 미완성된 아이의 몸이다. 그것은 즉 완력과 체력 면에서 성인 남성인 올리비아에게 뒤처진다는 뜻이기도 하다.

뒤엉킨 채로 한 층을 낙하한다. 서로를 물어뜯는 야수들이 상대를 깔아뭉개듯이 바깥 대지에 처박는다. 가상 적기인 지금은 무전이나 지각동조도 연결되지 않으니까 신의 목소리는 들리지 않는다. 다만 침투한 충격에 숨이 막혔는지 〈언더테이커〉가 한순간 비명을 지르듯이 경직했다.

그 직후에 옆으로 후려치듯이 긴 다리를 휘두르는 바람에 〈안나마리아〉가 진짜로 펄쩍 뛰어서 피했다. 〈레긴레이브〉의 다리 끝에는 고정 무장인 파일드라이버 장비가 있다. 조종석에 제대로 맞으면 한 방에 행동불능 판정이다.

〈언더테이커〉가 벌떡 일어나고 네 다리를 굽혔다가 후방으로 도약한다. 낙하의 대미지가 남은 동안에는 근접전을 피하고 88mm 포의 넓은 사거리로 싸울 생각일까. 하지만.

"생각이 짧군."

행동이 느리다. 대미지가 아직 남았다. 조금 전 신의 전투 기동에서는 상상도 할 수 없을 만큼 느러터진 속도로 피하려는 〈언더테이커〉를, 올리비아는 어렵잖게 조준했다.

격발.

야수의 포효와 흡사한 105mm 포의 포성과 함께 눈에 보이지 않는 레이저가 나간다. 실탄훈련이 아니니까 날아가는 것은 공포탄 소리와 피격 판정 레이저지만, 포염과 포성은 실탄과 다름없다.

눈부신 업화가 한순간 시야를 가린다. 귀를 찢는 포성이 적기의 가동음을 숨긴다.

시선을 준 레이더 스크린에 표시되는 적기──〈언더테이커〉의 광점은 사라지지 않았다. 피격 판정은 다리. 그 상황에서 용케 치명상을 피했나.

'눈'을 뜬다.

3초 후 미래의 시야에서 〈언더테이커〉의 위치를 확인하고, 그 장소로 포구를 돌린다. 화염이 사라지고 현재의 시야가 돌아왔을 때는 조준한 곳에 그 순백색 기체가 자리를 잡고 있었다.

다리에 피격한 〈언더테이커〉는 왼쪽 앞다리가 부러져서 움직일 수 없다. 기동력을 잃고서도 이쪽을 향한 88mm 포와── 살짝 벌어져서 폐쇄되지 않은 캐노피. 그 안의 신은.

탈출했나.

시야를 돌리자 몇 달 동안의 연습으로 이미 허물어지고 있는 석조 건물의 그늘에서 무릎쏴 자세로 어설트 라이플을 조준한 신의 모습이 보인다. 어설트 라이플은 총신을 파랗게 칠했는데, 이것은 공포탄을 쏘는 연습용 총기임을 알려주는 표시다.

요컨대 가상 적기인 올리비아는 이 연습에서 〈레기온〉이다. 포로를 잡지 않는 〈레기온〉과 대치하는 이상 기체에 손상을 입어도 전투 지속의 의지를 버리지 않는 것은 올바른 자세다.

그렇다고 해도 어디까지나 연습이니까 실제로 전투를 계속할 필요는 없다. 아니, 계속하다간 다칠지도 모른다. '눈'을 감고 상황 종료라고 말하려는데.

그보다 먼저 신이 쏘았다.

물론 이것도 공포탄 사격이다. 그리고 어설트 라이플로는 대부분의 〈레기온〉에 치명상을 줄 수 없다. 그렇기에 정면 장갑의 감지기는 피격 판정 레이저를 감지하고도 무효로 판정했다.

그 직후에 조준 경보가 울렸다.

조준 레이저의 발생원은—— 〈언더테이커〉?!

"아니……."

예지의 능력을 감고 있던—— 미래에 일어나는 사태를 보지 않았던 올리비아는 완전히 허를 찔렸다.

여전히 조종석에 아무도 없는 〈언더테이커〉의 88mm 전차포가 포효한다. 피격 판정 레이저가 쏘아진다. 측면 장갑의 감지기가 88mm 고속철갑탄(APFSDS)의 '직격'을 감지했다.

신과의 일대일 전투에서 처음으로 보는 기체 대파 판정이 망막 투영 영상에 비쳤다.

"조금―― 아니, 너무 비겁한 짓 같습니다만."

연습용 빌딩은 다음 파견을 대비해서 급조한 것이라서 별로 크지 않다.

다음 연습자에게 장소를 양보하고 디브리핑을 하는 텐트 내부로 돌아온 올리비아에게, 신은 그렇게 말했다.

"간신히 뚫을 수 있었군요, 대위님의 이능력."

"실전에서 같은 수법을 당했으면 죽었겠지. 적이 살았는데도 멈추면 안 된다는 것을 연습으로 알아서 다행이지만……."

한 차례 고개를 내저은 뒤에 올리비아는 눈앞의 소년에게 시선을 주었다. 소년답게 의기양양한 내색과는 인연이 없어 보였던, 침착하고 조용한 인상과는 정반대로.

"넌 정말로 지기 싫어하는군. 동맹에서 처음 했던 연습, 혹시 그걸 아직도 마음에 담고 있었나?"

"그때 대위님은 제대로 했던 게 아니겠죠. 기갑탑승복^{판처 야케}도 아니라 근무복 차림으로 연습으로 참가했고……. 그건 조금 마음에 안 들었습니다."

"아하……. 그때는 할머님이 갑자기 지금부터 연방의 펠드레스와 결투하고 오라고 하셨으니까, 나도 탑승복을 준비할 수 없었을 뿐인데."

참고로 올리비아의 할머니는 맹약동맹 북부방위군 사령관, 벨 아이기스 중장이다.

"그 앙갚음도 이걸로 끝났겠고…… 어떻게 한 건지 말해 주겠나? 물론 내가 네게 지고 죽을 때만 밝히고 싶다면 이야기는 다르지만."

　신은 쓴웃음을 지으며 어깨를 으쓱였다.

　"애석하게도 그런 건 아닙니다. 주포의 사격 모드 중 하나로, 등록된 외부 음성을 신호 삼아서 발사하는 게 있어서. 상정되는 상황은 기체를 버렸을 때일 테니까── 휴대한 무기를 쓸 수밖에 없을 때일 테니까, 어설트 라이플과 권총의 총성을 등록해 두었습니다."

　"그런 것까지 있나, 연방의 펠드레스엔…… 아니."

　그렇게 말하다가 올리비아는 고개를 내저었다. 외부 음성 사격 모드라고 해야 할 이 설정이 부여된 것은 아마도.

　"〈레긴레이브〉에는…… 실전에서는 쓸 일이 거의 없을 텐데."

　펠드레스의 전장은 피아의 전차포 포성에 고폭탄의 폭음, 파워팩의 포효에 보병의 중기관총 총성, 노호에 비명이라는 아비규환으로 가득하다. 인간의 목소리와 비교하면 소리가 큰 어설트 라이플의 총성조차도 묻히고 말겠지.

　이런 일대일 연습에서도 어지간히 조건이 갖추어지지 않으면 쓸모가 없는 기능이다.

　"이전에 비슷한 상황이었던 적이 있어서 추가된 기능입니다……. 하지만 쓴 적은 없습니다. 연습에서도, 실전에서도."

　"그렇겠지. 그런데 그렇게 써먹기 어려운 설정까지 동원했나. 그저 나한테 이기기 위해서. 넌 정말로 지기 싫어하는군."

　"대위님의 이능력, 보려고 하지 않으면 보이지 않는 거겠죠. 그렇다면 이걸로 한 방 먹일 수 있겠다 싶어서."

올리비아는 웃음을 지웠다.

거듭 말하지만, 올리비아는 그 사실을 일족이 아닌 자에게 전한 적이 없다. 지금은 같은 부대의 동료라고 해도 타국의 군인에게 —— 신이나 에이티식스에게는 더더욱 그렇다.

"왜 그렇게 생각하지?"

"연습에서는 나를 포함하여 대위님에게 한 방 먹인 자가 없는데, 일상생활에서는 티피가 뛰어들어서 놀란다든가, 프레데리카랑 길모퉁이에서 부딪칠 뻔한 적이 있었으니까요. 항상 보이는 것도, 위기가 닥치면 반드시 보이는 것도 아닐 것으로 생각했습니다."

"……."

올리비아는 말없이 두 손을 들었다.

"이거 제대로 한 방 먹었군. 하지만……."

그리고 씨익 웃었다.

"그런 강단과 관찰력은 밀리제 대령님과의 관계에서 발휘하는 게 좋을 텐데."

신이 움찔 몸을 굳혔다.

"무슨 이야기입니까……?"

"어라, 내 입으로 확실히 말해도 될까? 그날 밤 너는 꽤 풀 죽은 기색이었는데."

올리비아는 대놓고 싱글거리며 말했고, 사정없는 추격타에 신은 꿀꺽 침을 삼켰다.

그날 밤.

물론, 신에게 고백받은 레나가 키스한 다음 그대로 도망친 밤을 말한다.

그때는 혼란스러웠고, 그 뒤로 풀이 꽤 죽었다.

레나도 같은 마음이라고 생각한다. 그렇지 않으면 키스를 한 것이 설명되지 않는다.

하지만 그게 자신의 희망사항에 지나지 않는다는 보장도 없고, 게다가 같은 마음이었다면 이번에는 레나가 도망친 이유를 알 수 없었다. 하지만 그랬다간 키스를 설명할 수가⋯⋯라면서 계속 쳇바퀴 도는 상황에 빠져서 하룻밤 정도는 회복할 수 없었다.

그렇게 머릿속이 뱅뱅 쳇바퀴 도는 모습을 라이덴이나 세오나 비카나 더스틴이나 마르셀, 그리고 물론 올리비아도 지켜보았다.

구체적으로는 그 모두가 호텔의 바(Bar)로 신을 잡아갔고, 신이 어떻게든 정신을 추슬러서 부활할 때까지 얌전히 지켜봐 주었다.

더불어서 그 바에는 도망친 뒤에 울면서 매달렸다는 레나를 방치한 아네트. 그리고 앙쥬나 크레나나 시덴이나 그레테, 종국에는 참모장까지 있었고, 바에 들어올 수 없는 리토와 프레데리카도 그들과 지각동조를 연결했기에, 말하자면 지인들의 태반이 사정을 알고 있다.

아무리 그래도 다음 날에는 머리도 식었다고 할까, 레나도 갑자기 그런 말을 들은 바람에 도망친 거라고 이해했고, 그렇다면 일단 기다리자는 마음도 들었지만.

다만.

휴가가 끝나서 레나가 작전지휘관 일로 바쁘다고 해도…… 그대로 오늘까지 한 달 동안, 지금도 미뤄둔 채로 있는 건 조금 받아들이기 어렵기도 하다.

어쩌면 나는 슬슬 조금 기분이 상해도 좋지 않을까……?

그런 식으로 삐딱하게 생각했더니, 속을 다 들여다본 것처럼 올리비아가 쓴웃음을 지었다.

"나는 제2기갑 그룹의 훈련도 있으니까 다음 파견에는 따라갈 수 없지만. 돌아올 때까지 어떻게든 해 보라고."

"한마디 해도 되겠습니까, 대위님……. 말이 많습니다."

신은 매섭게 쏘아붙였다. 올리비아는 여유롭게 웃음을 띠었다.

"실례했군, 노우젠 대위님."

연습장에서는 펠드레스끼리 모의전을 한다. 파워팩이 시끄럽게 으르렁대고 금속 다리가 지면을 후비는 딱딱하고 묵직한 음향, 무엇보다 공포탄 사격이어도 격렬한 88mm 포의 포성.

남들 귀에 들어가기를 원치 않는 이야기를 하기에는 딱 좋은 장소다.

좋든 나쁘든 눈길을 끄는 신은 일부러 텐트에 남기고, 라이덴을 중심으로 한 네 사람이 휴식 중의 잡담을 가장하여 모였다. 음료수가 든 병을 한 손에 들고 앙쥬가 입을 열었다.

"전쟁, 끝날지도 모르겠네."

"사실 그런 날이 정말로 올 거라고는 여태까지 믿지 않았어."

〈레기온〉과의 전쟁이 끝난다.

정보가 손에 들어오면. 그걸로 비밀 사령부의 위치만 특정되면.

갑자기 제시된 그 사실에 라이덴은 앞이 깜깜해질 듯한, 어떻게 해야 좋을지 모르는 기분이 들었다.

어렸을 적부터 여태까지 계속 곁에 있었던, 공기나 햇빛처럼 당연했던 전쟁이란 것이—— 어쩌면 없어질지도 모른다니.

"끝나면 어떻게 할까……. 우리는 어떻게 되는 걸까."

"으음……. 정말 어떻게 되는 걸까. 현실감이 없어."

앙쥬는 어딘가 신난 기색으로 말했고, 한편 세오는 곤혹스러운 듯이 고개를 갸웃거렸다.

"뭐, 하지만 일단 신에게는 잘된 일이지. 바다를 보여주고 싶다는 말을 정말로 이룰 수 있겠고."

"'당신과 바다를 보고 싶다'."

소중한 시의 한 구절이라도 읊듯이 크레나가 말하더니 시선을 내리고 살짝 미소 지었다.

"응. 이뤄지면 좋겠어."

한 달 전 불꽃놀이 풍경 아래에서 레나에게 그렇게 말한 것을, 그 직후 바에서 신 본인이 말했기 때문에 라이덴은 물론이고 크레나도 세오도 앙쥬도 알고 있다.

"그래……."

레나가 마지막 순간에 도망치고 만 모양이지만, 뭐, 지금의 신이라면 괜찮겠지.

다만.

"신이 싫어하던 이유처럼…… 되도록 프레데리카를 이용하고 싶지 않지만."

그 아이에게만 연방의, 인류의 미래를 모두 지우고. 이렇게 갑자기 하늘에서 뚝 떨어진 듯한 기막힌 기적에 모든 것을 걸고.

그걸로 전쟁이 끝난다고 해도—— 그걸로는 끝까지 싸웠다고 할 수 없을 것 같다.

하지만 정지 수단을 포기하고 힘으로 〈레기온〉을 전멸시키자는 생각도 아니겠지. 그래서는 수많은 인간이, 정말로 헤아릴 수 없는 정도로 죽는다.

"그래. 프레데리카 혼자 짊어지게 하긴 싫어. 그렇다고 여태까지 그랬던 것처럼 적진을 돌파해서 적의 본거지를 때리는 외줄타기도 슬슬 그만하고 싶고, 그러다가 죽는 것도 바보 같으니까 싫지만."

크레나가 중얼거렸다.

"하지만…… 정말로 그거면 끝날까?"

갑자기 하늘에서 뚝 떨어진 기적을…… 달콤한 말이 아닐지 의심하는 목소리로.

"비밀 사령부를 못 찾을지도 모르고. 〈레기온〉이 명령을 안 들을지도 모르고. 어쩌면 전부 제레네란 사람의 덫이라서 신이…… 저기, 속은 걸지도 모르고. 그러니까…… 그런 식으로 잘 풀리진 않을까 싶어서……."

라이덴은 그 말에 눈썹을 찌푸렸다.

뭐, 그렇게 걱정하는 건 이해한다. 신도, 에른스트도, 연방의 높으신 분들도 그런 생각을 안 한 건 아닐 테지만, 그렇긴 해도 지금 크레나의 말은 마치.

세오가 말했다. 이쪽은 어쩔 수 없다는 듯이 쓴웃음을 짓고서.

"크레나…… 왠지 끝나지 않기를 바라는 말 같잖아."

크레나는 시선을 마주치지 않는 채로 대답했다. 길을 잃은 아이처럼 불안한 눈치로.

"그렇지 않아……."

뤼스트카머 기지보다 더 후방, 연방 수도 장크트 예데르와 비교적 가까운 훈련 시설에서 한 달 정도 만에 돌아온 레나는 고풍스러운 트렁크를 한 손에 들고 기지 정문을 지났다.

기동타격군 제1기갑 그룹이 훈련 기간이었던 한 달 동안, 레나 또한 작전지휘관으로서 연방의 교육과정을 이수했다.

레나에게는 반쯤 집에 돌아온 기분이 드는 본거지라고 해도, 기밀 수준이 높은 특무부대의 기지다. ID를 조회한 뒤에 문이 열리고, 짐을 들어주러 온 듯한 파이드에게 트렁크를 맡기고.

그다음 조심조심 주위를 살폈다.

주위를 둘러보니 현재 근무 시간이 정문 앞 광장은 사람이 드문드문했다. 쇳빛 군복이나 작업복인 사람들 가운데 눈길을 끄는 칠흑과 핏빛의 색채가 없는 것을 확인한 뒤에 숨을 돌렸다.

그 뒤로.

맹약동맹에서 무도회가 있던 날 밤, 그 불꽃놀이 풍경 아래에서. 신에게 고백받은 뒤로.

레나는 아직 그 고백에 대답하지 않았다.

그 뒤로 거의 한 달이나 지났는데, 아직도 대답하지 않고 있다.

돌아오는 길에는 도저히 얼굴을 마주칠 수 없어서 도망쳐 다녔다. 그게 끝이라면 그나마 나은데, 기지로 돌아온 뒤에야 알게 된 지휘관 교육과정 이수가 치명적이었다. 연락 부족 탓에 레나가 대상자임을 안 것은 귀환 당일, 교육과정이 시작되기 이틀 전이라는 일정 때문에 신과 이야기할 여유도 없었고, 훈련소는 멀어서 쉽사리 돌아올 수도 없어서.

그 결과 한 달이나 대답을 미룬다는, 스스로 생각해도 변명할 여지가 없는 상황에 빠졌다.

저벅. 잔디——는 아니고 숲을 개척할 때 깎아낸 숲의 잔풀을 밟는 발소리가 다가오다가 멈췄다.

"어서 와, 레나."

"수고했어, 여왕 폐하."

"다녀왔어, 아네트. 그리고 시덴. 저기……."

백의를 걸친 아네트와 연습이라도 나갔던 건지 탑승복 차림인 시덴에게 대답한 뒤, 레나는 주위를 둘러보았다. 두 사람뿐. 이번에도 신은 없다.

방금 없는 것을 확인했으면서. 얼굴을 마주치지 않아 안도했으면서.

마중을 나오지 않았다고 생각하니…… 갑자기 불안해졌다.

"신은, 지금, 어쩌고 있어……?"

아네트는 고개를 홱 돌렸다.

"몰라."

"아네트……?!"

"그렇게 다들 힘을 모아서 밥상을 차려주고, 귀찮게 꾸물꾸물 댈 때도 도와주고, 드디어 경사스럽게 신이 고백했건만 도망친 끝에 돌아올 때까지도 계속 갈팡질팡 도망만 다닌 겁쟁이는, 난 이제 몰라."

"그건 미안하지만, 그렇게 말하지는 마……!"

아네트는 어린애처럼 볼을 부풀린 상태였다. 레나는 난처해져 서 시덴을 돌아보았다.

"시덴……!"

"그래서 그날 밤에 당장 저승사자의 방에 가서 그냥 덮치라고 내 가 그랬잖아. 기지에 돌아온 뒤라도. 오히려 기지에는 신 혼자 쓰 는 방도 있으니까 더 편했을 텐데."

"그, 그런 건……?!"

"아무리 그래도 그건 과정을 너무 생략하지 않았어? 애초에 호 텔이라면 몰라도, 이 기지의 프로세서의 1인실은 벽이 얇으니까 옆방에 들려."

"86구에서는 막사 벽이 여기보다도 얇았거든? 그러니까 지금 도 그 정도는 다들 신경도 안 쓰고 지내."

"아하……. 그런가……."

아네트가 힘이 쭉 빠져서 어깨를 늘어뜨렸다.

그러다가 문득 깨달아서 물었다.

예전만이 아니라.

지금도?

"저기, 설마 싶은데……."

"응?"

"…………아무것도 아니야."

실수로 진실을 들었다간, 오늘 밤부터 아래층의 침묵이 신경 쓰일 것만 같다.

고민 어린 얼굴로 레나가 말했다.

"가, 가는 편이 좋았을까……?"

"그런 만용이 있거든 그냥 평범하게 대답해……."

"대답할 거면 서두르는 게 좋아. 저승사자가 슬슬 신임 직원을 맞이하고, 제레네와의 정기면담, 그리고 최근 군의 상층부랑 시작한 이능력 제어 테스트 등으로 통합사령부에 간다니까. 아니, 그냥 같이 가지? 수송기라서 시끄럽지만, 대답 정도야 어떻게든 되겠지."

"그, 그건 저기………… 마음의 준비가, 아직……."

아네트와 시덴은 한숨을 푹 쉬었다.

옆에 있던 파이드가 '삐이' 하고 위로인지 격려인지 모를 전자음을 울렸다.

†

과거 우생학이 횡행하고 에이티식스의 강제수용이 결정되면서 그 박해를 태연히 긍정했던 공화국에서도, 이를 좋게 여기지 않는 이들이 있었다.

자택에 숨겨주거나 자신이 86구에 남는 등, 자기 능력껏 에이티식스를 지켜주려고 했던 백계종(白系種)들이.

그 태반이 밀고와 전쟁의 불길에 사라졌고, 에이티식스는 대부분 86구에서 스러졌다. 공화국 시민도 대공세로 괴멸적인 피해를 봤으니까 재회 같은 건 그리 쉽게 이루어지지 않지만.

그중에는.

"라이덴······! 아아, 용케도 무사히······!"

"여어, 할머니. 댁이야말로 안 죽어서 다행이야."

연방 서방방면군 통합사령부의 쓸데없이 중후한 홀에서, 자신에게 매달려서 체면이고 뭐고 없이 우는 노부인에게 라이덴은 쓴웃음을 보냈다. 기억하는 것보다 훨씬 키가 작아진 느낌에 훨씬 나이를 먹은, 그리운 노부인.

강제수용이 시작된 뒤에도 자신과 학우들을 숨겨준 교사였던 노부인이다.

공화국 구원 때 연방군에 좀 찾아봐 달라고 전달은 했지만, 아무래도 나라 하나가 괴멸한 혼란 후였으니 찾을 때까지 꼬박 1년 가까운 시간이 걸린 것도 당연하겠지. 연방군도 대공세의 막대한 피해를 아직 다 회복되지 못했으니까, 어쩌면 이런 일의 우선도를 낮게 봐서 나중으로 미루었을지도 모르지만.

그런 잡념이 드는 것은, 인정하고 싶지 않지만 현실도피다.

애초에 감동적으로 재회한 두 사람과 조금 떨어진 곳에서.

"신……! 오오, 용케 살아있었구나……!"

"신부님…… 부러져요. 갈비뼈나 등뼈가 부러지겠어요……!"

작은 산 같은 근육 때문에 당장에라도 터질 듯한 신부복을 입은 백발의 늙은 회색곰이, 아슬아슬하게 감동의 포옹으로 보일 수도 있는 베어허그를 힘껏 하고 있으니까.

저건 또 뭐야?

무심코 그렇게 생각한 탓에 라이덴도 별로 감동의 재회란 느낌에 잠길 수 없었다.

대충 눈치를 보면 신이 있었던 강제수용소에서 신과 그 형을 키워 주었다는 백계종 신부님이겠지만, 상상했던 것과 너무 달랐다. 신부님이라고 해서 그냥 청빈한 노인을 상상했는데, 실제로는 척후형^{아마이제} 정도는 야삽을 들고 그냥 해치울 듯한 덩치였다.

뭐.

방해하지 않는 게 좋겠지.

조금 무섭고.

그렇게 자기 안위를 챙기는 결론을 내리고, 라이덴은 슬쩍 눈을 돌렸다.

"으음, 슈가 중위님도, 노우젠 대위님도 잘되었군요."

"앞으로 두 분은 종군사제와 자주 학습의 보조 교원으로 기지에 상주할 테니까, 언제든지 만날 수 있게 될 거야. 정말로 기쁜 모양이라 다행이네."

"아니, 저기, 그대들, 진심으로 하는 말은 아니겠지⋯⋯?!"

감동에 젖은 기색으로 끄덕이는 베르노르트와 손수건으로 눈물을 훔치는 시늉을 하는 그레테, 그 옆에서 두려움에 떠는 기색으로 프레데리카가 신음했다.

그 말을 무시하고, 베르노르트와 그레테는 계속해서 감동의 재회를 지켜보는 척했다.

이유인즉슨, 엮이고 싶지도 않으니까.

"대위님은 제대로 훈련도 못 받은 에이티식스치고 전술 관련 지식이 있고 권총이나 어설트 라이플의 완전 분해정비도 할 수 있길래 대체 뭔가 싶었습니다만. 저 신부님이 양부모라니 납득이 가는군요."

"실제로 저 신부님은 원래 공화국 군인이었다는 모양이고."

무력으로는 지킬 수 있어도 구할 수 없다고 깨닫고 신학의 길을 갔다나 뭐라나.

베르노르트는 우거지상을 하면서 고개를 끄덕였다. 내심 '그게 뭔 소리야?'라고 생각하면서.

"아⋯⋯. 그래서 저렇습니까."

"그러니까 신 군은."

체격 차이도 무시하고 일방적으로 라이덴을 때려눕히고 다이야를 실신시킬 수 있었구나 싶어서 웃기는⋯⋯ 아니, 흐뭇한 재회 모습을 지켜보며 앙쥬는 생각했다.

"뭐, 신 군은 제국 귀족의 피가 진하고, 신 군이 있던 강제수용소는 치안이 나쁘다는 말로 부족할 정도였다니까 최소한 몸을 지키는 방법은 가르쳐야 했겠네……."

언젠가는 징병되는 에이티식스의 처지, 더불어서 적국의 핏줄이라고 동포들에게서도 혹독한 박해를 받는 제국 귀족의 피. 노신부 나름의 애정으로 싸우는 법을 가르친 거겠지만.

옆에서 어이없다는 얼굴을 하면서 시덴이 말했다.

"그런다고 살인술을 가르치다니 정신이 나갔네, 저 신부……. 저승사자랑 내가 처음에 붙었을 때도 재수 없으면 죽었다고."

"안 죽었으니까 괜찮잖아. 실제로 신 군은 꽤 봐준 거니까."

"그렇긴 하지."

시덴은 순순히 수긍했고, 앙쥬는 그런 시덴을 슬쩍 올려다보았다.

신과 시덴은 사이가 안 좋지만, 그래도 신은 여자와 진짜로 싸우지 않는다. 시덴도 그걸 아니까 성별을 방패로 삼아 덤비는 짓은 하지 않겠지.

그런 점은 아마 암묵의 신사협정일 것이라고, 앙쥬는 생각했다. 그런 걸 보면 두 사람은 근본적으로 서로를 싫어하지 않는다.

"게다가 죽으면 더 덤비지 않으니까, 최대의 방어라고 하면 그럴싸하잖아?"

"그런 문제인가……. 오?"

"아, 신 군, 실신했다."

일단은 울상을 한 프레데리카와 그레테가 끼어들고, 질식하여 눈이 까뒤집히려는 신에게서 노신부를 떼어냈다.

무심코 그 모습을 지켜보고 있었더니 시텐이 곁눈질했다. 은백색의 오른눈.

"앙쥬도 공화국에 부모 중 한쪽이 있는 거 아니야?"

"아버지는 어쩌면 살아있을지도 모르지만……."

그렇게 말하면서 앙쥬는 어깨를 으쓱였다.

김샜다는, 될 대로 되라는, 하지만 어딘가 개운한 기분으로.

"딱히 만나고 싶진 않아. 아무래도 좋아. 살았든 죽었든."

살아있어 달라고도 생각하지 않지만, 죽어버렸으면 하는 생각도 하지 않는다.

떠올리고 싶지도 않다는 것과는 조금 다르다. 이를테면 이런 식으로 아버지 이야기가 나왔을 때는 원한도 아픔도 아닌, 그냥 타인을 생각하는 정도의 감흥밖에 들지 않는 상대로 변해가면 된다고 생각한다.

——당신처럼, 뭔가 결여되지 않았으면.

연합왕국에서 더스틴에게 물었던 말이다. 레비치 요새기지에서 〈시린〉의 죽음에 다른 동료들과 마찬가지로 자신의 존재가 흔들린 듯한 기분이 들고 무서워져서.

지금 와서 생각하면, 그런 게 아니었다.

오히려…….

희미하게 쓴웃음을 짓고 혼자 중얼거렸다. 그걸 알았다고 해도 아직 어렵지만. 그래도.

"등이 트인 드레스와 비키니를 입을 거니까."

"그러냐. 레이를 보내줄 수 있었구나."

"예."

양부모인 신부님과 이야기하고 있자, 신은 왠지 모르게 어린아이로 돌아간 기분이 들었다.

레나를 제외하면 유일하게 생전의 형을 아는 사람.

레나는 모를 테고 앞으로도 이야기할 생각이 없는…… 형의 죄를 아는 사람.

"근거는 하나도 없지만…… 마지막에 절 구해주었다고 생각합니다."

〈레기온〉의 지배 영역에서 쓰러졌을 때 꿈에서 본 형과 연방군의 초계선에 홀로 돌진하여 서방방면군과 교전하고 격파되었다는, 그와 동료들을 노획했다는 중전차형.

구해준 거겠지. 두 번이나 죽었음에도 신과 동료들을 연방의 전선으로 데려가주는 대신 세 번째의 죽음을—— 자신의 진정한 소멸을 아마도 각오하고서.

"그건…… 다행이군. 그래, ……용서해 주었느냐."

뜻하지도 않은 말이었다.

그리고 그 말을 듣고 보니 왠지 가슴에 와닿는 말이었다.

그렇다. 용서하고 싶었다.

용서받기를 빌었다. 자기는 죄가 없다는 걸 알면서도 형의 망령을 쓰러뜨리는 것으로.

지금 와서 생각하면 그것과 비슷하게…… 용서하고 싶었던 것이다.

"예."

"그래, 잘되었어……. 많이 컸구나. 키만 큰 게 아니라."

바라보니, 노신부는 어딘가 씁쓸하게 웃고 있었다.

"너를 보낼 때는 못 돌아올 줄 알았다."

지금도 노신부는 선명히 기억한다. 결코 잊을 수 없다.

부모를 잃고, 형에게 죽을 뻔하고, 그 형을 찾아 전장으로 가겠다고 조그만 아이가 결심했을 때.

그때는 웃음은 고사하고 우는 법조차도 잊은 아이였다.

"그때 너는 레이에게—— 이미 전사한 레이에게 사로잡혀 있었다. 망자가 있는 곳은 죽음의 어둠 속이다. 쫓아가면 너도 그 죽음의 심연에 발을 들일 것이라고 여겼지."

"……."

그럴지도 모른다.

그랬겠지.

그때 신은 레이를 없애는 것만을 목적으로 삼고 살았다. 그 뒷일 따윈 생각하지도—— 아니, 바라지도 않았다. 그저 한 명을 없앤 뒤 그대로 함께 부러지고 흩어지는 얼음 칼날처럼.

어쩌면 두 달 전, 눈 오는 여름의 전장까지, 계속.

"하지만 지금은 이제 괜찮은가 보구나. 정말로 많이 컸어."

"신부님께 그런 말을 들어도 별로 실감이 안 듭니다만."

이렇게 이야기하고 있으면 조그만 아이로 돌아간 기분이 들 정도로—— 덩치 차이가 전혀 줄어들지 않았다는 느낌이 들 정도로 커다란 신부님이다.

"나한테 너는 언제든 조그만 아이지. 그러니 고민이나 의논할 게 있으면 언제든지 말하거라. 종군사제니까."

장난스럽게 한쪽 눈썹을 끔뻑거리는 신부님에게, 신은 쓴웃음을 지어 보였다.

그러다가 문득 생각했다.

고민. 의논.

그건 말하자면 지금의 걱정거리인…… 레나와의 그거나 이거 라든가.

"신부님. 그렇다면 좀 여쭈어 봐도 되겠습니까?"

"물론이지."

머릿속으로 정리하듯이 침묵하고…… 신은 깊은 생각에 잠겼다.

"역시 됐습니다."

자기 힘으로 해결하지 못하는 채로 끌어안고 있어도 좋을 일이 없고 오히려 주위를 고생시킨다는 사실은 근래의 경험에서 배웠지만, 이건 타인에게 부탁할 일도 아니라고 생각한다.

"으음, 사랑이로군, 청소년."

"어떻게 아는 겁니까?"

그 말에 신부는 껄껄 웃었다.

"너 또래 아이의 고민 따윈 뻔하니까. 또래 아이다운 고민이 생겼나. 정말이지—— 정말로 다행이구나."

그 사람의 가족을 찾았다고는 들었다.

신이나 라이덴처럼 남들 앞에서 재회하는 게 아니라, 세오만 혼자 별도의 방으로 안내받은 이유도 안다. 찾긴 했지만 만나고 싶지 않거든 면회를 시키지 않겠다고 한 이유도.

하지만 그 방에서 기다리던 상대를 보고 세오는 한순간 얼떨떨해졌다.

"아빠에 대해, 안다고 들었어."

증오스러운 공화국 시민——설화종인, 고작 열한두 살 정도 됨직한, 아직 어린 소년의 모습에.

86구에서 처음 배치되었던 전대의, 전대장의.

전대의 부하를 후퇴시키기 위해, 후방을 맡아서 죽었던 전대장. 에이티식스만을 싸우게 하는 것은 잘못되었다면서 자기도 86구로 나왔던——공화국 시민이자 백계종이고 설화종이었던 그 사람의.

혹시 가족이 살아남았거든 전대장이 끝까지 싸우다 죽었다고, 그 정도는 전해도 좋지 않을까 싶어서 연방군에 부탁해 찾아달라고 했다.

하지만.

세오는 입술을 살짝 깨물었다.

설마 아내라든가…… 자식이라든가.

미래를 함께 살고 싶다고 택한 사람과, 그 사람과의 사이에서 태어나서 미래를 맡길 상대와.

그런 이들과 헤어지면서까지 86구에 왔다고는—— 생각도 하지 않았다.

"네 엄마는 어떻게 됐어?"

"대공세로……."

"그런가……."

소년은 고개를 숙이고, 융단의 짓밟힌 꽃무늬를 바라보았다.

"아빠는 올바른 일을 위해 죽었다고 항상 그랬어. 외롭겠지만, 그건 자랑스러워해도 좋은 일이라고. 하지만 할아버지나 동네 아줌마도, 친구도, 친구네 엄마도, 아빠를 그렇게 말하지 않아."

아직 어린 소년에게는, 전 세계의 모두가 그렇게 말한 거나 마찬가지다.

"에이티식스를 위해 조국도 공화국 시민의 긍지도, 가족까지도 버리고, 그리고 자기 목숨도 버리다니 바보라고. 아빠는 바보였다고. 다들 그렇게 말해. 있잖아……."

어딘가 필사적으로, 눈 같은 은색 눈동자가 세오를 올려다보았다.

증오스러운 공화국의 하얀 돼지와 똑같은 색깔.

떠올려보면 지금도 옛 상처처럼 아픈—— 전대장의 두 눈동자와 완전히 똑같은 색깔.

"아빠는 바보 아니지? 올바른 일을 한 거지? 에이티식스 사람들은 우리와 색깔이 다르지만, 그래도 사람이지? 그러니까 사람을 구한 아빠는…… 바보짓을 한 게 아니지?"

"당연하잖아."

짧게 말했다. 쌀쌀맞은 것이 아니라 딱히 마음이 담기지 않은, 기막히다는 느낌의 목소리가 나왔다.

모르니까. 강했다는 것과 밝았다는 것과 웃는 여우 퍼스널 마크와 그 마지막 말밖에 모르는 세오보다도, 이 아이는 자기 아버지를 전혀 모르니까 이런 멍청한 같은 소리를 한다고 생각했다.

간신히 열한두 살 정도인 소년이다. 11년 전, 전쟁이 시작될 때는 갓난아기였다.

아버지의 얼굴을 기억할 리가 없다.

잊어버렸던 자신들과는 다르다. 이 아이와 전대장 사이에는 기억할 시간조차도 없었다.

"우리와 함께 〈레기온〉과 싸우다가 죽었어. 그 사람을 바보라고 할 수 있는 사람은 아무도 없어. 전대장은 네 엄마의 말처럼, 올바르게……."

말하다가 말문이 막혔다.

올바르게…… 뭘까.

올바르게 살았다? 올바르게 죽었다?

가족도 버리고, 아이가 얼굴도 기억하기 전에 전장에 와서, 그 전장에서 죽고. 어떻게 싸우고 죽었는지도 그 아이에게 전하지 않고.

그것은.

올바른―― 것일까.

그 올바름이란 것은 보상받았을까.

현재의 행복도, 미래의 행복도 자기 손으로 내버리고. 그리고 전사하고. 함께 싸운 에이티식스에게도——세오에게도, 생전에는 거절당하고 이해받지 못하고, 마지막에는 누구에게도 칭송받는 일도 없이. 그것은.

어리석은 짓이라고——해야 하지 않을까.

——용서하지 말아 줘.

그러니까. 마지막에 그런 말만 남기고 죽었다.

"아무튼…… 다른 사람들이 뭐래도, 너는 아빠를 믿어 줘."

공허한 말이라고, 머릿속의 차가운 부분이 중얼거렸다.

신이나 라이덴, 앙쥬 등이 맞이하러 나간 종군사제와 보조 교원은 공화국 사람이라고 하니까, 아직 얼굴을 마주치고 싶지 않아서 본거지에 혼자 남은 크레나는 복잡한 기분에 시달리고 있었다.

백계종 중에도 멀쩡한 인간은 있다, 그것은 크레나도 안다. 신을 키운 신부나 라이덴을 보호해 준 노부인의 이야기는 들었고, 레나나 아네트나 더스틴도 있다.

크레나 자신도 부모를 구하려고 한 백은종^{셀레나} 군인을 잊지 않는다. 크레나는 그때 어려서 그 사람의 이름을 기억할 수 없었기에 찾아 달라고 할 수 없었지만.

앞으로 온다는 종군사제와 보조 교원도 악인이 아니겠지.

그래도 아직은 만나고 싶지 않다. 두려우니까.

그렇다. 두렵다.

크레나는 계속, 여태까지 그게 두려웠다.

유일하게 믿을 수 있는 신이나 동료들이 아닌 다른 누군가를 믿는 것이.

두 다리를 껴안고 사이에 얼굴을 묻었다.

신용했다간 언젠가 또 똑같은 짓을 당한다. 웃으면서 부모를 쏴죽인 군인들. 돌아오지 않았던 언니. 처음에는 정말로 외톨이 상태로 내던져진 86구의 죽음의 전장.

그런 일이 분명히 또 일어난다.

백계종은, 인간은—— 세계는 잔인하다.

배신할 것이다. 신용해서는 안 된다.

믿을 수 없다.

그러니까 미래란 것도 사실은 있을 리가 없다.

꿈이나 마찬가지다. 오늘 밤은 좋은 꿈을 꾸고 싶다고 비는 것과 비슷한 정도다.

볼 수 있다면 보고 싶다.

하지만 볼 수 없었다고 해도—— 그건 어쩔 수 없다. 그 정도의 일이다.

"전쟁은."

그것도—— 끝나지 않을 테니까…….

기동타격군의 본거지에서도 비밀리에, 또한 〈레기온〉의 한탄과 비명이 항상 들리는 신의 부담을 생각해서, 제레네는 통합사령부와 가까운 지하 연구소에 수용되어 있다.

통합사령부 일을 마친 뒤, 밤에 되어서야 그 제레네를 찾아온 신은 웃음을 터뜨리는 〈레기온〉이라는, 정말로 상상도 하지 않았던 것과 마주치게 되었다.

"슬슬 화내겠어, 제레네."

《아니, 저기, 웃어서 미안하다고 생각은 하지만⋯⋯! 아하하하하⋯⋯!》

제레네는 현재 대화 이외의 기능을 제한하고 방해하기 위해, 차단 컨테이너에 봉인되어 있다.

그 컨테이너 안팎의 단자 너머로 유선으로 접속된 저감도 카메라와 마이크와 스피커가 대화하기 위한 창구인데, 그것들이 있는 종이상자가 매직으로 얼굴을 그리고 다른 상자 위에 놓인 바람에 이상한 인형처럼 된 건 대체 어째서일까.

"돌아가도 될까?"

《아, 미안해, 기다려 줘. 내가 잘못했으니까 이야기를 조금 더⋯⋯ 푸흣.》

웃음을 흘리더니 또 전자음의 대폭소로 웃어대기 시작했다.

말 그대로 말이 안 통하는 제레네를 무시하고, 신은 모든 악의 근원을 노려보았다. 아무리 그래도 제레네가 알 턱이 없는 레나와의 소동을 전한 것은 보나 마나.

"비카. 나중에 두고 보자."

"할 수 있다면야."

100퍼센트 장난기인 얼굴로 비카는 코웃음을 쳤다.

웃음을 참으면서 제레네가 말했다.

《이야기를 되돌리겠는데.》

"……되돌리지 않아도 돼."

《그만 삐치지? 되돌려야 하잖아? 당신은 애초에 그걸 들으러 왔으니까.》

그때 찰칵, 하고 기계의 스위치를 넣은 것처럼. 제레네의 목소리는 냉기를 품었다.

《——대공세에 대해서.》

연방에서 에이티식스는 본래 임관 전에 받아야 할 고등교육을 종군하면서 배우는 연방 특유의 소년 사관—— 특별사관 취급이다.

그리고 유소년기에 강제수용소로 끌려가 학교도 제대로 다니지 못했던 그들은 배워야 할 교육의 양이 일반 특별사관보다 많다. 그러니 휴가를 겸한 통학 기간 외에도 최대한 강의나 자습 시간이 설정되었다. 훈련 기간은 물론이고 파견 임무 도중에도.

본거지인 뤼스트카머 기지에 자습실이 있는 것도 그 일환이다.

그 자습실에 사람이 꽤 많은 모습을 보고 레나는 지나치려던 발길을 멈추었다.

얼마 전까지 자습실은 대대장과 부장들 정도밖에 쓰지 않는, 한산한 방이었다.

위관급으로는 권한이 부족한 대대장 직급을 규정보다도 많은 보좌를 두어서 메우고 있는 대대장, 대대 선임은 서둘러 특별사관 과정을 수료하고 다음 과정으로 넘어갈 것이 요구된다. 당연히 부여되는 과제도 다른 이들보다 많다. 집무 틈틈이 자습하지 않으면 쫓아갈 수 없다.

그럴 텐데도 지금 들여다본 자습실에는 그들 외에도 수많은 사람이 책상 앞에 앉아서 보조 교원의 강의를 듣고 있었다. 지금은 저녁 식사 시간이 끝날 즈음이라서 아직 식사 중인 사람도 있을 터이고 자기 방에서 공부하고 있을 사람의 존재도 생각하면 상당한 비율로 자습에 임하는 모양이다.

"신 녀석을 찾는 거라면, 신부님 마중 말고도 그 녀석한테는 할 일이 많으니까 오늘은 통합사령부에서 안 돌아와."

뚜벅뚜벅하는 무거운 부츠 소리가 다가와서 돌아보니 라이덴이었다.

"그렇습니까……. 아, 아뇨, 딱히 신을 찾는 게 아니라, 저기, 사람이 많구나 싶어서."

"아하."

반쯤 정곡을 찔려서 다급히 고개를 내젓는 레나에게, 라이덴은 신경 쓰는 기색도 없이 고개를 끄덕였다.

"휴가가 끝났을 때부터 이래. 얼마 전까지 이 방을 싫어하는 녀석들이었는데."

라이덴이 자리가 절반 넘게 채워진 자습실 안을 보며 말했다. 평소에는 느슨하게 하고 다니는 넥타이를 왜인지 오늘은 목까지 잘

매고 있다. 옆구리에 낀 것은 교재와 노트 겸용의 정보단말.

"에이티식스가 아니게 되라고 은근슬쩍 떠미는 것 같다냐."

"……"

상주하는 보조 교원들이 있고, 책장에는 교재가 가득하고. 더불어서 진로에 참고하라고 준비된 연방의 고등교육기관이나 직업훈련소의 자료, 어린이나 학생용 직업 도감. 전장 밖의 세계를 따라잡을 정도인가 싶어지는 자습실.

보조 교원들도, 이 방을 만들게 한 연방군도, 분명 에이티식스가 아니게 되라고는 말하지 않는다. 다만 전쟁이 끝난 뒤의 미래를 보았으면 하는 바람으로…… 하지만 여기에 온 에이티식스들에게는 그 바람이 아직 너무 일러서.

지금은 그걸 보려는 사람들이 조금씩 불어나기 시작했다.

그 사실에 레나는 안도했다.

"라이덴도 공부하러 왔나요?"

"뭐, 그렇지. 슬슬 전쟁이 끝난 뒤를 생각해야겠다 싶어서. 그보다 들었어? 신임 보조 교원 이야기."

"예."

그렇게 말하며 레나는 싱긋 웃었다. 어쩐지 예의 바르게 옷을 잘 갖춰 입었다 싶더니 그런 건가.

"라이덴의 예전 선생님이었다면서요."

"과제를 몇 개 빼먹은 게 들켜서. 지금부터 설교와 보충수업이야. 여전히 잔소리가 많다니까……"

입가를 일그러뜨리며 한숨을 내쉬었다. 그 신임 보조 교원인 노부인이 어느새 이쪽을 물끄러미 바라보는 것을 깨닫고 장난치다 들킨 아이처럼 눈을 돌렸다.

"레나도 가끔은 보충수업 안 해 볼래? 세오나 크레나는 별로 여기에 안 오고, 앙쥬는 선택과목이 다르고, 신은 오늘 없고, 저기…… 할머니와 나만 마주 보기 싫거든……."

그 노부인보다도 훨씬 큰 덩치로 조그만 어린애 같은 소리를 소곤소곤 말하는 바람에, 레나는 웃음을 터뜨렸다.

어린애처럼 눈썹을 늘어뜨린 그에게 미소와 함께 물었다.

"라이덴. 전쟁이 끝나면 하고 싶은 일이 있습니까? 지금은."

2년 전의 공화국 86구의 전장에서 신에게 물었던 말이다. 그때는 지각동조 너머의 목소리 말고는 서로를 전혀 모르는 채로——미래가 없다는 것을 모르는 채로.

지금은 어떨까. 살아남아서, 죽지 않아도 되는 곳에 와서…… 전쟁이 끝났을 때의 일을 생각할 수 있게 되었다면.

라이덴은 잠시 침묵했다.

그 질문이 싫다든가, 대답하고 싶지 않다든가, 그런 게 아니라…… 뭔가 그리워하듯이.

"레나가 전에. 2년 전에 신에게 그 질문을 했을 때 말이지."

——글쎄요. 생각한 적도 없습니다.

"그때 녀석에게는 정말로 바라는 게 없었어. 금방 죽으니까 그런 게 아니라, 죽은 형에게 사로잡혀 있었으니까. 그 형을 보내주고 싶다는 것밖에 없었으니까."

"……."

"그러던 신이—— 저번에 네게 바다를 보여주고 싶다고 바란 것은, 그러니까 기적 같은 일이고, 녀석 나름대로 꽤 각오 단단히 하고 한 말이야. 그걸 레나도 조금 더 이해해 주었으면 하는데."

레나는 정신이 아득해졌다.

뭐지? 도망칠 곳이 필요하다. 구멍을 파고 들어가면 좋겠는데.

"어떻게, 아는 건가요……."

가엾은 것을 보는 눈으로 레나를 바라보는 라이덴.

"저기, 레나. 안타깝지만, 거의 모두한테 들켰어."

"당신의 정보와 들어맞는 병기를 연방군이 확인했다. 제2차 대공세의 조짐일 것으로 판단했다."

〈레기온〉의 정지 수단을 공개하면 연방이, 최악의 경우 인류 그 자체가 분열한다.

그러니까 은폐하겠다고 신과 비카가 결심하고, 그 대신 제시할 수 있는 정보를 제레네에게 요구하여 얻어낸 것이 〈레기온〉이 현재 계획하고 있다는 제2차 대공세 정보다.

《그렇겠지. 그것은 〈레기온〉에 금지된 항공병기의 대체품으로 총지휘관기들이 고안하고 개발한 병기인걸. 금칙사항이 풀리지 않는 이상, 폭격 대신 또 그걸 투입할 거야. 확실히 재건조가 진행되었다면 그 정도 예상은 가.》

신은 눈을 껌벅였다. 제레네는 총지휘관기다. 당연히 그럴 거라고 생각했는데.

"예상? 확정 정보가 아니었나?"

《연구와 개발 쪽에서 내 관할은 제어계고, 기밀 관계로 관할 밖의 사항은 자세히 몰라. 저기…… 공화국에서 노획한 뇌의 샘플을 기반으로 한 연구야.》

"〈목양견〉^{쉽독}……인가."

〈레기온〉인 제레네가 말하기 거북스러운 눈치로 설명하고, 인간인 비카가 태연히 긍정하는 모습은 지금 봐도 기묘하다.

《그리고 고기동형——이 아니라 포닉스라고 한댔지. 재미있는 이름을 붙이네, 당신들.》

이번에는 비카가 눈썹을 찌푸렸다.

"잠깐. 그 신형도 경의 관할—— 제어계 연구의 계통인가?"

《맞아. 그러니까 내가 당신들에게 보내는 말을 담을 수 있었어.》

"……?"

비카가 의아한 눈치로 생각에 잠겼다.

그대로 질문을 계속하려는 분위기가 아니기 때문에 신은 이야기를 되돌렸다.

"이번에는 병력이 증강되지 않나? 이것과 관련해서는 현재 어디서도 보고가 없다."

제2차 대공세에 대해 제레네가 준 정보의 진위도 확인할 겸, 각국에서 대치하는 〈레기온〉 집단에 대한 정보 수집이 강화되었다.

연방에서는 신에게도 몇 차례 색적에 협력해 달라는 요청이 왔는데—— 눈에 띄는 병력 증가가 감지되는 일은 딱히 없었다. 거리 문제인가도 싶었지만, 어느 전장에서도 병력이 증강되는 징후가 포착되지 않는다면 이야기는 달라진다.

《그래. 〈레기온〉은 지난 대공세에서 병력 증강으로 작전목표를 달성할 수 없었어. 그러니까 제2차 대공세에서는 각 병종의 개량과 성능 향상을 통한 전력 증강으로 전략을 변경했고.》

이를테면 방전교란형의 광학 위장과 기후 조작. 이를테면 잡병인 〈검은 양〉을 대체하는 상위호환인 〈목양견〉.

《다만 역사상 자원이 없는 나라가 그랬듯이, 숫자를 채울 수 없으니까 질을 중시한 것도 아니야. 아쉽게도. 제1차 대공세도 실패한 전선만 있는 건 아니니까. 그런데…….》

제레네는 담담히 말했다.

《역시 당신은 〈레기온〉의 숫자나 위치는 꿰뚫어 보아도, 원거리의 〈레기온〉의 모습이 보이는 건 아니네.》

신이 움찔하며 고개를 들었다.

제레네는 협력적이지만 〈레기온〉이다. 불필요한 정보를 줘서는 안 된다. 카메라와 마이크와 스피커밖에 없는, 움직이는 능력과 통신기능이 일절 없는 인터페이스. 소속 부대와 직위는 말하지 않았다. 잡담으로 레나의 이야기한 비카도 사실 그 이름조차도 입에 담지 않았다.

당연히 신의 이능력에 대해서도 자세히 말하지 않았다.

《당신에 관해서는──특이적성체 '발레이그르'에 관해서는 〈레기온〉도 인식하고 있어. 발레이그르는 미지의 수단을 이용한 광범위 고정밀도의 색적 능력을 가졌으나 병종의 파악은 불가능하다. 동결기를 감지할 수 없다는 등의 제한도 있다. 거기까지도

추측했거든. 실제로 레비치 요새기지 전투에서 당신은 내 덫을 간파하지 못했지.》

첫 번째 용아대산 공략작전에서 〈레기온〉 전선부대가 중전차형^{디노자우리아}주체의 중기갑부대로 교체되었음을 알아차리지 못해서 양동부대를 보냈다가 격파당했다. 숫자와 위치는 알 수 있지만 병종은 추측할 수밖에 없는, 신의 이능력의 약점을 찌르는 형태로.

"그걸 간파하지 못한 건 내 실수니까 찔리기는 하는데. 설마 〈레기온〉은 노우젠 한 명만을 경계해서 전략 변경을 감행했나?"

《그것만은 아니지만, 설마라고 할 정도도 아니야. 지난 대공세는 몇 년에 걸쳐 준비한 건데, 그걸 미리 예지하여 요격 준비를 갖춘 끝에 결국 버텨냈으니까. 〈레기온〉 총지휘관기는 당신의 가치를 당신이 생각하는 것보다 높게 보고 있어. 가능하다면 손에 넣고 싶고, 그 이상으로 조속히 제거하고 싶다고 생각할 정도로.》

그러니까.

《당신 부대의 다음 작전. 어디로 가는지는 묻지 않겠지만……어딜 가든지 부디 조심해.》

†

"자, 일단은 오랜만이군, 노우젠. 밀리제 대령님도."

뤼스트카머 기지의 브리핑룸에는 신이 속한 제1기갑 그룹, 곧 파견을 앞둔 대대장과 선임 지휘관, 작전지휘관인 레나와 그 참모진, 동행하는 비카와 그 참모진이 모였다.

그중에서 유일하게 제2기갑 그룹에 속하는 소년이 타원형 테이블의 한구석에서 웃었다.

　치리 시온 중위. 제1기갑 그룹이 휴가일 동안 작전을 담당했던 2개 기갑 그룹 중 제2기갑 그룹의 전대 총대장이다.

　또 반년 전의 대공세 때 공화국 남부전선 제1전투구역 제1전대 〈레더 엣지〉의 전대장. 그랑 뮬이 돌파당한 뒤에도 레나의 지휘 하에 들어가지 않고 독자적인 방어거점을 구축한 에이티식스들의 대장 격 소년이다.

　"마지막으로 본 게 연합왕국 때니까 한 달 남짓인가. 제2는 아직 통학 기간 아닌가?"

　그 소년은 고개를 갸웃거린 신에게 답답한 학생복 차림으로 어깨를 으쓱였다. 라이덴보다도 훨씬 큰 체구. 진한 금색 머리와 두 눈동자.

　"상황 설명을 위해서 오늘만 특별히 왔어. 제3의 카난은 작전 중이고, 너희의 파견지 —— 레그기드 정해선단국군에서 싸운 것은 지금 기지에서 우리밖에 없으니깐."

　레그키드 정해선단국군(征海船團國群).

　연합왕국 동쪽, 연방 북쪽에 위치하는, 두 나라와의 국경인 산악, 구릉지대와 북쪽 해안선에 끼인 좁은 지역을 영토로 삼는 군소국(群小國) 연합이다.

　〈레기온〉 전쟁에서는 구릉지대의 동쪽 끝부터 침공받아서 구성국 하나를 송두리째 방어지대로 바꾸는 결단으로 10년을 버렸지만, 결국은 군소국 연합이다. 작년 대공세로 마침내 한계에 달해서 10년 만에 연락이 닿자마자 연방에 구원을 요청한 것이 넉 달 전 일이다.

이에 치리를 필두로 하는 제2그룹이 파견되어서 〈레기온〉 거점 세 곳의 파괴 작전을 실시했다. 파견 당초부터 위치가 특정되었던 생산거점 두 곳을 제압하고, 파견 기간이 끝날 즈음에 위치가 확정된 세 번째, 사령 거점의 제압에 들어가려다가……

결론부터 말하자면, 공략을 마무리하지 못하고 일단 철수하게 되었다.

"너희 제1이 이번에 제압하는 건 그 세 번째 거점이야. 우리의 철수 사정은 들었을 테지만, 일단 보여주는 게 빠르겠구나."

홀로스크린이 전개되었다. 조악한 광학 영상이 나왔다.

전체를 메우는 것은 색감도 농담(濃淡)도 제각각인 청색이어서, 마치 바람이 센 날의 호수와도 비슷하게 파도치는 물가였다. 이빨처럼 날카롭게 솟은 파도 너머에 금속 건조물이 우뚝 서서 요새임을 알 수 있었다. 다음 제압 목표는 수상. 7년 동안 전쟁터에서 살았던 신도 아직 경험한 적이 없는── 해상전이다.

이때만 해도 그것은 오히려 문제와 거리가 멀었다.

해상요새의 최상층. 확대 사진.

쇳빛의 〈레기온〉 중에서는 특이하게 검은 장갑. 도깨비불 같은 푸른 광학 센서. 연방과는 미묘하게 색감이 다른 군청색 하늘을 등진, 은실을 짜서 만든 두 쌍의 방열용 날개.

그리고 잊을 수도 없을 터인, 하늘을 향해 솟구친 한 쌍의 창 같은 포신.

핏빛 눈을 가늘게 뜨며 신은 내뱉었다. 제레네나 에른스트에게도 들었지만, 두 번. 두 번이나 싸우고 싶은 상대는 아니다.

"전자가속포."

구경 800mm. 초속(初速) 8000m/s. 유효 사거리는――― 400킬로미터.

전투중량 천 톤을 가볍게 넘는 거구를 열차포의 형태로 빠르게 이동시키며 연방과 연합왕국, 맹약동맹과 공화국의 각 전선을 홀로 위협했던 최대 최강의 〈레기온〉.

전자가속포형.

침묵이 브리핑룸을 지배했다.

이 자리에서 전자가속포형과 직접 대치해 본 사람은 신밖에 없지만, 그 위협은 당시에 공화국 전선에 있던 에이티식스도, 연합왕국군 지휘를 맡았던 비카도 잘 안다.

고작 이틀 만에 연방의 4개 연대 2만여 명과 그들이 있는 기지를 일방적으로 불사르고, 그랑 뮬을 하룻밤 만에 함락한 대공세에서 〈레기온〉이 꺼낸 카드.

이 한 대를 격파하기 위해서 연방과 연합왕국, 맹약동맹은 협동하여 적진 돌파를 감행할 수밖에 없었다. 안 그래도 대공세로 막대한 피해를 본 세 나라에 이 대출혈은 결정적이라서, 연방, 연합왕국은 전진을 정지. 핀포인트로 중점을 노린 기동타격군의 운용으로 방침을 바꿀 수밖에 없었다. 그렇듯 단 한 기로 세 나라의 전략을 바꾼 그 녀석이.

"선단국군은 이 거점을 마천패루(摩天貝樓)로 명명했어. 위치는 〈레기온〉의 지배 영역이 된 옛 크레오 선단국의 해안에서 직선거리로 300킬로미터 떨어진 바다. 전자가속포형을 확인한 조사선은 직후에 포격으로 침몰했으니 저쪽도 위치가 드러난 사실을 파악했다는 뜻이야. 그 이후로 선단국군의 영해 및 사거리 내 방어진지에 대한 포격이 연일 실시되고 있어."

해발 고도가 낮아서 남쪽 구릉지대에서 물이 흘러드는 위치에 있는 선단국군은 그 국토의 태반을 습지대가 차지한다. 중량급 펠드레스의 운용에 불리한 곳이다.

그 대신 국토를 차지하는 것이 몇 겹으로 부설된 방어진지대, 그리고 〈레기온〉의 지배 영역에 접한 해역의 무수한 섬들에 구축된 포진지와 군함이다.

선단국군은 그 성립 과정 탓에 어울리지 않을 정도로 강력한 해군을 갖는다. 포진지에 설치된 사거리 100킬로미터 이상의 다연장 로켓포의 원호 아래, 해안 근처까지 군함이 진출하고 견고한 방어진지에 발이 묶인 〈레기온〉의 군대를 측면에서 함포사격과 함재 다연장 로켓포로 불태우는 것이 10년 동안 취한 선단국군의 전투 방식이다. 국토의 남북 폭이 좁고, 태반이 습지대라서 〈레기온〉도 제대로 공격하기 어렵기 때문에 가능한 일인데.

그렇게 가까스로 10년을 버텨내었던 국방의 핵심이.

"해상 포진지는 한 달 사이에 전멸. 〈레기온〉의 지배 영역에 접한 항로가 포격을 받아서 군함의 피해도 막대. 무엇보다 육상 방어진지의 제1열이 절반 가깝게 레일건 사거리에 들어간 게 아팠어. 우리가 철수한 직후에 선단국군은 방어진지 제1열을 포기. 제2열 예비진지까지 후퇴할 수밖에 없었다고 해. 국토가 좁은 선단국군의 실질적 최종방어선까지 말이야."

비카가 담담하게 입을 열었다.

"그리고 선단국군이 함락되면 대공세의 재래인가. 늪지대라서 중량급 펠드레스를 운용할 수 없는 전장이 전자가속포형의 포진지가 되면 연합왕국이든 연방이든 손을 쓸 수가 없어진다."

선단국군의 위치는 연합왕국 동쪽, 연방 북쪽인 이웃 나라다. 400킬로미터의 사거리를 갖는 포라면 과거의 국경선을 넘어서 두 나라의 동쪽과 북쪽 전선과 기지, 일부 도시도 포격할 수 있다.

리토가 얼굴을 찌푸렸다.

"혹시 연방이 다시 우리를 보내는 건, 사실은 자기들이 위험하니까……?"

치리가 한숨을 쉰다. 리토는 대공세 때 공화국 군인을 따르기 꺼려서 치리가 지휘하는 거점에 있었던 리토와도 면식이 있다.

"리토. 넌 생각한 바를 그대로 말하는 버릇을 그만 고치렴. 너도 여기서 사실 리토는 울보라는 소리를 듣고 싶지 않겠지?"

"아니……. 그만해, 치리 형!"

"또 가끔 엄마라도 부르듯이 나를 노우젠 대장이라고 잘못 부른 것도."

"그만하라고!"

"시온. 리토는 됐으니까 계속해 줘."

담담히 신이 말하자, 치리는 어깨를 으쓱였다.

"연합왕국 파견에서도 말했을 텐데, 노우젠. 치리라고 불러. 패밀리 네임은 싫어. 아무래도 떠올리게 되니까."

얇은 입술로 씁쓸하게 웃었다.

"누나가 있었거든. 전사했지만. 당연하지만 묘도 제대로 만들어 줄 수 없었으니까, 하다못해 누나의 입버릇만이라도 남겨두고 싶어."

"참고로 누나가 있었다는 것부터 다 거짓말이니까."

"아니, 리토! 조금 더 말하게 해 줘!"

레나가 진지한 표정을 지었다가 전제가 뒤집히는 바람에 어중간한 표정으로 얼어붙었고, 무정하게 진실이 까발려진 치리가 뚱한 기색을 했다.

"아이참……. 86구에서 툭하면 들개처럼 싸워댄 건 노우젠도 알지? 누가 전대장이네, 누가 마음에 안 드네 하면서 주먹질이나 해대고. 난 그런 게 싫어."

그리고 씁쓸하게 내뱉었다. 라이덴보다도 큰 키. 채찍처럼 군살 없는 체구. 이 자리의 누구보다도 폭력에 뛰어나 보이는 외모로, 그 폭력을 꺼리듯이.

"우리는 개가 아니고 사람이니까, 사람을 때리지 않는다는 원칙을 잊으면 안 돼. 그렇게 생각해도 이 덩치로는 아무래도 다툼에 휘말리기 쉬워서…… 이런 식으로 말하면 싸움을 피할 수 있었거든. 그렇게 5년이나 지내서 완전히 몸에 밴 거야."

건들건들 손을 흔들면서 계속 말을 이었다.

"아무튼…… 우리 추태의 뒤처리를 떠넘기게 되어서 미안하지만. 아무래도 사거리 400킬로미터의 초장거리포를 상대로 계획도 없이 뛰어드는 건 우리도, 선단국군도 불가능해서."

"선단국군이 한 달 동안 최종방어선까지 밀리면서도 기동타격군 재파견을 재촉하지 않은 이유입니다. 그들에게도 준비와──기다리는 타이밍이 있으니까."

말을 이어받은 것은 연합왕국의 자흑색 군복을 입은, 아직 소녀인 장교였다. 선단국군에 비카를 대신해서 제2, 제3그룹과 함께 〈알카노스트〉를 이끌고 파견되었던 선임 지휘관 소녀.

"다시 말해 전자가속포형의, 400킬로미터 사거리를 돌파할 준비입니다. 일단 이쪽을 봐주세요."

등을 쭉 편 아름다운 자세로 한 손을 흔들어서 조작용 홀로윈도우를 불러내었다. 자료 화면을 표시하려는 그녀에게 치리가 대수롭잖게 말했다.

"부탁해, 자이샤 소령님."

"……! 그러니까 내 이름은 자이이샤^{새 끼 토 끼}가 아니라니까요……!"

갑자기 자이샤는 용수철 장난감처럼 치리를 돌아보았다. 왜인지 울상을 하고.

참고로 이 자이샤라는 사람, 키는 프레데리카보다 조금 큰 정도로, 가녀린 체구에 다갈색 머리를 두 갈래로 땋았고 둥그런 안경 안쪽에는 보라색 눈동자가 있다. 그러한 색채는 순혈 자영종^{아마티스타} 그 자체지만, 귀족이 군인인 연합왕국의 가치관에 어울리지 않게 왠지 심약해 보이는 인상을 주는 소녀였다.

"하지만 연합왕국 사람들이 그렇게 부르길래."

"그건 그렇지만, 그건 애초에 비카 전하께서……!"

"너는 이름도 성도 긴데다가 타국민은 발음하기 어려울 테니까. 어쩔 수 없지."

"그렇다면 로샤라고 불러달라고 몇 번이나 말씀드렸는데……! 다들!"

자이샤는 필사적으로 브리핑룸을 둘러보았지만, 모두가, 신이나 레나조차도 미안하다는 심정으로 시선을 돌렸다.

비카의 말처럼 그녀의 본명은 길고, 공화국 태생인 레나도, 에이티식스도, 연방인 참모들도 발음하기 너무 어렵다. 부를 때마다 혀가 꼬일 거면 차라리 부르기 쉬운 별명이 그나마 예의를 잃지 않는 편 아닌가 생각한다.

"됐으니까 본론으로 돌아가라."

비카가 거듭 그렇게 말하는 바람에 어깨만 축 늘어뜨렸다.

"알겠습니다. 외람되나마 소신이 설명해드리겠습니다."

설명 화면을 홀로스크린에 표시. 선단국군 연안부와 그 북쪽에 펼쳐진 해상 지도.

그 중앙에 붉게 빛나는 마천패루 거점의 표시 주위에는.

"마천패루 거점은 아까 치리 중위가 설명한 대로 〈레기온〉 지배 영역에서 300킬로미터 해상에 건조된 요새입니다. 또한 건조 시기는 불명. 선단국군은 개전 후에도 영해 전역의 제해권을 유지했기 때문에, 선단국군 이외의 연안국이 함락된 뒤로 그쪽 항구에서 진출, 건조한 것으로 추정됩니다."

현재 연방이 안부를 확인한 다른 나라들은 대륙 중북부에서 서부, 남부에 걸친 극히 좁은 범위뿐이다. 특히나 동방의 나라들과의 사이에는 현재 〈레기온〉이 지배하는 광대한 자갈사막과 두꺼운 방전교란형의 벽으로 가로막혔기 때문에 무전이 닿지 않는다.

"개전 이전에 선단국군이 채굴 계획을 세웠던 해저광맥의 채굴 예정 지점 바로 위입니다. 또한 열원으로 이용을 검토했던 해저 화산을 마찬가지로 열원으로 이용하고 있습니다. 아마도 공창이 겠지요. 그리고……."

둥그런 안경 너머, 원래부터 처진 느낌이 나는 고운 눈썹이 더욱 처졌다.

"지금 설명한 대로. 보시다시피 이 거점 주위에는 인공, 천연을 불문하고 해수면보다 높은 것이 일절 존재하지 않습니다."

지도상 마천패루 거점 표시 주위에는 수십 킬로미터에 걸쳐서 외딴섬 하나 없다. 이용하는 자원은 해저광맥과 해저화산. 즉, 주위에는 이용할 수 있는 육상 자원이 없다.

사거리가 400킬로미터에 달하는 초장거리포의 포격 아래를 지나가야 하는데―― 몸을 숨길 장소가 전혀 없다.

"그런고로 선단국군은 태풍을 기다리고 있습니다. 당장에라도 붕괴하려는 방어진지에 떨면서도 한 달에 걸쳐 공략작전을 실시하지 않은 이유입니다. 선단국군에서는 이 시기, 늦여름에 북쪽에서 커다란 태풍이 옵니다. 그 태풍을 틈타 전자가속포형의 포격 범위를 돌파하기 위해서."

차폐물이 없는 해상에서, 태풍의 높은 파도와 시야를 가리는 비바람을 엄폐물로 삼기 위해서.

고개를 갸웃거리며 레나가 물었다. 태풍을 이용한다니, 말은 쉽지만.

"하지만…… 태풍을 뚫고 가려면."

"보통 배로는 어렵겠지요. 특히나 이 해역은 연안에서 멀고 파도가 거칩니다. 작은 배로는 태풍이 아니더라도 힘들다고 합니다. 전투기조차도 태풍 안을 날아가서 돌아올 수 있다는 보증이 없다나요. 기다리는 기회가 태풍이라면 준비도 거기에 맞춰야 합니다. 즉── 보통 배로 태풍을 뚫고 갈 수 없다면 파격적인 군함을 내보내면 됩니다."

영상이 바뀌고 그것이 나왔다.

함선이란 말의 이미지와는 어딘가 이질적인, 위가 평평한 실루엣. 선체 중앙이 아니라 좌현 쪽으로 달린, 아일랜드로 불리는 특이한 함교와 대조적으로 평탄한 비행갑판. 함교를 한쪽으로 몰아서 함수 쪽과 함미에 두 개씩 길게 확보한 활주로와 캐터펄트.

그것들조차도 함재기 출격에 방해가 되지 않도록 비행갑판에서 한 단 낮게 만들어진, 2기 4문의 40센티미터 연장포와 함교 최상부에 설치된 고풍스러운 여성상이 희미한 햇빛을 어둡게 반사했다.

"정해함. 이번 작전에서 기동타격군을 운반하는 것은 선단국군이 자랑하는, 고래를 사냥하는 군함입니다."

제2장 Moby-Dick; or, The Whale

　무겁고 어두운 구름이 낀 하늘 아래, 묵직하고 검게 파도치는 수면. 울퉁불퉁하고 어두운 색조의 암초. 음울한 파도 소리와 구슬픈 바닷새 소리. 그리고 저 멀리 연이은 섬들처럼 우글우글 좌초하여 썩어버린 군함.

　"바다는 맞는데……."

　"아니로다! 이런 것이 아니란 말이다!"

　처음 보는 바닷가 풍경에서 시선을 되돌리며 말한 신에게 프레데리카가 발을 구르며 소리쳤다.

　──바다를 보고 싶나.

　그렇게 말했을 때의 프레데리카가 떠올렸던 것은 햇살이 따가운 하늘 아래 투명할 정도로 파란 바다라든가, 산호 조각이 부서진 것이라는 하얀 모래사장이라든가. 빛을 뿌리며 흩어지는 파도라든가, 선명한 녹색의 야자나무라든가, 아름다운 꽃이라든가, 요란스럽게 울어대는 갈매기 소리라든가.

　참고로 바다가 검은색인 것은 구름 낀 하늘 때문만이 아니라 해저의 바위나 모래가 검기 때문으로, 날씨가 좋아도 이 바다는 검다. 항상 검다. 1년 내내 기온이 낮으니까 헤엄도 칠 수 없다.

"게다가 무언가 묘하게 비린내가 난단 말이다! 이게 무슨 냄새더냐……!"

"바다 냄새 아닐까? 난 잘 모르겠지만."

어딘가에서 그렇게 읽었을 뿐이다. 실제로는 모른다. 그러니까 가령 냄새를 맡았더라도 모른다.

"우우. 모처럼 바다에 왔는데, 대체 무얼 어떻게 하면 좋을지 모르겠다……!"

철썩. 바위벽에 밀려와서 성대하게 흩어지는 파도를 노려보던 프레데리카는 급기야 울상을 지었다. 기대가 너무 철저하게 부서져서 감정을 발산할 상황도 아니게 된 모양이다.

"애초에 그대는 이래도 되는가! 바다를 보여주고 싶다고, 함께 바다를 보고 싶다고 블라디레나에게 말하지 않았더냐. 그 바다는 이런 바다가 아니겠지?!"

"분명히 이건 보여주고 싶은 거랑 조금 다르지만……."

그대로 조금 떨어진 장소에 있는 사람을 보았다. 여전히 아직 이야기는 하지 못했지만.

"이건 이거대로 레나가 기뻐하는 모양이니까."

시선의 끝.

레나는 말없이 그저 하얀 얼굴을 환히 빛내며 밀려오는 파도를 바라보고 있었다.

그 옆얼굴을 보고 있으면 신도 무심코 웃음이 흘러나왔다. 프레데리카는 힘없이 말했다.

"그대들…… 정말이지……."

저 멀리, 가느다란 은피리 소리 같은 '노래'가 파도 소리를 넘어서 희미하게 들렸다.

"방금 '노래'는 놈들의 최대종인, 그녀와 같은 50미터급의 울음소리다. 선단국군에서는 드문 일도 아니지만, 오자마자부터 들을 수 있다니, 너희는 운이 좋군."

개전 직후에 접수되어 군 기지가 되었다는 해양대학 부속박물관의 광대한 홀. 그 중앙에 서서 장교는 밝게 말했다. 소매에 팔을 꿰지 않고 겉에 그냥 걸친, 남옥색과 진홍색 안감의 해군 군복. 이마부터 왼쪽 눈 가장자리를 거쳐서 광대뼈 밑까지 새겨진, 불새가 날개를 펼친 듯한 정밀한 문신.

바닷바람에 단련된 목소리는 맑게 울렸다. 볕에 탄 피부와 볕에 바랜 금갈색 머리, 취록종의 연한 녹색 눈만이 타고난 색채겠지.

하지만 그 자리에 모인 기동타격군 인원들은 모두 그보다도 머리 위, 배 모양의 천장에 매달려서 당당히——다소 비좁은 듯이 자리를 잡은 그것에 눈길을 빼앗겼다. 신도 예외는 아니었다.

그 거대한——지상에서 현재, 그리고 과거에 존재한 모든 동물보다도 거대한 백골에.

"그녀가 우리 정해함대가 자랑하는 최대의 전과——라고 말하고 싶다만, 애석하게도 자연사한 시체가 표착한 것이지. 그때는 물고기가 많이 몰려서 잡는 것마다 죄다 기름이 올라 좋았다는 모양이다. 묻어서 골격표본으로 만들려던 학자 양반들은 많이 고생했다고 하지만."

천년을 넘은 나무처럼 굵은, 그 자체가 거대한 용으로 생각되는 등뼈가 이어져 있다. 그 안에 자그만 집 정도는 지을 수 있을 듯한 흉곽. 긴 목뼈와 뾰족한 머리. 무엇보다도 뼈로 변했어도 그 존재 자체에 압도되는—— 차원이 다른 거구의 위용.

신은 비슷한 종류의 생물 골격 표본을 예전에 본 적이 있다고 생각했다.

강제수용소에 보내지기 전, 어딘가의 박물관 같은 곳에서 보았다. 그때는 옛날이야기에 나오는 용의 뼈라고 생각했던 대형 짐승의 표본…….

"전쟁이 시작되기 몇 년 전에 산마그놀리아 공화국의 왕립박물관에 대여한 적이 있으니까 본 적이 있는 사람이 있으려나. 기억하는 사람은 부끄러워하지 말고 손을 들어 봐라. 자, 어서!"

이전에 본 골격표본 그 자체였다.

하지만 일단 신은 무시했고, 다른 사람들도 손을 들지 않았다.

문제의 박물관이 있는 곳은 공화국 수도 리베르테 에트 에갈리테고, 주민의 태반이 백은종이기 때문에 에이티식스들밖에 없는 이 자리에서는 애초에 보러 간 사람도 거의 없다.

장교 혼자만 놀란 기색이었다.

"어라, 이상하네……. 놀러 온 꼬맹이들에게 인기 만점이었다고 들었는데. 뭐, 좋아. 그녀의 이름은 니콜이다. 친근함을 담아서 니코라고 불러. 원생해수도 이렇게 죽어서 뼈가 되었으면 무섭지 않겠지?"

이 생물의 이름은 원생해수(고래)라고 한다.

성력 이전부터 해양을──특히나 대륙과 그 연안 해역을 둘러싸고 끝없이 펼쳐진, 푸르고 깊은 외양의 전역을 지배하였던 적성해양생물. 정확하게는 적성해양생물군. 대륙 전체에 진출하여 이를 지배 영역으로 삼은 인류에 맞서서 지금도 바다의 패권을 넘기지 않는 해양의 지배자들이다.

그것은 현대의 강철 군함과 탑재 병기들이 상대라도. 인간과 그들이 만든 온갖 병기, 온갖 플랫폼이 고래들에게는 배제할 대상이다. 인류는 지금도 연안 이외의 해역을 이용할 수 없다. 교역이나 수송 항로에 어선의 조업, 군함의 전개조차도 고래들이 오지 않는 연안의 극히 좁은 범위에 한정된다.

바다는 인간들의 세계가 아니다. 인류는 대륙 밖으로 진출할 수 없다.

그것을 받아들이지 않았던 것이── 지금도 받아들이지 않는 유일한 나라가.

"그리고 나는 이번에 너희와 협동하는 레그키드 정해선단국군 합동해군, 정해함대 〈오픈 플리트〉, 기함 〈스텔라마리스〉 함장인 이스마엘 아하브다. 이스마엘 함장님이든, 이스마엘 대령님이든, 이스마엘 형님이든, 마음대로 불러다오. 아, 아하브 함장님이라고는 하지 마라. 그건 죽은 아버지…… 우리 함대사령관이었던 분을 말하는 거니까."

다시 말해 기동타격군의 파견지인 여기, 레그키드 정해선단국군이다.

고래 구축과 바다 정복을 내건 전투선 집단── 정해선단을 시조로 하는 군소국가 집단. 과거에는 대륙 연안 전역에 존재했던 정해씨족의 마지막 열한 씨족을 모체로 하는 열하나의 선단국으로 결성되어서, 대륙에서 유일하게 원양 전개가 가능한 함대와 고래와 맞붙기 위한 전용 군함── 정해함(征海艦)을 가진 세계 제일의 해군국이다.

그런데 신을 포함한 기동타격군 멤버들은 그에게서 이번 작전의 개요를 듣기 위해 이 홀에 모였을 터인데.

이스마엘의 뒤에 있던, 그보다 몇 살 많은 여성이 입을 열었다. 해군 군복을 꼼꼼하게 갖춰 입었다. 흑단색 피부에는 붉게 새겨진 비늘 문신.

"오라버니. 잡담은 슬슬 그만하시고 작전 개요의 설명으로 들어가지 않으면 기동타격군 여러분이 질리겠습니다."

"어차, 이런, 이런. 일단 우리 귀여운 니코를 소개해 주려다가 그만. 아, 여기 쿨한 미인은 내 동생이자 부장(副長)인 에스텔 대령이다. 꼭 에스텔이라고 불러…… 으음."

에스텔 대령이 말없이 노려보는 바람에 기죽었다.

벽제종과 극동흑종의 혼혈인, 모란꽃 문신을 한 청년 장교가 화이트보드를 덜컹덜컹 밀고 와서 두 사람의 뒤에 설치한 뒤 그대로 말없이 물러갔다.

"자, 그럼 작전 개요 말인데. 우리 정해함대가 마천패루 거점까지 너희를 데려갈 테니까, 너희는 요새를 제압하고 전자가속포형을 해치워 줘. 이상."

"……."

긴박함으로 가득한……이라고 표현하기에는 얼빠진, 김빠진 침묵이 에이티식스들 사이에 가득했다. '이 사람, 괜찮나?' 라는 느낌.

보다 못한 레나가 나섰다.

"마천패루 거점은 고래의 영역과── 먼바다와의 경계선 부근에 있어서 연방도 연합왕국도 현재 이 해역에 갈 수 있는 배가 없습니다. 그러니까 기동타격군은 이번에 정해함과 그 함대에 수송 및 해상 호위를 맡기게 되었습니다."

정해함을 중심으로 해서 호위로 배수량 1만 톤급 원제함(遠制艦)과 6천 톤급 파수함(破獸艦), 색적에 특화된 척후함과 보급함으로 함대를 꾸려서, 고래가 지배하는 먼바다로 나가는 것이 정해함대. 〈레기온〉 전쟁 이전에는 각 선단국에 하나씩, 총 열한 개의 정해함대가 이 북해에 존재했다.

〈레기온〉 전쟁이 시작된 지 10년, 정해함대 소속함도 국토방위에 내몰리고── 대부분이 격침당해서 잔존함은 얼마 되지 않는다는 모양인데…….

그래서 합동함대인가. 처음에 이스마엘이 댄 이름을 떠올리며 신은 생각했다. 보유한 열하나의 정해함대 중 어느 것을 출격시킬 수는 없다. 살아남은 배를 긁어모아서 간신히 하나의 정해함대를 꾸린 것이 합동함대 〈오픈 플리트〉란 소리다.

화이트보드에 자석으로 작전도와 자료를 붙이며 에스텔 대령이 말을 이었다. 아래쪽에 선단국군의 해안선과 중앙 부근에 목표를 가리키는 붉은 점이 표시되고, 그 외는 태반이 바다의 청색인 작전도.

"기동타격군 수송과 왕복 호위 및 왕복 항행 중의 양동을 선단 국군 해군에서 담당합니다. 전자가속포형은 현시점에서 400킬로미터 사거리를 가질 것으로 추정되며, 한편 정해함대의 속도는 최대 30노트."

"육지 사람의 단위로는, 보자……. 시속 56킬로미터로군."

"어, 느리네?"

"누구냐, 지금 느리다고 말한 놈, 확 죽여버린다? 정해함이 몇만 톤인 줄 알아? 10톤이 될까 말까 하는 잠자리 같은 펠드레스랑은 다르다고, 짜샤."

"오라버니. 마음은 알겠습니다만, 이야기할 수가 없으니 삼가주세요."

"오리야 소위. 예의에 어긋납니다."

"미안."

"죄송합니다."

에스텔과 레나의 나무람에 이스마엘과 리토가 사과하고 나서, 에스텔은 무슨 이야기를 하고 있었는지 잠시 생각했다.

"그렇지, 시속 30노트. 즉, 전자가속포형의 포격 범위를 돌파하고 마천패루 거점에 도달하기 위해선 직선거리로 생각해도 일곱 시간이 필요합니다. 그동안 전자가속포형의 주의를 끌기 위해 우리와는 별도로 연합해군 통상함대 2개가 우리보다 먼저 포격 범위에 침입. 마천패루 거점에 접근을 시도합니다."

작전도에 투명한 커버가 하나 씌워지고, 에스텔은 직접 선을 그었다. 해안선의 두 곳, 아마도 모항에서 최단 경로로 마천패루 거점으로 접근하는 두 개의 항로. 이어서 펜의 색깔을 바꾸어서 합동함대의 모항인 이 기지에서 일단 북쪽으로, 다시 진로를 바꾸어서 동남쪽 마천패루 거점으로 이어지는 항로를 그렸다.

"본 함대는 양동이 출격하기 전에 은밀하게 출항. 포격 범위 외곽에 위치하는 북쪽, 칼깃 제도에서 대기하다가 양동함대가 교전을 개시한 뒤 태풍에 묻히는 형태로 포격 범위를 돌파합니다. 즉, 본 작전은 태풍의 발생을 기다려 실시하는 형태가 됩니다."

"참고로 〈레기온〉에 해전 사양은 없으니까 전자가속포형 이외와의 전투는 걱정하지 않아도 된다. 적어도 10년 동안 선단국군 전장에서 해전형이 확인된 바는 없다."

이스마엘이 슬쩍 보충하고 에스텔이 고개를 끄덕였다.

"유감스럽지만 우리 나라는 소국입니다. 〈레기온〉들도 대륙 북부에서는 우리 나라에 한해 유용한 해진형보다도 연방이나 연합왕국에 유효한 병기에 개발 리소스를 할애한 거겠지요."

"실제로 해전형 같은 걸 만들지 않아도 이렇게 말라 죽고 있으니까 말이지."

"……."

다른 나라 사람인 기동타격군으로서는 참 반응하기 어려운 농담으로 마무리 지었다.

살짝 고개를 갸웃거리며 신은 물었다. 해전형이 없는 이유는 들어보니 그럴듯한데.

"하지만…… 해상에는 〈레기온〉의 소부대가 몇 개 존재하고 있습니다. 움직임에서 보면 초계를 맡은 〈레기온〉인 듯합니다만, 그것은?"

"어? 아아……. 그런가. 네가 소문으로 듣던 그 녀석이냐."

이스마엘은 순간 놀란 뒤에 고개를 끄덕였다. 그도 신의 이능력에 대해서 들은 모양이다.

"그건 해전형이 아니라 전진관측기를 띄우는 모함이다. 전자가속포형으로 군함을 겨눌 거면 관측기는 필수니까. 너라면 말하지 않아도 이해하겠지만, 경계관제형은 바다에 없는 모양이고."

레나가 놀라서 돌아보았기에 수긍하는 것으로 답했다. 이유는 모르겠지만, 분명히 해상 상공에 경계관제형은 없다.

그리고 전자가속포형은 유도가 없는 초장거리포다. 명중 정확도는 그리 높지 않다.

대공세 때처럼 기지나 요새—— 위치가 판명되고 표적이 크며 회피 행동도 취할 수 없는 고정 목표에 한꺼번에 수십 발을 갈기는 운용이라면 모를까, 광대한 바다 위, 움직이는 작은 함선을 요격하려면, 경계관제형이 없을 때는 전진관측기가 필수가 된다.

"그 관측기모함도 양동함대가 유인과 배제를 담당할 테니까 너희는 신경 쓰지 않아도 된다. 아니, 정해함은 절대로 가라앉지 않으니까."

해전을 모르는 소년병에게 해상기동의 세세한 이야기를 해도 소용없다고 판단했는지, 어디까지나 해전은 자기들 영역이라는 자부심에서 나온 건지, 요새까지 이동하는 것을 묘하게 가볍게 흘려 넘긴 뒤 이스마엘은 처음 밝은 분위기를 되찾고 씨익 웃었다.

"너희 에이티식스가 와 줘서 선단국군은 정말로 고마웠으니까. 그러니까…… 〈스텔라마리스〉의 이름을 걸고, 무슨 수를 써서라도 기동타격군은 생환시키지."

기동타격군의 숙소로 제공된 것은 기지로 접수된 옛 대학의 학생 기숙사 건물이다.

멀리 남쪽의 고대 양식을 따른 색색의 타일로 이루어진 모자이크 복도를, 세오는 소등시간을 앞두고 혼자 걸었다. 사무실인 듯한 방에서 얇은 책자 꾸러미를 껴안고 나오는 리토가 눈에 들어왔다.

"무슨 일이야?"

"아, 릿카 소위님."

몇 달 전보다 많이 가까워진 눈높이에 '조금 키가 자랐구나'라고 생각했다.

"그게 말이죠. 혹시 남아있을까 싶어서 물어보았더니 역시 있어서 받은 건데. 지금은 몰라도, 전쟁이 끝나면 국외에서도 모집은 할 예정이라고 해서요."

"리토. 갑자기 물어본 나도 잘못했지만, 생각한 바를 그대로 말하는 게 아니라 생각을 정리한 뒤에 말하는 편이 좋아."

"아, 예. 요즘 그 말을 자주 듣네요. 어어. 여기 대학과 부속 해양

고등학교의 자료입니다. 기지의 자습실로 가져갈까 싶어서. 안 온 녀석들도 볼 수 있게요."

리토는 얼굴을 확 폈다.

"그리고 그거! 고래! 대단하지 않나요, 진짜 괴수라고요!"

그러고 보면 리토처럼 나이 어린 프로세서는 높으신 분들이 보내준 만화책이나 영화나 애니메이션 같은 것을 좋아하고, 그 사이에 섞인 괴수영화에도 눈을 반짝였다. 그 사실을 떠올리며 세오는 미소가 나올 것만 같았다.

아니, 세오처럼 나이가 더 많은 자들도 그런 오락은 정말로 어렸을 적 이후로 오랜만이니까 꽤 재밌게 보긴 한다.

"즉, 전쟁이 끝나면 고래와 관련된 뭔가를 하고 싶다는 소리야?"

"그것도 좋을까 싶어서요. 재미있을 것 같고."

"어느새 여러모로 생각하게 되었구나, 리토도."

더불어 맹약동맹에서는 화석을 캐고 싶다고 했었고, 그 전에는 하늘을 나는 바이크를 만들고 싶다고 했을 정도로 '여러모로 생각하게 되었다'.

"아, 예. 나는 말이죠."

말을 꺼내려다가 리토는 잠시 생각했다.

"릿카 소위님. 류드밀라를 기억하나요? 〈시린〉 중에서 키가 크고 빨강머리인."

"대충은……."

빨강머리. 키가 큰 소녀의 모습.

——자. 가시죠, 여러분.

에이티식스의 최후가 그런 것이라고 말하듯이 보여주던 모습.

그 녀석들과 우리 에이티식스는 다르다. 그건 알고 있다.

하지만—— 이를테면 누군가의 죽음에 보상해 줄 수 없다는 것은 변함없으니까.

"그 류드밀라가 왜……?"

"용아대산 거점 공략작전에서 나는 그 류드밀라랑 같은 부대였거든요. 그때까지 나는 〈시린〉이 무서웠는데, 그랬더니 류드밀라가 말을 걸더니."

그러고 보면 리토는 어느샌가 〈시린〉들을 겁내지 않게 되었다.

"행복해지라고 말해 주었어요. 바라는 대로 살라고. 그래서 난 녀석들은…… 〈시린〉은 녀석들 나름대로 우리를 걱정해 줄 뿐이라고 깨달아서."

오래된 전등 불빛에 마치 벌꿀 빛깔처럼 빛나는, 사려 깊고 티 없는 동물 같은 마노색 눈동자.

"걱정해 주잖아요. 86구에서 우리 에이티식스들은 계속 죽으란 말을 들었을 뿐인데, 여기는 달라요. 연방군도 공부니 뭐니 귀찮게 굴지만, 그것도 바라는 대로 살아도 된다고 말하는 거죠. 좋아하는 곳에, 가고 싶은 곳에 갈 수 있게 되라고."

가고 싶은 장소에서. 보고 싶은 것을. 하고 싶은 일을. 전쟁이 끝나거든. 어쩌면 끝나지 않더라도 군대를 떠나서. 그것을.

"바라도 된다. 86구에서는 긍지밖에 없었죠. 달리 뭔가 손에 넣고 싶다고 생각해선 안 됐어요. 하지만 지금은 다르니까……. 그걸 알았으니까, 그러니까 나는 많은 것을 바라고 싶습니다."

86구에서는 바랄 수 없었던, 빼앗겨 버린 수많은 것을.

그 말을 세오는 멍한 느낌으로 들었다.

키가 컸다고만 생각했다. 그것만이 아니었다. 어느새 이렇게 생각하고 말할 수 있게 되었다.

리토 또한…… 86구를 빠져나가려 한다.

그 사실에 세오는 정신이 멍해졌다.

신은 미래를 바랄 수 있게 되었고, 세오 자신도 그것을 기뻐했다. 라이덴이나 앙쥬도 그 뒤를 따르려는 것을 깨닫고 다행이라고 생각했다. 하지만.

그들만이 아니다. 리토도, 세오가 깨닫지 못했을 뿐이지 분명 많은 사람이.

전장 밖으로.

리토는 티 없이 웃었다. 세오가 받은 충격을 깨닫지도 못하고.

"지금은 일단 많은 것을 보고 싶다고 생각해서요. 모처럼 작전으로 여기저기 갈 수 있으니까, 흥미로운 걸 많이 모아서 돌아가려고요."

《〈양치기〉의 제어계에서 비밀 사령부의 정보를 알아내려 한다는 말이야?》

그녀가 가진 정보가 작전에 필요할지도 모르지만, 통신 기능을 부여할 수는 없기에 제레네의 컨테이너는 〈저거노트〉의 부품으로 위장하는 형태로 제1기갑 그룹에 동행했다.

그 컨테이너를 숨긴 수송차 짐칸. 정지 절차에 관한 화제도 다른 사람들에게는 숨겨야 하니까 두 사람만 있는 상황이 아니면 말할 수 없다. 그래서 시간을 봐서 찾아온 신에게, 제레네는 답했다.

《다시 말해 황실파, 그것도 고관이 〈양치기〉가 되었을 가능성을 기대하는 거네. 소재지를 알아내려면 다른 방법도 있을 텐데, 연방도 참 냉혈한 생각을 하는구나.》

"가능한가?"

《황실파 고관의 〈양치기〉라면 분명히 있어.》

신은 그 대답에 조금 복잡한 기분이 들었다.

정지 수단을 제레네에게 들었을 때부터 항상 속에서 맴돌던 갈등이다.

전쟁이 끝나면 좋겠다고 생각한다. 하지만 제레네가 말한 방법으로 전쟁을 끝내는 것은, 그것을 위해 비밀 사령부의 소재를 캐내는 것은…… 솔직히 별로 내키지 않는다.

《이름과 배치된 곳은 〈경고. 금칙사항 저촉〉──틀렸네. 이건 음성으로 할 수 없어.》

그래서 이어지려던 제레네의 말이 똑같은 무기질 음성의 경고에 가로막힌 것에는 살짝 안도했다.

프레데리카를 희생하고 싶지 않다.

끝까지 싸울 거라면, 기적에 매달리지 않고 전쟁의 끝까지 자신들의 힘으로.

그리고…… 적이라도 전사자의 망령, 잔해에 불과하다고 해도 〈양치기〉를 단순한 기계 부품처럼 다루고 싶지 않으니까.

《아무튼 연방이 원하는 정보는 〈레기온〉 내부에 있어. 제어계에서 정보를 읽어내는 것도……. 적어도 우리 〈양치기〉는 이렇게 여기에 존재하고 있어.》

기억을── 뇌에 축적된 정보를 끄집어내 다른 기기로 옮기는 것은 이론과 기술적으로도 불가능하지 않다고.

가능하다면 언젠가.

확인해야만 한다고 생각했던 것이 있다.

《다만 황실파 〈양치기〉에 얽매이지 않더라도 찾는 방법은 달리 생각할 수 있어. 이를테면 문제의 명령은 통신위성을 경유해 각 본거지와 총지휘관기에 송신되는 건데, 위성이 파괴될 때는 직할 경계관제형이 커버하니까…….》

"제레네, 그 전에. 질문이 있는데."

《뭔데?》

처음에 제레네가 대화에 응했을 때부터 생겼던 의문. 이능력을 가진 자신이라면 〈양치기〉와도 대화가 가능하다고 인정하는 것이 두려웠던 그 이유.

그 자신의 죄일지도 모르는, 그것의 여부.

"당신에게는 내 목소리가 들린다. 〈양치기〉인 당신이라면 내가 하는 말을 이해할 수 있다. 그것은…… 다른 〈양치기〉도 마찬가지인가?"

제레네는 고개를 갸웃거리다가 끄덕이려고 했지만, 할 수 없었던 모양이다.

《맞아. 그렇긴 해도 지금처럼 눈앞에 있고 다른 〈레기온〉이 주위에 없으면 가까스로, 라고 할 정도의 목소리지만. 그러니까 당신이 있는 탓에 매복 위치나 부대 위치가 드러나거나 하는 일은 없거든?》

"그게 아니라⋯⋯."

듣고 싶지 않다. 묻고 싶지 않고, 질문의 답을 듣고 싶지도 않다.

그래도 들어야 한다.

"그렇다면, 내 목소리가 들린다면. 지금의 당신처럼 의사소통 수단이 있고, 시간을 들이면, 나는 다른 〈양치기〉와도 대화할 수 있을까?"

싸우고 서로를 죽였다. 보내주기 위해서는 그럴 수밖에 없다고 생각했다.

하지만 사실은, 그런 식으로 서로 죽이지 않고, 의미 없이 서로를 다치게 하는 일 없이. 그저 조용히 말을 나누고, 서로를 이해할 수 있지 않았을까.

서로 미워한다고 믿는 채로, 그 자리에서는 일절 소통하지 않은 채로, 완전히 불타 스러지는 마지막 순간에 환영처럼 형이 진짜로 전하고 싶었던 말을 들을 수 있었던, 그런 무참한 결말이 아니라──.

"나는 형과⋯⋯ 대화할 수 있었을까⋯⋯?"

제레네는 잠시 침묵했다.

《그래. 형이었구나. 〈레기온〉이 된 당신 가족은.》

살짝 끄덕였다. 지금은 도저히 더 자세한 말을 할 수 없었다.

《당신이 쓰러뜨렸구나. 소중한 형이었던 〈양치기〉를.》

"……그래."

《그래…….》

조용히 생각에 잠긴 듯한 침묵이 이어졌다. 잠시 뒤, 제레네는 조용히 말했다.

《대답하기 전에 나도 질문하려고 하는데. 나는 인간일까?》

이번에는 신이 침묵할 차례였다.

"그건……."

레르케에게도 이전에 들었던 말이다. 그때도 대답할 수 없었던 질문이었다.

인간인지 아닌지 묻는다면, 레르케와 제레네는 이미 인간이 아니다. 망령의 한탄을 듣는 이능력은 제레네를 망령이라고── 산자가 아닌 그 잔해인 망령이라고 냉철하게 판단한다.

하지만 눈앞의 상대에게, 대놓고 말할 수 있냐 하면…… 신은 도저히 그럴 수 없다.

그걸 눈치채고 제레네는 웃은 듯했다.

《다정다감하구나.》

"……."

《당신은 참 착해. 가능하다면 친하게 지내고 싶어. 하지만……
그럴 순 없어. 당신 형도, 나도, 더 이상 그럴 수 없어. 우리는.》

〈레기온〉이니까──.

《내가 대화할 수 있는 것은 구속되었기 때문이야. 모든 센서가 봉인되어서, 당신이 앞에 있어도 센서로 인식할 수 없어. 그러지 않으면 인간을 앞에 두고 대화할 정도로 이성이 버티지 못해. 〈양치기〉가 된다는 건 그런 거야. 살육기계가 되는 거야. 인격 비슷한 것만 있는, 파괴충동에 지배당하는 괴물이 되는 거야.》

맹약동맹에서 제레네의 손은. 86구의 전투에서 형의 손은. 살의를 띠고 다가왔다.

파괴되는 순간에는 부드럽게 닿았던—— 형의 손조차도 파괴되기 직전에는.

《그것은 나도 다름없어. 당신은 착한 아이고, 친하게 지내고 싶고, 그리고—— 그러니까 죽여야만 한다고 생각해.》

그때 제레네의 목소리는 분명하게 한순간 살의를 띠었다.

〈레기온〉 특유의 무기질적인, 이유도 필요도 없이 사람을 죽이는 자율병기의 부조리한 살의를 띠었다.

《당신 형도 마찬가지야. 〈양치기〉인 당신 형은 인간인 당신을 죽일 수밖에 없어. 살육기계의 본능이 눈앞의 인간을 죽이려고 했고, 저항할 수 없어. 척후형이라면 또 모를까, 중전차형이면 구속할 수도 없어. 그러니까…… 당신에겐 아무 잘못도 없어.》

놀라서 고개를 들었다.

제레네는 컨테이너 안, 눈앞에는 없지만…… 모르는 누군가의 다정한 눈동자와 눈이 마주친 듯했다.

《그럴지도 모른다고 생각했지? 그러니까 나한테 물은 거야. 그래, 대답할게. 틀린 생각이야. 당신은 형과 싸울 수밖에 없었어. 형을 구하는 길도, 함께 사는 길도, 가능성조차 존재하지 않았어. 그것은 형이 〈양치기〉가 되었을 때는 결정된 일이고…… 당신의 실패나 태만으로 잃어버린 게 아니야.》

당신 탓이 아니야, 라고…….

《그때도, 앞으로도. 〈레기온〉을 상대로 당신이 할 수 있는 것은…… 쓰러뜨리고, 잠재워 주는 것뿐이야.》

레나의 보고를 받아 통신 홀로윈도우 너머에서 그레테는 끄덕였다.

[수고했어. 미안해, 밀리제 대령. 말썽꾸러기들을 맡겨서.]

"아뇨, 대령님이야말로 다음 파견지인 노이랴나루세 성교국과의 절충을 맡아주셨으니까요."

그레테는 이번에는 제1기갑 그룹과도, 맹약동맹 남부전선에서 대륙 남부 국가들과의 교통로 복구에 임하는 제4기갑 그룹과도 동행하지 않았다.

참고로 기동타격군 작전부대는 한 번에 2개 기갑 그룹이 임무를 수행하는데, 파견지의 필요에 따라서 2개 그룹이 합동으로 움직이는 때도 있고, 이번처럼 별개 지역에 파견되는 일도 있다.

즉, 그만큼…….

레나는 눈썹을 찡그렸다.

"파견 요청이 연잇는 것은 들었습니다만, 설마 이렇게나 곳곳이 힘든 상황이라니……."

직접 찾아와서 목격한 선단국군의 전장은.

가혹한 공격을 받아서 당장에라도 무너질 듯한 방어진지대와 명백히 숫자가 부족하고 피폐한 병사들. 완전히 피폐해진 후방

도시에 줄줄이 놓여있는 군함의 망골 등, 차마 눈 뜨고 보기 어려울 참상이었다.

연방과의 연락망이 복구되자마자 구원을 요청한 것도 당연하다. 기동타격군 정도의 예비전력조차 선단국군에는 이미 오래전부터 없었다.

[아무래도 10년이나 되었으니까. 끝나지 않는 전란을 견디는 나라만 있는 건 아니야.]

"……."

전선 배후에는 아직 여유가 있는 연방이나 연합왕국 같은 대국이나 맹약동맹 같은 천연의 요해지가 지켜주는 나라와는 달리.

그 점에서 문득 걸리는 게 있었다.

그렇다고 해도 대체 왜…… 선단국군도 성교국도, 모두 연락망이 복구되자마자 구원을 요청했을까. 10년 동안의 전쟁과 1년 전의 대공세는 가까스로나마 자력으로 버텨냈는데.

마치 대공세가 있고 나서 1년 동안 급속하게 상황이 나빠진 것처럼…….

무거운 침묵을 쫓아내듯이 그레테가 헛기침하고 말했다.

[그런데 대령. 보고가 하나 더 있는 것을 잊지 않았어?]

"예?!"

다급히 기억을 더듬는 레나에게 그레테는 살며시 웃어주었다.

[노우젠 대위에게 대답해 주었으려나?]

설마 싶은 상관의 채찍질이었다.

"무무무무무무무슨 이야기입니까?!"

[남자를 애타게 하는 건 여자의 특권이지만, 그렇다고 해도 너무 질질 끌면 미움 사. 실제로 대위는 그 뒤로 꽤 풀 죽은 기색이었으니까. 바로 저…….]

말하려다가 그레테는 뭔가 안 좋은 기억이라도 떠오른 것처럼 얼굴을 찌푸렸다.

홀로윈도우 앞에서 레나는 얼굴을 붉혔다. 구멍에라도 들어가고 싶다.

[저 사람 베는 사마귀도 동정하는 얼굴을 보일 정도로. 그러고 보면 빌렘이 여행에 얼굴을 내민 목적이라던 그 문제, 그건 그 뒤에 어떻게 되었으려나.]

†

"연합왕국에서의 지각동조를 통한 정보 누설, 이라고 하시지만……."

이번 파견에서 자기 역할은 없다면서 기동타격군의 본거지인 뤼스트카머 기지에 남은 아네트. 그 연구팀의 사무실을 찾아온 손님을 상대로 아네트는 수상쩍다는 기색으로 말했다. 거의 면식이 없는 상대고, 손님을 맞을 시간이 아니라는 점도 있지만, 그 이상으로.

"그건 지각동조에 의한 것이 아니라고 보고했을 겁니다. 에렌프리트 참모장님."

"들었다. 하지만…… 과연 그럴까. 앙리에타 펜로즈."

이쪽을 바라보는 시선 앞.

빌렘 에렌프리트 참모장은 희미하게, 벼린 칼날처럼 웃었다.

†

300킬로미터 저편의 바다에 있는 해상요새 공략작전, 또다시 우군의 지원을 기대할 수 없는, 적지 한가운데로 돌격하는 작전을 눈앞에 두고서.

에이티식스들은 마지막일지도 모르는 나날을 조용히 보내——지는 않고, 집단으로 도시 근처 바다로 놀러 나갔다.

원래 86구의, 죽음과 이웃한 전장이 삶의 터전이었던 그들이다. 계속되는 전투 속에서 사소한 이벤트를 즐기는 일에 탐욕적이다. 하물며 대부분 처음 보는 바다이고, 바다 근처에서 나고 자랐던 소수도 처음으로 보는 북해.

그렇다. 그들에게는 아직 전투야말로 일상이고.

그러니까 작전 직전이라서 긴장하긴 했지만, 긴장 때문에 즐기지 못하는 일도 없다.

물속을 들여다보며 물고기를 찾거나, 떠오른 물고기가 의외로 커서 놀라 도망치거나. 모여 있는 바닷새를 쫓아다니거나 물웅덩이에서 게나 물고기를 잡기도 했다. 바다에서 하는 놀이 중에서 제대로 할 수 있는 건 별로 없었지만, 모르는 환경을 억지로라도 만끽하는 형태로.

그런 시끌시끌한 사람들에게서 등을 돌리고 신은 돌밭 가장자리에 서서 눈앞에 광대하게 펼쳐진 바다를 말없이 바라보았다. 몇 번을 봐도 이건…….

가까이서 마찬가지로 시선을 빼앗긴 채로 있던 라이덴이 감격한 눈치로 신음했다.

"대단한데. 이게 정말로 다 물인가."

오늘은 다행스럽게도 구름이 걷히고 해가 나와서, 하늘은 북쪽 나라의 연한 청색에 바다의 빛깔도 어제만큼 검지 않았다. 저 멀리 안개가 희미하게 낀 수평선과 무슨 고양이 같은 울음소리를 내는 바닷새.

참고로 진짜 고양이인 티피는 자꾸 두고 오기도 가엽다면서 이번 파견에 데려왔기에, 지금은 레나의 방에서 지내고 있다. 또한 맹약동맹으로 여행 갈 때 데려가지 못했던 파이드는 아무래도 단단히 토라졌는지, 신이 직접 내린 대기명령을 무시하고 해안까지 따라와 리토, 마르셀과 함께 낚시하고 있다.

"게다가 이만한 물에 맛이 있다니. 솔직히 믿기지 않아."

"맛봤냐?"

무슨 애도 아니고. 그렇게 생각하면서 신은 물었지만, 미묘한 침묵이 돌아온 것을 보면 호기심에 져서 맛을 봤던 모양이다.

"참고로 무슨 맛이었지?"

"그냥 짰어. 아니, 아주 조금 비렸나. 특산품이라던 생선알젓, 그걸 묽힌 듯한 맛."

그렇게 말하며 왠지 얼굴을 찌푸렸다.

"근데 넌 그게 맛있었냐? 솔직히 나는 비려서 영 아니었는데."

그 말에 신은 고개를 갸웃거렸다. 스프레드의 일종으로 주둔기지의 식당 테이블에 잼이나 버터와 함께 상비된 빨간 생선알젓. 선단국군의 전통 보존식품이라는 것을 신기하게 여겨서 많은 사람이 도전하였고, 신도 권유에 따라 먹어 보았는데.

"뭐, 딱히 싫지도 않았어."

맛있냐 하면 그것도 좀 아니긴 했지만.

"넌 정말 혀가 이상하구나……."

근처에서 조개껍데기를 줍던 프레데리카가 끼어들었다.

"신에이 녀석의 미각 장애 문제는 넘어가고, 그건 취향 문제다. 적어도 나는 마음에 들던데."

"그리고 보면 너는 진짜 잘 먹었지. 토스트에 사워크림이랑 같이 왕창 올려서."

"애초에 토스트 말고도 왕창 먹었고."

"음, 숙녀에게 그게 무슨 말버릇인고?! 그야 체중은 늘었지만, 이건 성장기인 것이다!"

새빨개져서 악을 쓰기에 두 사람은 고개를 끄덕였다. 놀리려는 것도 아니고 당연한 일로서.

"알아. 좋은 일이라는 소리야. 잘 먹을 때지."

"성장하기 위해서 식사량과 체중이 늘어나는 거니까, 신경 쓰지 말고 마음껏 먹는 게 좋아."

프레데리카는 뚱한 얼굴로 입을 다물었다.

그러더니 묘하게 기합 넣은 얼굴로 끄덕였다.

"그래, 나도 성장한다. 언제까지고 아이는 아니다."

어딘가 비장감마저 떠도는, 그 핏빛 눈동자.

"그러니까…… 으아앗?!"

그러다가 갑자기 놀란 듯이 비명을 지르며, 방금 주웠던 조개껍데기를 내버렸다.

"움직였다?! 지금 움직였다?!"

애는 애구나. 두 사람의 심정은 그랬다.

징그러운 것을 보는 눈치인 프레데리카의 옆에 라이덴이 웅크려 앉았다.

"안에 뭐가 있었던 거야?"

"아니…….'

한편 대수롭잖게 소라껍데기를 주워본 신은 잠시 침묵했다.

뭔데? 싶어서 들여다본 라이덴도 역시나 침묵했다.

조개껍데기 안에서 꾸물꾸물 나와서 꾸물꾸물 움직이는, 갑각에 뒤덮인 다리.

"소라게……인가……?"

"실제로 움직이는 걸 보니 좀 그렇군…….'

"다름 아닌 경이니, 지휘관으로서 임무를 우선해야 한다고 생각하겠지만 말이야, 밀리제."

주둔기지의 임시 사무소. 이스마엘에게 부탁해서 공개가 가능한 최신 전투 기록을 보던 레나에게 비카는 탄식했다. 기막히다는 빛을 띤 제왕색 두 눈동자.

"휴식할 겸 바다에서 노는 것 정도는 괜찮을 텐데. 내가 가지 않는 것은 그저 바다 따윈 몇 번이나 봤으니까 신기하지도 않기 때문이다."

"연합왕국 북쪽 국경인 설화연산(雪禍連山)의 북쪽 끝, 그 깎아지른 절벽 밑이 그대로 바다입니다. 겨울에는 얼음으로 덮이는 바다인데, 경치가 매우 빼어나죠."

평소처럼 뒤에서 대기하는 레르케가 설명을 보태자, 레나는 쓴웃음과 함께 고개를 내저었다.

신은 동료들과 놀러 나간 모양이니, 자신이 신경 쓰지 않아도 된다고 생각하지만.

"아뇨……. 바다는 어제 보았고요. 앞으로 작전 중에도 볼 테니까…… 나는 다음에, 전쟁이 끝난 뒤에 보러 갈까 해서요."

바다를 보여주고 싶다고 신은 말했다. 자신은 그가 바라는 것에 응했다.

그러니까…… 고백에는 아직 응하지 않았으니까, 하다못해 그 소원 정도는.

"전쟁이 끝나면 바다를 보러 가자고, 그런 말을 들었으니까. 그 약속은 지키고 싶어서요."

"흥." 하고 코웃음을 치는 비카에게 웃음을 지우고 돌아보았다.

"그보다 비카. 확인하고 싶은 게 있습니다."

이스마엘에게 부탁해서 본, 지난 대공세 이후 선단국군의 전황. 각 전투에서 1년도 채 지나지 않은 까닭에 숫자가 정확하지 않은 탓도 있겠지만, 전투 규모와 전사자 숫자가 맞지 않는다. 전투 중

행방불명이 많다. 그 정도의 격전과 혼란.

그리고 목격 사례가 늘어나고 있는, 본래 후방지원인 병종일 터인 회수수송형.
^{타우젠트 휘슬러}

그레테를 통해 확인해 보았지만, 연방에서는 비슷한 사례가 보고되지 않았다.

"연합왕국에선 어떨까요. 그리고…… 그녀에게 들었다는 〈레기온〉의 전략 변경에 대해서도 자세히 묻고 싶습니다."

동료들은 눈에 들어오는 곳에서 제각기 놀거나 떠들고 있지만, 파도 너머를 바라보면서 생각에 잠긴 세오에게는 그 모든 것이 멀기만 했다.

바다.

언젠가 보고 싶다고 이야기를 주고받았던 것이 1년 전, 우연하게도 지금처럼 전자가속포형을 추격하는 작전 때였다. 보고 싶다는 건 사실이었지만, 전자가속포형에게 지고 죽을지도 모르니까 이뤄지지 않을지도 모르고…… 사실은 이뤄지지 않더라도 상관없다고 생각했던, 그냥 막연한 목표였던 장소에.

의외로 간단히 도착해 버렸다.

물론 세오가 그때 떠올렸던 것은 이런 북쪽 바다가 아니지만, 본적 없는 장소의 상징인 바다에.

그 탓일까. 이렇게 바다를 보고 느끼는 것은 처음 보았다는 감동도, 간신히 도달했다는 감개도 아니라, 그냥 의식 어딘가에 구멍이 뻥 뚫린 듯한 공허함이었다.

목표로 삼았던 것을 잃고 멈췄을 때와도 비슷했다.

왜냐면 자신은 하나도 변하지 않으니까.

전진하지 않았다고 생각하는데, 86구를 빠져나온 뒤로 하나도 변하지 않았는데, 본 적 없는 풍경까지 오기는 해버렸다. 그것이 왠지 너무나도 공허했다.

걸음을 멈추고 있어도, 변하지 않고 있어도…… 뭐를 목표로 삼으면 좋을지 모르는 상태라도, 어떤 흐름에 올라타면 여태까지 본 적 없는 장소에도 올 수 있다.

그것은 연합왕국에서도, 맹약동맹에서도, 2년 전 연방의 보호를 받아서 그 수도와 에른스트의 저택에 갔을 때도 그랬지만.

어제 탁하고 까맸던 눈앞의 바다는 해가 나온 만큼 조금 낫지만, 검푸른색이라서 음울하고, 바람은 차갑고 비린내가 나서 어딘가 조소하는 듯했다.

처음으로 본, 처음으로 도달한 바다인데…… 하나도 아름답지 않다.

오랜만에 의식했다. 86구에서 어느새 물들어버린 그 인식.

인간 따윈 이 세계에 필요 없다.

사정이고 심정이고 감개고 배려해 주지 않는다. 인간이 죽은 날에도 밤하늘에는 별과 달이 반짝이고, 간신히 살아남아서 사소한 축하를 계획한 날에 폭우가 쏟아진다. 정말로 심술궂다 싶을 정도로 세계는 인간에게 무관심하다.

왠지 그걸 깨닫게 된 듯했다.

마음이 편치 않아서 발길을 돌려 시내로 돌아갔다.

"전장 밖은 평화로운 동네라고 생각했는데……."

앙쥬는 혼잣말로 탄식했다. 마침 축제 시기라며 기지의 식당 아줌마가 권하길래 기지가 있는 항구도시 시내로 나와 보았다.

배공주의 축제라는 모양이다. 예전에는 어느 도시고 정해선단에 속하는 배를 갖고 있어서, 그 배의 선수상에 깃든 정령이 배공주. 그 정령을 모시며 매년 하는 축제라나.

그래서 시청 앞 광장 중앙에 세워진 소녀상에 수많은 꽃이 장식된 것은 축제 분위기다웠다.

하지만 그 시청 앞 광장이…… 86구의 폐허와 구별되지 않을 만큼 황량한 모습이라며.

먼지와 망가진 건물, 도로에는 금이 갔고 가로수는 시들었다. 건물의 기능은 간신히 지키고 있지만, 보수할 여력이 사라진 지도 오래되었겠지. 오가는 아이들의 옷차림은 청결하지만, 낡고 기운 곳이 많다. 축제인데도 비루한 가게들과 한눈에도 합성품인 약소한 과자들.

반면 주민의 숫자는 작은 도시임에도 북적댈 정도라서, 광장이나 공원에는 간이 주택이 쭉 늘어섰다. 10년 동안 계속 후퇴하는 전선 뒤로 도망친 무수한 피난민을 위한 주거지.

이것이 소국 나름대로 10년 동안 〈레기온〉과 계속 싸워온 선단 국군이 치른 대가.

"연방이나 연합왕국만 특별한 거였네. 다른 나라는 이미 한계야."

사실은 계속 싸울 힘도 없지만, 그래도 살아남으려고 모든 것을 다 깎아내며 싸우고—— 결국에는 힘이 다해서 허무하게 마모되다가 소멸한다.

그 현실을 다시금 깨닫게 된다.

옆에서 마찬가지로 축제를 보러온 미치히가 조용히 말했다.

"하지만 축제는 하는 모양이네요."

한 송이 한 송이는 대단찮지만, 그래도 대량의 꽃으로 꾸민 소녀상. 하다못해 이것만이라도 바치려고 사람들이 가져온 것이겠지. 그리고 웃음소리와 환성, 서로를 부르는 소리와 이따금 들리는 노성.

하루하루 살기도 힘들다고, 〈레기온〉 전쟁으로 멸망 직전까지 내몰렸다고, 거리 풍경에서 여실하게 알 수 있다.

그래도 이를 악물듯이, 어딘가 필사적으로 웃으면서 사는 민족의 축제.

미치히는 말했다. 공화국에서 소수파였던 에이티식스. 그중에서도 특히나 보기 드문 대륙 동방 극동흑종의 피가 진한 용모로.

"저는 축제 같은 건 하나도 몰라요. 물려받지 않았으니까요. 고향도 모르고, 가족은 다 죽었고, 그러니까 적적하기도 하고, 그 이상으로 부럽습니다. 이런 식으로 괴로워도 해야 한다고 생각할

게 있다는 것은, 그만큼 중요한 것이 이 사람들에게 있다는 것은, 부럽습니다.”

소중한 것. 무엇보다도 집착하는 것—— 자신의 형태를 규정하는 무언가.

에이티식스에게는 오로지 끝까지 싸운다는 긍지뿐……. 그것 말고는 아무것도 없다.

해변을 떠나 시내로 돌아왔지만, 시끌시끌한 거리도 역시나 세오가 있을 곳이 아니었다.

작은 도시인데도 사람은 이상하게 많고, 그 대다수가 그와 같은 취록종 혈통이다.

취록종을 포함하는 녹계종은 대륙 남방의 해안부 일대를 세력권으로 삼는 민족이다. 그 일부가 고래를 쫓아서 이 땅으로 이주한 것이 선단국군 11국 중 일곱 선단국의 시작이다.

하지만 그 어디에도 혈족이나 지기는 없다. 이 축제도 모른다.

사실 바다에서 노는 동료 중 일부는 축제 중인 시내에 있기 껄끄러워서 바다로 간 거겠지.

교외. 인간 세계의 바깥. 86구와 마찬가지로 인간이 아닌 것들이 지배하는 장소로.

거기라면 물려받은 것이 하나도 없다는 사실을—— 몸을 기댈 곳이 없다는 현실을 의식하지 않을 수 있으니까.

자기 자신과 동료만을 믿고 전장에서 산다.

그것은 다시 말해 자기 자신 말고는 기댈 데가 없다는 뜻이다. 이 도시 주민들과 달리 세상 어디에도 몸을 기댈 곳이 없다는 말이다.

그 사실은 86구에서 나오고 나서 몇 번이나 자각했다고 생각했는데, 왠지 마음 아팠다.

전쟁을 끝낼 수단이 있음을 알고, 종전이 근거 없는 바람이 아니라 현실적인 가능성이라고 의식한 탓도 있겠지.

하지만 그 이상으로…… 신이, 그 뒤를 이어서 라이덴이나 리토나 앙쥬가 미래를 바라보며 나아가기 시작한 것이.

신은 더 편하게 살아도 된다고 언젠가 말했다. 형이나 먼저 전사한 동료들에게, 죽은 자들이라는 과거에 사로잡히지 않아도 된다고.

그러니까 신이 미래를 바라볼 수 있게 된 것은 정말 다행으로 여기고, 그러니까 그만 놓아주어야만 하는데…… 동시에 그것은 너무나도 허탈한 감각이었다.

왜냐면, 어째야 좋을지를 모르니까.

몸을 기댈 곳이 없어도, 세상 어디에도 있을 곳이 없어도, 그래도 신은 구원과 미래를 얻을 수 있었지만, 그렇다면 자신은 어째야 좋을지를 모른다. 구원 같은 게 흔할 리가 없고, 희망이나 미래가 뭔지도 모르면서 얻을 수 있을 것 같지도 않고, 얻을 수 없다면 대체 어떻게 해야 좋을지도 모른다.

무섭다.

아무리 도망쳐도 따라오는 자기 자신의 그림자를 피해 도망치듯이 비틀비틀 걷고 있자니, 어느새 기지로 돌아와서 정해함의 도크(dock)에 들어와 있었다.

몇 층짜리 건물만 한 공간이 통짜로 만들어져서 〈저거노트〉의 격납고와는 비교도 안 되게 넓은 곳인데도 함교는 캣워크와 같은 높이에 있어서 그 거대함을 절실히 깨닫게 해 주었다. 바닷속에 숨어서 공격하는 무수한——정말로 〈레기온〉만큼 무수한—— 고래를 탐지하기 위한 초계기와 그 전초전을 맡는 함재전투기를 저 먼바다로 옮기는 해상기동기지의 그 위용.

바닷속에 숨은 고래 무리를 탐지하고 요격하려면 함선만이 아니라 초계기의 소나도 필요해진다. 그리고 초계기를 운용하려면 먼바다의 하늘을 가로막는 고래의 최대종, 포광종을 전투기로 유인하고 배제할 필요가 있다.

고래와의 투쟁. 그 선봉이자 핵심이 함재기이고, 그것을 운반하는 것이 정해함이다.

그 함교 앞, 최상부에 징식된 자그마한 여성 조각상을 올려나보던 사람이 발소리를 들었는지 돌아보았다. 금갈색 머리와 녹색의 두 눈. 남색 군복에 불새 문신. 이스마엘.

"어라, 기동타격군의 꼬맹이……."

잠시 침묵.

"……………………어어."

"내 이름이라면 릿카인데."

"음, 미안. 우리는 상대를 문신으로 구별하니까 얼굴만 봐선 좀처럼 구별이 안 되거든."

문신으로? 그런 의아한 마음에 올려다보았다. 문신은 정해씨족의 특징인 모양이지만, 세오의 눈에는 이거나 저거나 다 비슷비슷하게 보였다. 씨족에 따라서 무늬가 다르다는 것 정도는 알겠다. 이스마엘의 불새무늬에 에스텔의 비늘무늬. 극동흑종이 꽃이고, 금정종(토파즈)의 넝쿨무늬, 천청종(셀레스타)의 기하학무늬. 취록종(제이드)과 취수종(에메로드), 금록종(아벤투라)은 파문이나 벼락이나 나선무늬.

그러고 보면 이스마엘과 같은 불새무늬 문신을 한 취록종을 본 기억이 없다.

"다른 애들과 같이 바다에 안 가나? 공화국이든 연방이든 지금은 바다가 없다고 들었는데."

"갔어. 하지만…… 질렸으니까."

"시내에서 축제를 하는데 그쪽은?"

"딱히……."

왜인지 이스마엘은 쓴웃음을 지었다.

"너 취록종이지? 공화국으로 이민하기 전의 선조는 어디 출신이지?"

"……? 엄밀하게는 여기저기 섞였을 텐데."

"아, 오차, 오차. 그렇게 말하자면 다들 그렇겠지. 완벽한 순혈은 연합왕국이나 제국의 귀족님, 공화국만으로 충분해. 아니, 너희 부대의 미인 지휘관이나 왕자님이나 총대장 형씨를 말하는 건 아니야."

신은 부모가 순혈이지만 본인은 혼혈이니까 그 사례에는 들어가지 않을 텐데. 뭐, 아무튼.

"남쪽의 엘렉트라라는 곳. 이미 200년 정도 옛날 일이라고 생각해."

"아하. 그럼 역시 근본은 같은가. 우리 씨족도 그 근처에서 여기까지 왔으니까. 대충 천 년은 된 이야기지만, 대충 기분으로 넘어가자고. 잘 돌아왔다, 꼬맹이."

완전히 농담하는 말투였다.

그런데도 세오가 한순간 느낀 것은—— 강렬할 정도의 반발이었다.

이 사람은 색깔만 같을 뿐, 아무 관계도 없는 타인이다.

이 나라는 뿌리만 같지, 200년 전 조상들의 고향도 아닌 곳이다.

무엇보다 세오에게 동포란 각기 전혀 다른 색채를 가진, 하지만 같은 전장에서 함께 싸워온 에이티식스들이다.

고작 같은 색깔이라는 이유만으로 동포 취급을 받을 수는 없다.

하물며 조국과 고향과 이어받은 문화…… 아버지라고 부른 함대사령관도, 가족도 있는…… 자신들에게는 없는 것을 모두 가진 상대에게는.

"——."

침묵으로 답한 세오에게, 이스마엘은 가볍게 어깨를 으쓱였다.

누군가와 비슷하다는 느낌이 들었다.

"바로 그런 점이야. 왠지 놀리고 싶어진단 말이야. 꼭 너만 그렇다는 게 아니라, 에이티식스란 녀석들은 털을 곤두세운 고양이 같아. 동료들끼리만 똘똘 뭉쳐서 벽을 만들고 주위 인간들을 무조건 거부하지."

그러다가 티 없이 웃으면서 말했다.

"뭐, 꼭 그런 녀석들만 있는 건 아니지만. 총대장 형씨나 덩치 큰 선임이나 정해함이 느리다고 말한 그 건방진 녀석이라든가."

신이나 라이덴, 리토 이야기일까.

마찬가지였을 터였는데 어느새 변하기 시작한 그들.

문득 떠오른 말에 마음이 서늘해졌다.

동포라고 한다면, 똑같이 사는 것을 긍지로 삼았던 에이티식스일 텐데. 그 동료들마저도 지금은.

"잘 모르겠지만…… 갈라졌군."

"그래……."

어느새 세오가 없어졌고, 축제에 흥미가 생긴 듯한 앙쥬는 그렇다 쳐도 크레나가 바다를 보러 오지 않았다. 당연히 라이덴은 그걸 알아차렸고, 신도 마찬가지겠지.

바다를 보고 싶지 않아서 이 해안에 없는 자와 사람이 모이는 시내에 있기 껄끄러워서 여기에 있는 자. 처음으로 보는 바다에 시끄럽게 떠드는 녀석들이나 모르는 시내와 축제를 구경하러 간 녀석들, 양쪽 다인 녀석들. 하지만 거기에는 단절이 있었다. 서로 뭔가 달라졌다.

죽음의 전장에서 끝까지 싸운다. 피가 아니라, 물려받은 색채가 아니라, 그 긍지를 인연으로 삼고, 그것으로 하나가 되었을 에이티식스들에게…… 어느새 분열이 생겼다.

"그렇다고 네가 딱히 걱정하지 않아도 돼."

그렇게 갈라진 동포 한 명에게 시선도 주지 않고 말했다.

핏빛 눈동자가 이쪽을 향하는 것을 역시나 돌아보지 않고 말을 이었다.

"놔두고 간다든가, 버린다든가, 그런 게 아니야. 자기 걸음과 선택이 있을 뿐이야. 그러니까 네가 뭘 택하든 다른 건 신경 쓰지 않아도 되니까."

"알고 있어."

이건 이해는 했어도 진심으로 받아들이지는 않았을 때의 목소리다.

"하지만 그렇게 말하고, 털어내는 게 괴롭다면 말이다. 나는 꽤 도움을 받았다고 생각하니까. 그때는……."

그 말에 라이덴은 무심코 쓴웃음을 지었다. 이 바보 녀석, 아직도 그런 소리를 하나.

여태까지 계속 도움을 받아온 것은 오히려.

"이미 끝난 거야. 이제 충분해. 우리의 저승사자."

"예이예이. 잘 다녀왔습니다, 아저씨."

대꾸하고 보니, 생각했던 것보다 퉁한 목소리가 나왔다.

세오는 짜증을 느끼면서 다른 화제로 넘어갔다. 그래, 아무 느낌도 없다. 겁먹은 고양이랑은 다르다. 그러니까 이렇게 태연하게 잡담도 할 수 있다.

"밖에서는 무슨 축제를 하는 거야?"

"응? 아, 배공주의 축제. 정해선단에서 배의 신을 모시는 축제지. 이 동네라면 어뢰정의……."

세오가 모르는, 기술이 발전하면서 소멸한 군용 함선의 카테고리를 말하며…… 고개를 갸웃거렸다.

"그게 뭔데……?"

"어……?"

"하하하…… 나는 이 동네 출신이 아니라서."

올려다보니 이스마엘은 세오를 보고 있지 않았다.

"이야기 안 했나? 했을 리가 없다. 선단국군은 이 전쟁이 시작된 직후에 구성국 하나를 통째로 버려서 요격을 위한 전장으로 삼았어. 방어진지의 종심이 부족했거든. 그러니까 〈레기온〉의 침공 경로가 된 제일 동쪽 나라를 통째로 말이지. 그게 내 조국. 크레오 선단국."

"아……."

들었다. 파견 전에 레나에게 들었다.

다만 의식하지 않았다. 조국을 빼앗긴 사람의 입으로 그런 말을 듣고야 간신히 그 사실을 깨달았다.

그것은 〈레기온〉 침공으로 국토의 태반을 버리고, 그 버린 국토에 국민의 몇 할을 버리고, 86구라는 이름의 전사자가 없는 전장으로 바꿔버렸던.

공화국과. 마찬가지.

멍하니 올려다보았던 모양이다. 이스마엘은 설레설레 한 손을 흔들었다.

"그런 얼굴 안 해도 돼. 너희만큼 심한 대접을 받은 건 아니야. 총으로 위협당하지도 않았고, 모조리 빼앗긴 것도 아니지. 챙길 수 있는 건 챙겨서 도망쳐왔고, 여기에 와서도 딱히 구별은 없었어. 뭐, 사는 집은 가설 건물이었지만, 여기도 힘든 건 마찬가지니까. 우리 함대사령관은 정해함과 함대 하나를 통째로 가지고 도망쳐 왔고."

그리고 농담 섞어 말하며 웃었다.

그렇다. 그 함대사령관이라는 사람에 대해서도 말했다. 그건 죽은 함대사령관의 이름이니까, 라고.

죽었다. 아마도 전사했다.

이스마엘과 같은 문신을 한 사람은 작전을 앞둔 이 기지에서 한 명도 보이지 않았다. 어쩌면 함대사령관 이외에도, 아니, 그 말고는 이미.

전원.

가지고 있는 게 아니었다.

그뿐만 아니라 똑같았다. 자신들 에이티식스와. 고향도, 가족도, 그들에게서 이어받을 터인 전통이나 문화도, 모든 것을 빼앗기고 잃어버린 자신들과.

그러니까.

같은 처지인 에이티식스를…… 걱정해 주고.

"미안…… 그리고, 저기."

리토의 말이 되살아났다. 86구 밖에서는 자신들을 걱정해 준다.

맞는 말이었다.

그것도 에이티식스와 비슷한 처지인—— 긍지를 지닌 사람과
만나서.

"고마워⋯⋯."

그것은 어둠 속에서, 아직 멀지만 희미하게 밝혀진 등불을 발견
한 기분이었다.

저무는 햇빛을 받은 바다는 무수한 거울을 겹친 것처럼 그 반짝
임과 저무는 해의 황금빛으로 물들었고, 눈앞에 펼쳐진 세계는
눈이 부실 정도로 화려했다.

거기서는 별이 둥글다는 걸 알 수 있다고, 파수함의 함장이라는
모란 문신의 여성이 가르쳐 줬기에 올라온 변두리 등대. 전망대
로 개방된 그곳에서는 정말로 완만하게 호를 그리는 수평선과 저
무는 햇빛이 무수한 파도에 반사되는 아름다운 광경이 한눈에 보
였다.

산산이 깨진 거울이 비추는 듯한, 이 세상의 것이 아닌 황금색
불길로 불타는 듯한, 황혼의 바다.

그것은 왠지 모르게 사람을 거절하는 듯한 아름다움이라고, 유
토는 생각했다.

근처에는 다른 누군가에게 같은 말을 듣고 온 듯한 시덴과 샤나
가 서서 마찬가지로 황금색 바다를 보고 있었다. 같은 부대지만
친하게 이야기하는 관계도 아니고, 특히나 유토는 과묵한 부류

다. 말도 시선도 주고받지 않고, 조금 멀리 있는 체온을 거절하지도 않고, 그저 나란히 서서 모르는 석양을 바라보았다.

"정해씨족은 씨족별로 하나의 정해함대를 편성합니다. 군부대보다도 하나의 큰 '집'에 가까운 집단입니다."

새롭게 들려온 목소리에 시선만을 돌렸다.

목소리의 주인은 에스텔로, 함께 올라온 것은 왜인지 크레나였다. 대충 추측하자면 오갈 곳도 없어서 시내도 바다도 아닌 기지에 남은 것을 에스텔이 발견하고 데려온 거려나. 시덴이나 샤나나 자신과 마찬가지로.

에스텔이라든가, 유토에게 말을 걸어 준 여성만이 아니라 선단국군 사람들은 군인도 마을 사람들도 바다나 축제 등을 보여주려들고 시내의 구경거리를 가르쳐 주는 등, 이런저런 면으로 신경을 써 주었다. 처음에는 멸망 직전에 찾아온 구원부대에 대한 감사라든가, 10년 만에 보는 외국인을 신기하게 여기는 것인 줄 알았는데…… 아무래도 그것만은 아닌 모양이었다.

선단국군으로서 수백 년, 정해씨족으로 수천 년에 걸쳐서 해양의 패권을 고래와 다투어 왔다. 바꿔 말하자면 수천 년에 걸쳐서 패배를 거듭하면서도 아직도 싸우고 있는 사람들.

그것 말고는 아무것도, 무엇 하나도 자신들에게 없다고 소리치듯이.

"동질감, 일까. 우리 에이티식스에 대한."

에스텔의 이야기는 담담히 이어졌다.

"그러니까 선임인 저는 이스마엘 함장님을 오라버니라고 부릅니다. 설령 혈연이 없다고 해도."

"저기……."

확실히 주눅 든 눈치로 크레나는 에스텔을 바라보았다. 명백히 혈연도 아니고 연하인 이스마엘이 왜 '오라버니'인지, 잡담 겸해서 물어본 것뿐이었는데.

"미안해. 잘 몰랐, 습니다."

일단 상대가 대령이기에 말을 높였다.

다행히 에스텔은 별로 내색하는 일 없이 고개를 갸웃거렸다.

"그렇습니까. 당신들 에이티식스와 별로 다르지 않은 관계성이라고 생각합니다."

그 말에 크레나는 눈을 껌뻑였다.

"우리와……?"

"이를테면 당신과 전대 총대장인 노우젠 대위는 처음에 보았을 때 남매라고 생각했습니다. 물론 혈연이 없는 것도 한눈에 알았습니다만."

얼굴이 닮고 안 닮고 이전에 타고난 색채가 전혀 다른, 하지만 신기하게도 같은 눈빛을 가진 소년 소녀들.

한눈에 알아볼 만큼 피는 이어지지 않았다. 하지만.

"보면 압니다. 당신들 에이티식스는…… 예, 영혼이라고 부를 만한 것의 형태가 같습니다. 같은 전장에서 싸우고, 같은 무덤을 향하며, 같은 삶을 긍정하고, 같은 식으로 사는 것을 자랑으로 삼습니다. 피가 가깝다는 게 아니라 영혼이 비슷한 것을 서로 유대로 삼는다. 정해(征海)의 긍지를 일족의 유대로 삼은 정해씨족과 같습니다."

그것은 왠지 떨릴 정도로 감미로운 말이었다.

열기에 사로잡힌 것처럼 크레나는 그 말을 되뇌었다. 목마름 끝에 한 모금의 맑은 물을 받은 사람처럼.

"영혼이, 비슷하다."

"그렇습니다. 그것은 혈연에도, 같은 조국을 가진 것에도, 뒤지지 않지요. 무슨 일이 있어도."

에스텔이 말했다. 황금색 빛 속에서, 당연하다는 듯이 당당한 모습으로.

"그러니까 앞으로 무엇이 변하든지, 그분은 제 오라버니고…… 무슨 일이 있어도 노우젠 대위가 언제까지고 당신의 오빠임은 변함없겠지요."

†

"너무 멀어서 거리도 숫자도 전혀 알 수 없지만, 이만큼 알면 꽤 편해지지. 양동이인 놈들도, 물론 우리도."

대학 건물을 접수한 기지 중 원래는 예배당이었던 장소를 브리핑룸으로 쓰고 있다.

오래되었지만 색채가 선명한 스테인드글라스에서 빛이 들어오는 곳. 커다란 테이블 위에 펼친 자료를 보며, 이스마엘은 활짝 웃었다. 관측기모함의 숫자와 대략적인 배치를 신이 확인하여 기록한 해도(海圖).

"감사의 말 대신, 돌아오거든 한 잔 사지, 대위. 선단국군 전통의 건해산물을 안주로."

"……."

생선도 조개도 아니라, 일부러 해산물이라고 뭉뚱그린 것에서 눈치챈 신은 침묵하고, 대신하여 세오가 쏘아붙였다.

"함장, 혹시 그거 아니야? 현지인이 여행자를 놀릴 때 써먹는 진미라는 거."

"그럴 리가 있겠냐. 재료로 쓰는 생물의 생김새가 조금 재미있을 뿐이야."

그 모습을 보고 레나는 흐뭇한 심정이었다. 에이티식스들과 이스마엘 함장 이하 정해씨족 사람들은 꽤 친해진 모양이다.

선단국군은 군인들과 주민들 모두 시원시원한 사람이 많아서 그럴까.

"아, 너희도 오늘 저녁 식사는 기대해라. 마침 축제 기간이고, 너희가 와 줘서 고맙다며 주방 아주머니들이 꽤 기합을 넣었어. 그럼 이만."

마지막에 한 손을 들고 이스마엘은 브리핑룸을 나갔다. 웃으며 그 모습을 지켜본 뒤 레나는 실내에 늘어선 기동타격군 대대장과 참모들을 둘러보았다.

"그러면…… 우리도 시작하죠."

따라서 웃었던 정보참모나 멍한 기색으로 있던 자이샤가 표정을 바로잡았다.

 에이티식스들이 딱히 긴장감 없는 모습인 것은 하루 이틀 된 이
야기가 아니다. 레나는 신경 쓰지 않고 홀로윈도우를 기동했다.

 "일단 이번 제압 목표, 마천패루의 전체도가 이것입니다."

 조사선이 취득한 광학 영상을 해석해 만든 입체지도를 표시한
다. 철골만으로 이루어진, 어딘가 생물의 사체 같으면서도 거대
한 해상요새.

 "최상부까지의 높이는 추정 120미터. 일곱 개의 탑이 있어서,
중앙에 메인 타워가 하나, 그것을 지탱하는 기둥이 여섯. 내부는
열에서 열두 곳 정도의 구역으로 나뉜다고 추정됩니다. 이 요새
의 제어기능과 최상부의 전자가속포형을 파괴하기 위해, 돌입 담
당과 포병 사양의 〈저거노트〉, 총 3개 지대를 투입, 공략합니다."

 병력을 줄인 것은 수송력의 문제 때문이다.

 〈스텔라마리스〉에 탑재할 수 있는 〈레긴레이브〉는 150기 정
도. 본래 정해함 소속인 최소한의 초계 헬기를 원제함으로 옮겼
음에도 그것밖에 나를 수 없다.

 남은 전력은 선단국군의 전선에, 만일을 위한 경비로 남길 예정
이었지만……

 "리토 오리야 소위, 레키 미치히 소위. 당신들의 부대는 육상에
남아 주세요. 당신들은 선단국군 전선의 기동방어를 위해 전선
후방에 대기합니다."

 리토는 뭔가 싶어서 눈을 껌뻑였다.

 "나랑 미치히는 공략조 아닙니까? 게다가 기동방어라니."

"마천패루 거점을 선단국군 주력의 미끼로 삼고, 거점에서의 전투 개시와 호응하여 〈레기온〉 육상부대가 공세로 나올 가능성이 있습니다. 대기하는 부대에도 일정 전력을 남기고 싶습니다."

두 사람은 서로의 얼굴을 보고 입술을 꾹 다문 뒤 끄덕였다. 그런 거라면야.

"알겠습니다." "맡겨 주세요."

"적 편성에 변경이 있을 우려도 있습니다. 대처에 관해서도 추후 설명할 테니, 즉각 대응할 수 있도록 준비해 주세요."

비카가 슬쩍 시선을 보내왔다.

"연방에 탄종 추가를 부탁한 이유가 그건가. 〈알카노스트〉도 이번 작전에서는 내가 지휘하는 척후 이외는 방어선 배치로군? 자이샤를 지휘관으로 남기고 갈 테니까 함께 써다오."

수송 가능 중량에 제한이 있는 이상, 종합적인 전투 능력에서 〈알카노스트〉에 앞서는 〈저거노트〉를 요새 공략의 전력으로 우선할 필요가 있다.

이어서 신이 입을 열었다.

"목표가 되는 〈양치기〉는 소리가 들리는 한도 내에서는 두 기. 전자가속포형, 그리고 거점이 공창이라면…… 자동공장형(바이젤)이 그 제어중추라고 봐도 될 겁니다. 여기서는 거리가 있어서 숫자밖에 모르겠는데, 접근하면 정확한 위치도 알 수 있습니다. 레르케 등을 척후로 보내고 제가 선도하면 문제없을 겁니다."

담담히 읊는 말에 레나는 지시를 떠올리며 눈썹을 찌푸렸다. 이번 작전의 실행에서 그레테를 거쳐 서방 방면군이 전달한, 이상하면서도 부조리한 지시.

"첩보 분석을 위해 가능하면 제어중추를 탈취하라는 지시가 있지만, 무리하지 마세요. 나는 우선도가 낮다고 판단합니다."

신은 잠시 침묵한 듯이 보였다.

의아하게 생각하기 이전에 평소와 같은 냉철함에 고개가 끄덕여졌다.

"알겠습니다."

"신에이."

막사에 있는 방 창문에서는 바다가 보이지만, 작전시간에 맞춰 자고 일어나는 지금, 기상 시각이라도 그 바다는 어둡다.

시각은 이른 아침 정도가 아니라 아직 심야. 조용한 시내의 정적을 넘어서 파도 소리만이 낮게 귀에 닿았다. 〈레기온〉들의 끊임없는 한탄과도 비슷한 조용한 속삭임과 그 너머에 무심히 귀를 기울이던 신은 열려있던 문에서 조심스럽게 들려온 목소리에 시선을 돌렸다.

아직 조금 졸린 듯 눈을 비비면서 들어온 것은 프레데리카였다.

"뭘 보고 있느냐? 뭐 신기한 거라도 보이느냐?"

"음……. 아니. 뭘 보고 있었던 건 아니야."

"〈레기온〉의…… 전자가속포형의 목소리를 확인하고 있었나."

잠든 시내의 정적 너머, 파도 소리 저편―― 마천패루의 〈양치기〉와 부하 망령의 목소리.

가벼운 발소리와 함께 프레데리카는 옆에 와서 나란히 앉았다. 뭔가 결심한 듯한 핏빛 눈동자가 바다 저편을 바라보았다.

"신에이."

프레데리카는 지금도 신을 애칭으로 부르지 않는다.

신과 체격이 비슷했던 근위기사와——키리라는 애칭으로 불렀던 상대와 혼동하지 않기 위해 절제하는 것임을 희미하게 눈치채고 있었다.

"신에이. 요새에 있는 전자가속포형은……."

잠시.

두려워하는 듯한 공백이 있었다.

"키리야, 인가……?"

"? 안 보이는 것 아니었어?"

자신이 아는 자의 현재를, 설령 그 상대가 망령으로 변했더라도 볼 수 있는 프레데리카의 이능력. 물어볼 것도 없이 당연히 알 텐데. 그렇게 생각해서 되물은 뒤에야 깨달았다.

'보는 것' 조차도 할 수 없는 건가. 혹시나 다시금 키리야가 보일까 봐 두려워서.

"네 기사가 아니야. 목소리도, 하는 말도 달라."

프레데리카는 안도하며 고개를 들었다.

"제국 사람 같기는 하지만, 적어도 네 기사랑은 달라. 그러니까 에른스트가 말한 정보원이 될지는 모르겠지만."

"……."

프레데리카는 침통하게 고개 숙였다.

입술을 깨물고 똑바로 올려다보며 호소했다.

"신에이, 역시 그때가 오거든 당장에라도 나를 써야 한다. 시간이 걸리면 그만큼 죽는 자가 늘어난다. 그게 언제 연방을 덮칠지 모른다. 그때 죽는 것이 그대가 아니라는 보증도 없지. 나 하나뿐이라면 적은 희생이다. 그러니까……."

"안 돼."

"신에이!"

프레데리카가 매달렸다. 체격은 비교도 되지 않으니까 그 정도로는 흔들리지도 않는다.

마음은 이해할 수 있다. 같은 처지라면 자신도 그렇게 말하겠고…… 실행한 적도 있다. 자기를 미끼로 쓰면 동료를 구할 수 있다고 생각했던, 2년 전 특별정찰의 마지막 전투.

그러니까 그 초조함과 각오도 이해한다고 생각한다.

하지만.

"한 명이라면 작은 희생이다. 희생을 더 줄이자면 어쩔 수 없나. 그런 논리로 86구에 내던져진 것이 우리 에이티식스야."

프레데리카는 살짝 눈을 크게 떴다.

내려다보면서 신은 말을 이었다. 초조함과 각오는 이해한다. 그래도 이건—— 양보할 수 없다.

"너 혼자 희생하면 된다고 생각하지 않아. 나는 공화국과 똑같은 짓을 하고 싶지 않아."

제3장 into the storm

　다른 사람들에게는 좁은 막사의 방도, 정해함의 좁은 침대에 익숙한 그에게는 넉넉할 정도로 넓다.

　애초에 육지에서는 마음이 편치 않아서 깊이 잠들지도 못한다. 정해씨족의 씨족장──함대사령관의 '자식'으로서 어릴 적부터 배에서 살았던 이스마엘에게 발밑이 흔들리지 않는 육지는 오히려 부자연스럽다.

　그러니까 날이 밝기 전에 울린 휴대단말의 알람에도 곧바로 응답했다.

　"나다."

　목소리는 잠결이라서 살짝 메말랐다.

　[오라버니. 이른 시간에 실례합니다.]

　"에스텔인가."

　정해함대에서는 함대사령관이 아버지나 어머니, 함장들이 형이나 누나, 총 수천 명의 승조원들이 동생이다. 정해씨족에서는 가문의 연장자 전원이 부모고, 태어난 자식은 모두가 아이다. 하나의 가문, 하나의 도시에서 각각 배를 소유하고, 씨족이 정해선단 하나를 편성하는 그 관습에서 생겨난 독특한 호칭.

그렇기에 이스마엘이 있던 곳과는 다른 정해씨족 출신인 에스텔은 진짜 '동생'이 아니지만, 서로가 속한 함대를 잃고 생존자들이 모여 정해함대를 편성한 지금은 오빠로 부르는 것이 잘못은 아니다. 정해함을 제외한 씨족을 모두 잃은 함장, 배와 씨족의 태반을 잃은 부장. 그 밑의 동생들도 비슷비슷한 신세다. 〈오픈 플리트〉에는 정해11씨족의 마지막 생존자가, 그 출신 씨족도 모함도 뒤죽박죽으로 섞여서 각자의 상실을 품은 채로 함께 지내고 있다.

여기저기서 모인 이들로 구성된, 고아들의 함대(오픈 플리트).

씨족장인 함대사령관은 모두 정해함과 운명을 함께하거나, 혹은 아버지로서 자식들을 도주시키기 위해 희생되었다.

그러니까 〈오픈 플리트〉에 함대사령관은 없다. '맏이'인——정해함 함장의 마지막 생존자인 이스마엘이 이어야 했지만, 그것도 왠지 싫었다.

[태풍이 옵니다. 드디어······.]

"그래."

드디어—— 오는가.

†

밤의 어둠을 틈타서 정해함 〈스텔라마리스〉는 항구를 나섰다.

다행히 그믐날이다. 별들의 그림자 이외에 불빛이 없이 어둠은 깊고, 그것은 태풍을 틈타서 전진할 내일 밤도 마찬가지겠지.

은밀한 출항이다. 통신제한만이 아니라 등화관제가 걸린 비행 갑판 위에 에이티식스 몇 명이 올라가 봤다.

〈스텔라마리스〉의 승조원은 출항에 맞춰 각자의 일이 있지만, 극단적으로 말해서 수송되는 화물인 프로세서는 할 일이 없다. 불도 켜지 말고, 뱃전에 너무 가까이 갔다가 바다로 떨어지지 말라는 갑판요원의 주의를 받으면서, 몇몇이 갑판에서 멀어지는 육지를 보았다.

심야의 출항이다. 본래 사람은 잠들어야 할 심야다.

하지만 멀어져가는 바위투성이 해안에. 항구도시의 주민들이 모여서 손을 흔들고 있었다.

만에 하나라도 들키지 않도록 불빛은 하나도 켜지 않은 상태로, 어른만이 아니라 아이까지 부모에게 이끌려서, 혹은 안겨서. 말도 없이 모두가 그저 손을 흔들고 있었다. 은밀한 출항이다. 〈스텔라마리스〉가 경적으로 응하는 일도 없다. 그래도 계속해서 모여들어 손을 들면서 이쪽을 바라보았다.

그 모습이 묘하게 인상에 남았다.

밤이 짧은 고위도 지방의 여름에 밤을 틈타 접근하기 위해서, 정해함대가 각각의 항구를 출발한 것은 작전 전날 밤.

모항에서는 북동쪽에 위치하는 마천패루 거점으로 똑바로 향하는 게 아니라, 북상하여 집결지점인 칼깃 제도에서 합류. 바닷새 정도밖에 살지 않는 바위섬 사이, 바닷물에 침식된 절벽의 그늘에 각자 숨어서 작전 개시까지의 하루를 숨죽이며 대기한다.

그 〈스텔라마리스〉에서 함교 최상층, 시그널 브릿지를 레나는 신기한 눈으로 둘러보았다. 앞으로 꼬박 하루 동안 대기하는 시간의 시작. 발견되지 않도록 최대한 정숙이 필요하지만, 그것은 익숙하니까 별문제 없다.

길면 반년에 달하는 항해를 상정한 정해함은 내부에 예배당이나 도서실도 있는데, 대기하는 동안에는 그런 곳이나 이 시그널 브릿지를 견학하고 다녀도 된다고 이스마엘이 허락했다.

또각또각 경쾌하게 계단을 올라오는 발소리가 들리고, 얼굴을 비친 것은 에스텔이었다.

"밀리제 대령님. 갑판에 내려가 보지 않겠습니까. 재미있는 것을 볼 수 있습니다."

"갑판……인가요. 아뇨, 나는."

에스텔이나 승조원들에게는 미안하지만, 전쟁이 끝날 때까지 바다를 보지 않기로 했으니까.

그래도 무심결에 아래쪽으로 흘끗 시선을 주었다가 깨달았다. 푸르고 어두운 빛.

역시 보고 싶다는 호기심이 고개를 쳐들어서, 레나는 애써서 시선을 거두었다. 약속했으니까.

전쟁이 끝난 뒤에 둘이서 볼 거니까.

한번 보러 가라는 승조원의 말을 듣고 갑판에 나온 앙쥬와 더스틴은 나란히 숨을 삼켰다.

별빛이 눈이 부실 정도로 밤바다를 비추는 정도는 아니다. 그 화사하고 어두운 하늘 아래.

"우와아……."

"파도가…… 빛나는 건가……?"

어두운 바다가, 마치 별들이 반딧불들을 가둔 것처럼, 푸르고 아스라한 환영 같은 빛의 입자로 채색되어 있었다.

특히나 조용하게 밀려왔다가 부서지는 파도. 쏴아 소리와 함께 바다 위를 달릴 때마다, 바위벽이나 배에 부딪혀서 흩어질 때마다, 그 궤적이 희미하게 푸른색으로 발광했다. 동행한 승조원이 '야광충'이라는 것이라고 가르쳐 주었다.

열기 없는 푸른빛을, 두 사람은 말없이 바라보았다. 다른 프로세서도 승조원이 각각 찾아서 데려와 주었는지, 비행갑판 여기저기서 바다를 내려다보는 그림자가 모여 있었다.

"정말로 예뻐. 예쁘다고 큰 소리로 말할 수 없는 게 아까울 정도로."

"여기는 전장이니까. 끝나면 다시 보러 오고 싶군."

앙쥬는 그 말에 두근거렸다.

물론 더스틴은 제레네에게 얻은 정보를 모른다. 그저 근거 없는 바람으로서 말했을 뿐. 끝났으면 한다고, 평화로운 세계에서 살고 싶다고, 생각할 뿐이지.

"더스틴 군은……."

자신은 아직 그 너머를 명확하게 상상할 수 없다.

더스틴은 어떨까. 공화국의 모습에 의분을 품고, 조국의 오명을 씻기 위해 조국을 떠나서, 벽 밖의 전장에 서기를 택한 더스틴은 그 전장이 없어지면.

"전쟁이 끝나면 공화국으로 돌아갈 거야?"

"아마도. 재건을 위한 사람이 필요할 테니까. 다만, 저기……."

혹시 앙쥬가 싫다면 돌아가지 않겠지만, 이라고 말해도 좋을지 더스틴은 고민했다.

싫다면 돌아가지 않겠다고 말해도 될지 고민하는 거라고 앙쥬는 그 얼굴을 보며 생각했다. 그리고 그것을 지적해도 좋을까.

지금도 응하지 못하고 있는데, 놀리는 말로 넘겨도 좋을까…….

나란히 선 더스틴과의 거리는 다이야와 함께할 때보다 멀고…… 처음에 만났을 때보다 훨씬 가깝다.

어색한 듯하면서도 마음이 편한, 신기한 거리감에 앙쥬는 어찌할 줄 몰랐다.

함재기 발착을 위한 공간인 비행갑판에는 울타리나 손잡이 같은 게 설치되어 있지 않다.

시야를 가리는 것이 없는 그 한구석에 나란히 앉아서, 세오는 옆에서 새끼고양이처럼 몸을 내밀고 있는 크레나에게 말했다.

"뭐, 이건 이거대로 푸른 바다이긴 하네."

"응……!"

──가고 싶어. 남쪽 바다에. 전쟁이 끝나거든.

1년 전의 그때도 전자가속포형을 쫓는 적진 돌파행 도중. 그렇게 말했던 크레나는 눈을 반짝이면서, 푸르게 빛나는 바다를 멍하니 바라보고 있다.

　머리 위에 있는 별들과 마찬가지로 화사하지만, 어둠을 비추는 일은 없는, 환영처럼 푸르스름한 빛.

　파도 속이 살짝 들여다보일 뿐인 희미한 빛은 오히려 밤바다의 어둠을 한층 두드러지게 만드는 듯했다. 보고 있자니 왠지 그 깊은 어둠 속에서 뭔가가 떠오를 듯한 불안마저 들어서 무심코 말이 흘러나왔다.

　"와버렸네…… 바다에."

　그 말에 크레나가 웃었다.

　"와버렸다니. 그래선 오기 싫었다는 소리 같잖아."

　"응. 아직 오고 싶지 않았다는 심정일까."

　신이나 라이덴, 레나에게는 말하고 싶지 않다. 크레나가 상대니까 흘러나온 말이었다.

　그건 크레나도 마찬가지일 테니까.

　"조금 더 이것저것 정리된 다음에 보고 싶었어. 나는 어떻게 되고 싶은지. 어디에 가고 싶은지. 그 대답을 찾고 나서 보고 싶었어."

　"억지로 찾지 않아도 괜찮아."

　크레나가 그렇게 말했다. 말과는 달리 불안해하는 아이처럼 무릎을 끌어안고서.

　속으로는 안도한 것처럼, 만족스러워하는 새끼고양이처럼, 부드러운 금빛 눈동자로.

"우리는 동료야. 동포야. 그것은 절대로 변하지 않으니까. 그런 거라고 에스텔 대령이 말했어. 그러니까 괜찮아."

뭔가 달라졌더라도.

같은 식의 삶을 긍정하며 선택한, 에이티식스라는 것만큼은.

"그런가."

에스텔이나 이스마엘…… 이 나라에서 만난 정해씨족의 후예들. 자신들과 마찬가지로 고향도 가족도 전쟁의 불길에 빼앗기고, 잃어버렸지만, 그래도 긍지를 품고 사는 사람들.

"그래……."

만나서 다행이다.

이 나라에 와서 다행이라고 생각한다.

모든 것을 잃고 긍지밖에 남지 않았으면서도 웃고 사는 사람들.

같은 식으로 사는 사람들이 있는 것을, 그러고도 살아갈 수 있다는 것을 알았다.

그렇다면 우리 에이티식스들도, 지금 모습으로 살아살 수 있다.

"조금 조급하게 굴긴 했지만. 그래. 괜찮을 거야."

머리 위의 별들은 인공 불빛이 없어서 밤의 어둠이 깊게 지배하던 과거의 86구처럼 화려했고, 아래쪽에서 보이는 모습도 반딧불의 그것과 비슷하게 너무나도 아련하고 무수한 푸른빛.

86구에 있을 무렵에는 아무런 감흥도 없이 올려다보았던 그 흐릿한 광채에, 그로부터 2년이 지난 지금, 신은 조금 적적한 심정을 느꼈다. 86구의 전장도, 육지를 떠난 이 바다도, 인간의 세계가 아니다. 그 적막함이 지금은 왜인지 기묘하게 가슴을 파고들었다.

총길이 300미터의 광대한 비행갑판에서는 절대로 잘못 볼 리 없는 레나의 긴 은발이 보이지 않았다. 같이 보지 않겠냐고 말해 볼까 싶었는데, 전쟁이 끝나기 전까지 바다를 보지 않기로 한 모양이라는 비카의 귀띔이 있었다. 바다를 보여주고 싶다고 했던 신의 말에 따른 것이라고.

그건 기쁘지만…… 그보다도 슬슬 대답을 듣고 싶은데.

그때 문득 함수 근처에 선 이스마엘의 뒷모습이 눈에 들어왔다.

바라보는 신을 알아차리는 기색도 없이, 비행갑판에 무릎을 꿇고 그대로 고개를 조아리더니—— 아마도 비행갑판에 입을 맞추었다. 나이 든 모친에게 입을 맞추듯이 경의와 감사의 마음으로.

"……?"

저건 대체 뭘까. 신으로서는 의문이라고 할 정도는 아니고 그저 그렇게 생각했다.

조금 떨어진 곳에서 프레데리카가 신에이를 불렀고…… 그걸 끝으로 신은 이 사실을 잊어버렸다.

†

[미시아 제9함대가 아르쉐 제8함대에. 작전 개시선에 도달. 진공을 개시하겠다.]

다음 날.

일부러 일몰 전에 모항을 떠난 두 양동함대는 목적지를 위장하려는 듯이 〈레기온〉지배 영역 연안으로 일단 침로를 취한 뒤에 반전. 각각 크게 호를 그리면서 마천패루 거점으로 향하고——적 포의 사거리에 지금 들어갔다.

"수신 양호. 성 에르모의 가호를 빈다."

정해함대 〈오픈 플리트〉는 통신제한 중이다. 에스텔은 닿지 않는 기도를 조용히 보냈다. 밝은 두 번째의 밤, 태풍과 함께 온 엷은 구름에 별들은 드문드문하게 보인다. 작전 개시에 대비하여 함장인 오빠는 지금 휴식을 취하고 있고, 그 대리로 이 통합함교에 마지막으로 섰다.

"〈오픈 플리트〉 각 함에 통달. 출격 준비. 양동 중 한쪽이 교전에 들어가는 대로 마천패루 거점을 향해 침공을 개시하겠습니다."

"아이 맴. 형님께는……."

"아직 괜찮겠죠. 오라버니는 본 함대가 교전에 들어갔을 때 만반의 상태로 지휘해 주시길, 지켜봐 주시길 바라니까요."

†

[아르쉐 제8함대가 미시아 제9함대에. 디코이 5번의 상실을 확인. 교전을 시작한다.]

†

　2개 양동함대가 교전에 들어가고, 그들을 미끼 삼아서, 밤의 어둠을 아군 삼아서 전진하는 정해함대의 거주구역. 몇 시간 뒤에 작전영역에 들어가는 상황이라 미리 옷을 갈아입은 레나는 선실 입구에서 복도를 엿보았다.

　옷을 갈아입었다. 그렇다. 〈찌카다〉를 장착한 것이다.

　벌써 세 번째 입는 것이지만, 전혀 익숙해지지 않는다. 게다가 연합왕국에서 돌아온 뒤로 바로 준비시킨, 한 사이즈 큰 군복을 그만 깜빡 잊어버린 것이다.

　그렇긴 해도 몸매가 뚜렷하게 드러나는 이 의상으로 정해함 승조원들 앞에 서고 싶지도 않다. 앞으로 대장들과의 브리핑도 있으니까, 신과도 얼굴을 마주치게 된다.

　그렇게 되기 전에 앙쥬나 샤나에게 근무복을 빌리자.

　그렇게 생각하며 레나는 아무도 없는 복도를 둘러보았다.

　레나보다 장신인 그녀들의 군복이라면 〈찌카다〉 위에 걸칠 수 있겠지. 그 조건에는 시덴도 들어가지만, 왠지 모르게 그쪽에는 빚을 지지 않는 게 좋을 듯했다.

　머리만 쏙 내밀어 복도 구석구석까지 엿보고 반대쪽을 돌아보자, 거기에 신이 서 있었다.

　레나는 딱 굳어버렸다.

　의아한 눈치로 살짝 눈을 크게 뜬 채로 신은 서 있었다.

　〈찌카다〉만 걸친 레나를 내려다보고.

자은색 의사신경섬유가 외장형 의사뇌가 되어 피부를 뒤덮은, 뒤덮었을 뿐이지 지탱할 수 없어서 여기저기가 흔들리고 몸매도 뚜렷하게 드러나는 레나를 내려다보고.

그러고 보면 신에게는.

예전에도 분위기가 좋아진 앙쥬와 더스틴이 신을 눈치채지 못하는 대형 사고가 일어나게 한.

발소리를 내지 않고 걷는 버릇이 있었다.

왠지 무시무시하고, 길고 긴 침묵 뒤에.

"연합왕국에서 비카에게 수령했다는 〈찌카다〉에 대해."

신은 말했다. 부글부글 분노가 끓어오르는 것을 꾹 참는, 험악하고 얼어붙은 시선으로.

"왜인지 제게는 정보가 전혀 오지 않아서 이상하고 여겼는데…… 어쩐지 물어봐도 아무도 대답해 주지 않고, 레비치 기지에서 레르케가 그토록 사과했던 거로군요."

그야 낭연하셨지.

레나 역시 혹여나 자기가 입은 게 아니더라도 그런 걸 설명하고 싶지 않다.

"마르셀에게 물어봤더니 자긴 아직 죽기 싫다면서 도망쳤는데…… 봐줄 것 없이 더 캐물어야 했습니다."

"봐줄 것 없이, 라니…… 마르셀은 특사교 동기잖아요? 너무 괴롭히지는……."

"레나. 말을 돌리려고 하지 마세요. 마르셀은 지금 아무래도 좋습니다."

아, 신, 혹시 엄청 화났나.

코끝이 닿을 정도로 그가 다가오는 바람에 살짝 몸을 뒤로 젖히면서, 레나는 현실을 외면하듯 생각했다. 이렇게 노골적으로 언짢은 기색을 보인 것은 처음이다. 신선하기도 하고 조금 기쁘다.

"아니, 저기, 딱히 숨겼던 건 아니지만요……. 유용하긴 유용하고요. 그게………… 너무 창피할 뿐이라서."

후우…………하고 길고 긴, 내압을 낮추는 듯한 한숨 소리가 한 번.

소리도 없이 신은 발길을 돌렸다.

"알겠습니다. 비카를 처리해서 바다에 내던지고 오겠습니다."

"신……?! 무슨 소릴 하는 건가요!"

"권총은 격납고에 맡겨졌지만, 날을 세운 야삽만 있으면 충분합니다. 젊었을 적에는 그걸로 적병을 해치운 적도 있다고 신부님이 그랬지요."

"그 신부님, 아이한테 뭘 가르친 건가요?! 아니, 그게 아니라! 정해함에 야삽이 있을 리가 없잖아요?!"

아무리 그래도 야삽으로는 자주지뢰조차 못 이기는데(대인형 자주지뢰가 내장한 것은 유효 사정이 50미터인 지향성 산탄지뢰다), 〈레기온〉과의 전투에 임할 신에게 야삽으로 싸우는 방법을 가르칠 이유는 전혀 없다.

그리고 레나의 그런 말도 좀 엇나간 말이긴 했다.

"그렇다면 그대로 바다로 걷어차 버리겠습니다. 그걸로 충분하겠죠. 먼바다에서는 사람을 던져 넣으면 보통 가라앉으니까, 실

수로 발생한 사체를 은폐하기에는 안성맞춤이라고 이스마엘 함장이…….”

“신!”

“음…….”

작전 개시 전, 임시회의실로 정해진 함교 1층의 플라이트덱 컨트롤러룸에서 마지막 브리핑을 준비하던 비카는 부르르 몸을 떨었다.

“왠지 묘한 오한이 드는군.”

레르케가 고개를 갸웃거렸다.

“뱃멀미이옵니까?”

“그것보다는 누가 내 무덤을 파는 느낌이군. 안 좋은 예감이 들어.”

듣고 있던 크레나가 끼어들었다.

“연합왕국의 작전에서 나나 앙쥬나 레나에게 입혔던 그 야한 슈트가.”

비카는 예쁘장한 눈썹을 기품 있게 찌푸렸다.

“〈찌카다〉라고 하는데.”

앙쥬가 말을 이었다.

“전하는 장난이었겠지만, 입은 쪽으로서는 전혀 웃음이 안 나오는 성희롱 슈트가.”

“뭐, 그런 비난도 피할 수 없나. 그건 됐으니까 계속 말해봐라.”

시덴까지 새된 눈으로 가담했다.

"솔직한 거야 좋지만, 그렇다고 아무런 속죄도 안 되는 그 변태 슈트가."

그런 사정없는 평에 살짝 기가 죽은 얼굴을 한 비카를 무시하고 크레나는 말했다.

"드디어 신한테 걸린 거겠지."

"아하……."

작은 신음과 달리, 별로 당황한 빛도 없이 크게 고개를 끄덕였다.

"그건 안 좋군. 정보가 어디서 샜지?"

힐끗 날아온 시선에 마르셀이 다급히 고개를 내저었다.

"아니, 난 말한 적 없거든, 전하?! 실수로 입을 잘못 놀렸다간 일단 노우젠에게 맞아 죽은 뒤에 전하한테도 죽을 거 아니야?!"

"잘 아는군, 마르셀. 실제로 경이 입을 놀렸다면 노우젠의 손에 죽은 뒤에 내가 직접 소생하고 다시금 머리부터 껍질을 벗길 작정이다."

"뭐……?!"

"전하……. 〈시린〉을 설계하신 전하께서 그렇게 말씀하시면 농담으로 들리지 않으니 삼가시는 편이……."

얼굴이 새파래진 마르셀을 가엽게 여겼는지, 레르케가 슬쩍 편을 들어 주었다.

평소처럼 장난이나 쳐대는 주종+1을 기분 상한 고양이처럼 바라보는 채로 크레나는 말했다.

"그래서 지금은 왕자 전하가 〈스텔라마리스〉에서 바다로 내던 져지든가, 보수용으로 챙겨둔 도끼로 머리가 쪼개지기 직전이 되 었는데. 어쩔 거야, 전하?"

"뭘 또, 문제없다. 성녀 같은 밀리제는 나 같은 뱀도 감쌀 테고, 밀리제가 하지 말라고 하면 노우젠도 보나 마나 멈출 테니까."

"……."

뭐, 레나라면 그도 그렇겠고, 신도 분명 그러겠지만.

"왕자 전하. 다음 작전에서 실수로 쏴버려도 돼?"

'이 녀석, 한 차례 가볍게 죽여버리는 게 좋지 않나?' 라고 크레 나는 생각했다.

성큼성큼 떠나가려는 신을, 레나는 두 손으로 한 팔을 붙잡아 힘 껏 버틴다는 방법으로 간신히 붙잡는 데 성공했다.

또한 〈찌카다〉를 가볍게 둘렀을 뿐이라서 거의 맨발인 발끝이 군함의 거친 복도에서 상처라도 날 것 같았기에 신으로서는 더 발 을 뗄 수 없었던 것이 승리의 이유.

"…………. 그럼 하다못해 이걸 걸쳐주세요. 그 장비를 벗을 때 까지 돌려주지 않아도 됩니다."

난폭하게 근무복 상의가 걸쳐졌다. 머리부터 완전히 뒤집어쓴 그것을 꿈지럭거려서 어깨까지 내리면서 레나는 신을 올려다보 았다.

아직 미묘하게 퉁명스러운, 그러면서도 기세가 꺾인 듯한, 핏빛 두 눈과 시선이 마주쳤다.

"……."

그대로 묘한 침묵이 깔렸다. 어색한 것과는 다르지만, 왠지 말이 잘 이어지지 않는다고 할까.

해야 할 말은 따로 있다고 깨달았다고 할까.

조금 망설이는 듯한 침묵이 지나고, 결국 신이 입을 열었다.

"처음 보는 바다가 전장이라는 것은 아쉬운 일이군요."

그 말에 레나는 움찔 몸을 떨었다.

──바다를 보여주고 싶다. 당신과 함께 바다를 보고 싶다.

한 달 전, 무도회 날 밤의 그 불꽃 아래. 그가 맡긴 그 바람에서 이어진 말, 레나가 아직 답하지 못하고 있는 말이다.

"예……. 저기……."

말하자면.

'한 달이나 지났고, 이제 곧 작전이 시작되고, 이렇게 잡담도 할 수 있을 정도로 어색함도 희석되었으니까 슬슬 대답해 주지 않겠습니까?' 라고 신은 넌지시 말한 셈이고.

그것은 레나도 눈치챘지만, 막상 의식하고 보니 말이 더 나오지 않았다.

"하……하지만, 아름다웠으니까요! 나는 처음 봤습니다."

결국 아무래도 좋은, 한심하기 짝이 없는 잡담으로 답했다.

당연히 작은 한숨이 돌아왔다. 레나는 더더욱 당황했다.

"어어, 저기…… 그러고 보면 신, 이능력의 제어, 연방군의 제안을 받아들였다는 모양이더군요. 신의 외가 쪽에 협력을 요청한다고. 지금은 어떤 느낌인가요?"

"······. 한동안은 면담뿐입니다. 일단 신뢰관계가 없으면 안 된다고 하더군요."

"그런가요······. 하지만 얼른 제어할 수 있게 되면 좋겠네요. 그래야 신도 편해질 테니까. 계속 걱정했거든요?"

"······."

"아니. 저기······ 어."

허둥대며 말을 찾고 있었는데, 갑작스럽게 신이 강하게 끌어당겨서 안겼다.

눈을 크게 뜨고 있는 틈에 입술이 포개졌다.

한 달 전의 밤과는 반대로, 이번에는 신이 먼저.

깨무는 듯한 키스였다.

갈망과 충동과 일종의 굶주림이 뒤섞인, 정체 모를 사나움의 입맞춤이었다.

레나는 머릿속이 새하얘졌다.

시간이 되감기는 듯이 그날 밤처럼 가슴이 고동치고, 머리에 피가 몰려서 혼란스러워서. 레나는 아직 모르는 남자의 사나움이 조금 무서워서.

하지만 그 이상으로 맞닿은 열기의 감미로움에 어쩔 수 없이 취해버려서.

요구하는 대로 응해 주고. 그것은 서로의 피의 열기를 나누고 서로를 녹이듯이.

이번에는 대체 시간이 얼마나 흘렀을까.

입술이 떨어지고 자연스럽게 숨을 내쉬었다. 다시금 뒤섞이는 숨결.

귀까지 새빨개져서 레나는 굳어버렸다. 설마 이런 식으로 갑작스러울 줄은 몰랐으니까, 혼란스러워서 어떻게 해야 좋을지 알 수 없었다.

"한 달 전에는 갑자기 당해서 놀랐으니까, 그 답례입니다."

올려다본 곳에서 신은 왜인지 어린애같이 토라진 얼굴을 하고 있었다.

"레나의 대답은…… 대답할 마음이 생기거든 알려주세요."

†

먼바다의 높은 파도를 가르며, 척후함 두 척을 선두로 정해함을 중심으로 한 원형진으로 전진하는 정해함대 〈오픈 플리트〉는 이윽고 폭풍의 세력권 안에 침입했다.

두껍고 무거운, 불길한 검은색 구름이 하늘을 뒤덮었다. 두들기는 듯한 호우가 시야를 하얗게 물들이고, 눈을 깜빡일 때마다 방향이 변하는 바람이 빗방울을 장막처럼 만들어서 장갑을 두른 비행갑판을 때렸다.

마천패루 거점까지 남은 거리, 180킬로미터.

†

정해함의 함교는 항해 지휘와 함대 전체의 전투 지휘를 위한 통합함교가 두 층을 통째로 연결한 형태로, 그곳에 운항 요원과 지휘통제 요원이 가득했다. 또한 이번 작전에는 기동타격군 지휘관인 레나와 관제요원이 예비 공간을 사용했다.

벌써 5년 전, 마지막으로 크레오 정해함대로 전장에 나갔을 때보다도 훨씬 머릿수가 많아진 통합함교를, 이스마엘은 그 안쪽에서 감개 깊게 보았다.

통합함교의 창문은 전투에 대비하여 장갑판으로 막았고, 그 대신 무수한 홀로스크린을 전개했다. 거기 비친 바깥 모습은 슬슬 강렬하게 몰아치는 비바람과 미친 듯이 날뛰는 파도. 강풍권에서 폭풍권으로. 풍속이 33미터를 넘는, 구풍(颶風)이라고 불리는 정의상의 최대 풍속이 몰아치는 파괴의 소용돌이 안으로.

압착공기가 빠지는 소리와 함께 뒤쪽의 문이 열려서 시선을 돌려보니, 레나였다.

왠지 오늘은 연방군의 쇳빛 군복, 그것도 한 치수가 큰 남자 군복을 입고 살짝 불안해하듯이 미덥잖은 발걸음.

배 밖에서 몰아치는, 아마도 체험한 적도 없는 폭풍에 숨을 삼켰다가 간신히 제정신을 차리고 은색 눈동자에 긴장감을 되찾았다.

"함장님, 슬슬 최종 브리핑을 시작하죠."

"음, 알았어. 에스텔, 지휘를……."

"형님."

그 말을 가로막으며 덩굴무늬 문신의 통신사관이 말했다. 그 날카롭고 어딘가 차가운, 금정종의 금색 눈.

"미시아 제9함대입니다."

"벌써……인가. 빠르군."

그 목소리의 살짝 낮은 울림.

레나는 그 옆얼굴을 돌아보았다. 차갑고 딱딱한 녹색 눈동자는 옆에 있는 레나를 돌아보지 않았다.

"연결해 줘."

"알겠습니다."

통신사관이 콘솔을 조작. 미시아 함대가 발신한 통신이 통합함교에 울렸다.

연방이 레이드 디바이스를 공여했을 텐데도 지각동조가 아니라 무전으로.

[괴멸 직전의 아르쉐 제8함대, 들리나!]

레나는 놀라서 눈을 크게 떴다.

괜한 혼란을 막기 위해서 군의 무전 교신은 형식이 정해져 있다. 아무리 혼란에 빠졌다고 해도 이런 식으로 통신 상대를 부르는 것은 말도 안 된다.

아르쉐 제8함대에 보내는 통신이 아니라 〈오픈 플리트〉에 들려주기 위한 방송이다. 〈레기온〉이 듣더라도 문제없도록── 만에 하나라도 제3의 함대의 존재를 들키지 않도록 아르쉐 제8함대에 보내는 통신으로 위장했다.

[이쪽은 미시아 제9함대, 쾌속함 〈아스트라〉. 기함인 〈에우로파〉를 대신해서 교신하고 있다! 전자가속포형의 포격으로 〈에

우로파〉는 핑침. 남은 함대는 쾌속함 3척! 그쪽은 아직도 프리깃 둘, 쾌속함 하나인가?!]

핑침. 기함이. 그뿐만이 아니라 일곱 척과 여덟 척으로 구성되었다는 양동함대가 양쪽 다 벌써 절반 이하로.

레나는 무심코 숨을 삼켰다.

다음으로는 옆에 있는 이스마엘의, 함교에 있는 정해씨족들의 얼어붙은 듯한 조용함에 놀랐다가 간신히 깨달았다.

[전력 부족으로 관측기모함 토벌 임무를 단념. 최우선 임무를 속행한다. 적의 추정 잔탄은 현시점에서 65…… 지금은 64. 최대한으로 줄인다!]

최우선 임무. 즉, 정해함대를 마천패루에 보내기 위해. 그 시간을 벌기 위해.

몇 척이 침몰하든 간에, 함대 전멸과 맞바꿔서라도── 전자가 속포형의 포격을 끌어낸다.

[성 에르모의 가호를, 아르쉐 제8함대. 항해성을 따라서!]

[아르쉐 제8함대, 수신 양호. 이쪽도 마찬가지다. 성 에르모의 가호를. 항해성을…….]

통신이 끊겼다.

레나는 멍하니 이스마엘을 돌아보았다. 분명히 양동이라고 했다. 그러긴 했지만.

"처음부터, 양동함대는…….."

"들려줄 생각은 없었는데. 이건 우리 선단국군의, 선단국 해군의 문제지, 너희 기동타격군과는 관계없는 이야기니까."

이스마엘은 탄식하며 말했다. 불새를 본뜬 듯한, 왼쪽 눈 주위의 문신.

"그래. 처음부터 양동 녀석들은 결사대다. 참가하는 것도 손상함이나 연습함, 그리고 원래는 퇴역했을 터인 영감들이다. 선단국군은 이렇게 생환 확률이 낮은 양동에, 얼마 남지 않은 멀쩡한 배를 더 내놓을 수 없어."

그러니까 레이드 디바이스를 받았어도 그들에게 주지 않고……

"선단국군이 살아남으려면 어떻게든 전자가속포형을 격파해야 한다. 무슨 짓을 해서라도 〈스텔라마리스〉를 저기까지 보내야만 한다. 그걸 위해서는 희생도 치러야지. 양동함대가 전멸하면 다음은 〈오픈 플리트〉의 파수함이—— 동생들이 미끼가 된다."

꼼짝하지 않고 바라보는 레나와 달리 이스마엘은 담담히 말했다. 눈가에 문신이 들어간 얼굴로. 소속 선단의, 탑승한 배의, 양친의 혈통을 말한다는 불새 같은 문신이 들어간 얼굴로.

정해씨족은 모두 같은 무늬를 온몸 곳곳에 새긴다고 했다.

바다에서 죽은 자의 유해는 바다생물이나 파도의 힘으로 망가져서 얼굴을 판별할 수 없게 된다. 그러니까 옛날부터 바다를 생활의 터전으로 삼은 자는 고유의 문신이나 무늬가 들어간 옷으로 신원을 증명하려고 했다. 그 증명을 어디 한 군데도 아니라 몸 전체에.

고래와의 싸움에서, 죽음이란 얼굴을 알아볼 수 없는 정도가 아니다. 애초에 시체도 남지 않는 식으로 죽는다. 시신의 일부밖에 회수할 수 없을 정도의 격전이 당연했다는 소리다.

그 처절함을 운명으로 받아들인 얼굴로.

"전쟁이란 건 어떻게 하든 희생이 생기지. 일방적으로 이쪽이 표적이 되는 초장거리포를 쇳덩어리들이 가지고 나오는 걸 허용했다면 더더욱."

1년 전의 대공세에서.

연방은 대량의 순항 미사일로 포화공격을 꾀하여 전자가속포형을 대파로 몰아넣었다. 100킬로미터를 몇 분 만에 날아가는 지면효과익기를 투입하고 1개 전대를 그 목젖까지 보냈다.

값비싼 순항 미사일을 보유하는 국력도, 혼자 힘으로 지면효과익기를 개발하는 기술력도 없는 소국인 선단국군이 마찬가지로 사거리 400킬로미터인 적 포격 범위 돌파를 실행하려면 사람의 피를 대가로 치를 수밖에 없다.

그걸 그릇된 일이라고 규탄하는 거야 간단하지만.

"죄송합니다."

"왜 네가 사과하는데?"

머리를 숙이는 레나에게 이스마엘은 웃으며 고개를 내저었다.

하늘에 구멍이 뚫린 듯한 호우 때문에 홀로스크린에 비치는 배 밖의 정경은 거의 새하얄 정도였다. 짓눌릴 듯한 압박과 뭔가 거대한 존재의 악의마저 느껴지는 폭풍우.

"뭐, 이왕 들어버렸으니 이 기회에…… 조금만 더 들어줘."

우리의 이야기를.

첫 예정대로 〈오펀 플리트〉에 들여온 레이드 디바이스에 한 번

손가락을 대 기동시켰다. 함내 방송 마이크를 손에 들었다.

300미터의 배 구석구석까지 닿는 함내 방송. 지각동조의 대상은 정해함대의 모든 구성함의 함장과 부장, 통신사관에게.

"전원 들어라. 나는 〈스텔라마리스〉 함장, 이스마엘 아하브다."

돌아오는 목소리는 없다. 하지만 배 전체, 정해함을 움직이는 피와 살인 승조원들이 귀 기울여 듣는 기척.

"본 함대는 현재 적 본거지까지 직선거리 180킬로미터 위치에 있다. 양동함대 둘은 적 포대와 교전 중, 아쉽게도 괴멸 직전이다. 우리 〈오펀 플리트〉가 돌격하는 것도 예정보다 앞당겨질 것으로 예상된다."

그것을 든든하게 느끼면서 일단 부하도 정해씨족도 아닌 그들에게 말했다.

"에이티식스들. 마천패루 거점에 도착한 다음은 너희 차례다. 한동안 흔들리겠지만, 쫄지 않아도 된다. 오히려 맛보기 어려운 놀이기구라고 생각하고 즐겨 달라고. 정해함은, 이 배만큼은 가라앉지 않는다."

몇 번이나 했던 말이다.

기함의 함장이며 사실상의 함대사령관인 자신이 책임을 지고 반드시 달성해야만 하는 역할이다. 자국을 지키는 일에 외국의 군대를, 그것도 소년병의 힘을 빌리게 되었다. 물론 그 모국인 연방이 선의만으로 기동타격군을 빌려주었을 리가 없다. 하지만 자신들 선단국군이 자국의 추태에 끌어들인 그들.

반드시 살아서 돌아갈 수 있게 해야만 한다. 어떻게든 그들만큼은 무사히 육지로 보내준다.

그걸 위해 자신과 〈스텔라마리스〉가 살아서 수치를 당하는 꼴이 되더라도…….

"모든 승조원들. 정해 11씨족, 그 마지막 생존자인 동생들이여. 이 말이를 따라와 준 것에 일단 감사의 말을 하마. 고맙다. 그리고 조국을 위해 스러지기로 각오하고 나온 것에 경의를 표하마."

〈스텔라마리스〉 한 척을 적 거점에 도달시키기 위해, 미끼가 되기로 정해진 정해함대 열한 척.

구난함은 배후에 대기하고 있지만, 폭풍이 몰아치는 바다, 그리고 요새조차도 버티지 못하는 800mm 포가 상대다. 제때 구조한다는 보증은 없다. 이런 폭풍우 속 바다에서는 시체조차 항구로 돌아갈 수 없을지 모른다.

아직 사람의 손이 닿지 않은 바다에서 싸우다 죽는 것이야말로 정해씨족의 긍지라지만.

그래.

"마지막 적은 고래가 아니라 쇳덩어리들이 되었지만, 명예로운 죽음이란 사실에 변함은 없다. 먼저 간 아버지들이 울며 분하게 여길 만한 항해로 만들자. 선물로 들려줄 이야깃거리를 담뿍 가져가자. 천년 이어질, 용맹무쌍함을 보여라. 이것이야말로……."

천년 뒤, 얼굴도 모르는 자손들은 말하겠지.

정해함도 정해함대도 그 용맹한 모습을 상상할 수도 없게 되었다고 할지라도 말하겠지.

"우리 선단국군이 과거에 지녔던 정해함대, 그 마지막 정해 항해였다고 일컬어지도록."

뒤에 있던 레나가 놀라서 눈을 크게 떴다.

눈앞에서 말없이 주먹을 쳐들고, 서로 그 주먹을 맞대고 있는 선단국군 장교들의 뒷모습을 믿을 수 없었다.

마지막? 과거에 가졌던?

그래선 마치 정해해군 그 자체가. 선단국군에도 이미 정해해군이 이 한 척밖에 남지 않은 정해함대가. 이 작전에서 영원히 사라진다고 말하는 듯이······.

지각동조 너머로 비카가 말했다. 함교 1층의 플라이트덱 컨트롤러룸, 이 작전에서는 함재기를 운용할 예정이 없으니까 임시 회의실이 된 거기서 기다리는 자가.

[항공모함은······.]

정해함의 근원인, 항공기의 해상 플랫폼은.

[군함 중에서 최대의 화력투사능력을 갖지만, 그것 한 척만으로는 지극히 연약한 함종이다. 주위를 호위와 경계, 방공을 맡는 구축함과 순양함으로 메워야 비로소 제공전투에 전념할 수 있지. 호위를 잃으면 간단히 침몰한다. 정해함대도 그것과 마찬가지라는 소리겠지.]

정해함만 살아남아도 동료함을 잃었으면 정해함대로서는 끝.

전쟁 중인 지금, 한계까지 소모된 지금, 본래 선단국군 정도의 국력으로는 건조도 운용도 할 수 없는 값비싼 파수함이나 원제함은 더 만들 수 없다.

그리고 정해함대를 잃는다는 것은 레그키드 정해선단국군이 그 국호에 올리는 정해의 긍지 또한 사라진다는 뜻이다.

정말로 모든 것을, 긍지조차 내던져서라도, 조국을 살리기 위해서.

그러한 소국의—— 힘없는 무참함.

그런 것을 전혀 느끼게 하지 않으며 이스마엘은 말했다.

기대하고 있던 소풍에 동생들을 데려가는 맏이처럼.

웃으면서 지배 영역을 향해 사라진, 특수정찰 때의 스피어헤드 전대처럼.

"너희의 싸움과 죽음은 내가 지켜보마. 나와 〈스텔라마리스〉가 이야기꾼이 되지. 백 년 뒤에 다 늙어서라도, 마지막 숨이 붙어 있을 때까지라도 말해 주지. 그렇게 천년 뒤에는 〈스텔라마리스〉가, 그녀만이 정해함대와 정해씨족의 존재, 선단국군의 과거의 긍지를 기념비로 증명해 주겠지. 그러니까 모두. 마음껏, 멋지게, 화려하게…… 스러져라."

"그래서, 떠나보내려는 사람들이."

함재기의 상황을 파악하기 위한 관리 테이블이 중앙에 설치된, 임시 브리핑룸. 그 실내에서 신은 침울하게 중얼거렸다.

심야의 출항임에도 시내 사람들이 모두 나온 것처럼 해안에 모여서 계속해서 손을 흔들던 그 송별 인파.

그들도, 어쩌면 선단국군 국민 모두가 그걸 알았던 거겠지.

이번 작전이 유일하게 남은 정해함대의 마지막이 되리라고.

정해선단국군이 국호로 내건 정해의 긍지를—— 오늘을 마지막으로 잃을 거라고.

정해함대는 통신제한 중이지만, 이번 작전에서 함장, 선임사관과 통신사관은 연방에서 공여한 레이드 디바이스를 사용하고, 함선들 사이의 연락사항도 지각동조로 즉각 전달된다. 이스마엘의 말은 그대로 주위에 있는 원제함 3척과 한층 소형인 파수함 6척, 척후함 2척에도 전해졌다.

어둠과 비바람의 장막 속에서 가까스로 보이는 좌현 쪽 전방의 원제함 〈베네트나시〉의 함교에서 실루엣이 움직였다. 최저한의 계기의 빛만을 광원으로 삼은 항해함교에서 함장과 부장인 듯한 그림자가 하이터치하는 모습을 〈스텔라마리스〉의 함교 5층, 플래그 브릿지에서 크레나는 보았다.

어째서? 라고 멍한 머리 한구석으로 생각했다.

어째서. 긍지를. 자신들을 이루는 그 마지막 조각까지 잃어버리려는 순간인데도.

우리와 같다고, 말해 주었던 사람들이. 어째서.

웃으며.

변치 않는다고 했던, 동포와의 유대.

그것은 어쩌면. 모든 것을 잃어도 동료는 남으니까. 그때 에스텔은 그렇게 말할 생각으로.

"……그런 건."

이 〈스텔라마리스〉를 포함하여 내비가토리아급 정해함의 함수는 밀폐된 언클로즈드 보우다. 격납고에도, 그 옆의 대기실에도 비바람은 들어오지 않지만, 소리만큼은 희미하게 울려온다.

빗방울이라기보다는 무슨 돌팔매라도 날려대는 듯이 딱딱한 빗소리, 수천 개의 피리 소리나 태고의 야만족들이 고함을 지르듯이 높고 낮게 울려대는 바람 소리. 절연체인 대기를 억지로 찢으며 달리는 벼락의, 파쇄음과도 비슷한 무시무시한 천둥소리.

인간의 본능에 새겨진, 무조건 공포를 느끼게 하는 오래된 폭위의 소리다. 하늘의 분노, 신이나 괴물의 포효라고 오랫동안 인간이 믿어온 대음향이다.

준비를 마친 대기실 안, 프로세서들은 무심코 숨을 죽이고 보이지 않는 하늘을 올려다보았다. 폭풍을 겪어본 경험이야 다들 있지만, 차폐물 하나 없는 드넓은 바다에서 맞이한 폭풍우.

그 이상으로 방금 함내 방송으로 처음 안 사실에, 평소에는 무의식중에 가슴 속에 눌러두는 불안과 의심이 다시금 기어 나와서.

끝까지 싸우는 긍지. 지금도 그것밖에 없는 그들 에이티식스다. 그것만 있으면 끝까지 싸울 수 있다면서 다른 어떤 것도 원하지 않으며 전장에 서는 것이 에이티식스다.

그런 그들로서는 마지막 남은 긍지조차도 내던지면서도 싸울 수 있는 정해씨족의, 선단국군의 모습을 믿을 수 없었다. 그것마저 잃고, 유일하게 자신의 형태를 규정하는 긍지조차 잃고, 어떻게 계속 싸울 수 있을까. 어떻게 계속…… 살아있을 수 있을까.

나는 할 수 없다. 모든 것을 빼앗기고, 마지막에 남은 긍지조차도 빼앗긴다면── 이미 자신의 형태를 지킬 수 없다.

그 마지막에 남은 긍지조차…… 때로는 이런 식으로 쉽사리, 어이없을 정도로 쉽사리 빼앗겨버리는 것이라면…….

바다를 모르는 그들은 경험한 바 없는, 격렬한 상하 운동이 발밑에서부터 솟구쳤다.

몹시 거칠어진 바다. 파도의 힘에 위로 올라갔다가 떨어지는 상하 운동은 끝없이 반복된다. 〈저거노트〉의 가혹한 기동에 적응했고 작전 전의 긴박한 상황이라 꼴사납게 멀미하는 일은 없지만, 자신들이 있는 곳이 철판 하나를 사이에 두고 끝없이 광대한 나락의 위라고 깨닫게 되는 흔들림.

생각해 보면 그것은 대단히 불안한 감각이다.

불변의 버팀대는 어디에도 없다. 서 있을 생각이었지만 그 발판은 사실 너무나도 불확실하다.

여태까지 몇 번이나 깨달았던 일이다. 86구의 전장에서. 눈으로 덮인 요새에서. 이 푸른 나락의 전장에서도.

몇 번이나 거듭해서 깨달을 정도로── 긍지 따윈 정말로 불확실하다.

깨지지 않는 것은 없다. 잃어버리지 않는다는 보증 따윈…… 이 세계에 단 하나도 없다.

그 공포가 역전의 소년 소녀들에게서 말을 빼앗았다. 겁먹은 아이처럼 어느새 모두가—— 미쳐 날뛰고 발길질하는 하늘을 올려다보며 숨을 죽였다.

마이크를 돌려놓고 숨을 내뱉으며, 이번에야말로 이스마엘은 함장석에서 일어섰다.

"에스텔, 브리핑 동안 지휘권을 맡기지. 기다리게 했군, 밀리제 대령."

"알겠습니다, 오라버니."

"아뇨……. 저기, 이스마엘 함장님."

돌아보니 이번에는 레나가 왠지 울 것 같은 얼굴을 하고 있었기에 쓴웃음을 지었다.

"그러니까 그런 얼굴 안 해도 된다니까. 정말로. 가끔은 그런 나라도 있었다는 정도로 떠올려준다면 감지덕지야."

통합함교에서 말할 내용은 아니다. 브리핑을 위해 모인 인원들도 기다리고 있다. 그러니까 복도로 나가 걸으면서 말을 이었다.

"애초부터 이렇다 할 산업도 없는 소국이 무리해서 어울리지도 않는 정해함대 같은 걸 품고 있었던 거지. 전쟁이 길어지며 다들 힘들어져서 함대를 유지할 수 없어지게 되는 건 시간문제였어."

군함 특유의 좁은 계단을 내려가서 함교 1층으로. 빠르게 엇갈리던 승조원이 경례하며 길을 열었다.

"그게 오늘이었을 뿐인 거고. 최후라고 해도 자기 할일을 다한 끝의 최후니까, 뭐 그나마 나은 거지."

"나은 게 아니잖아."

플라이트덱 컨트롤러룸의 문에 손을 대려던 순간, 뒤에서 목소리가 들렸다.

돌아본 이스마엘은 한쪽 눈썹을 꿈틀거렸다. 계단 앞, 이스마엘이 봤을 때는 아직 성장 도중인 소년의 체구에 너무나도 잔혹하게 비치는 무거운 쇳빛의 탑승복을 걸치고, 살짝 숨을 헐떡이며 서있는 세오가 있었다.

"릿카 소위⋯⋯."

나무라려고 입을 열던 레나를 제지하고 이스마엘은 그쪽으로 몸을 돌렸다. 먼저 들어가라고, 반쯤 억지로 그 가녀린 몸을 밀어넣고 문을 닫았다.

그런 이스마엘 나름의 배려도 깨닫지 못하고 세오는 말했다.

"고향을 빼앗기고, 진짜 가족도 그 뒤에 잃었잖아. 그리고 긍지까지 버리게 됐는데, 어떻게 그걸 받아들일 수 있는 거야?!"

적어도 자신은 그럴 수 없다. 에이티식스 중 누구도 못 할 거라고, 세오는 생각했다.

돌아가야 할 고향도 없고, 지켜야 할 가족도 없고, 이어받은 문화도 없다. 계속 싸우는 긍지 말고는 자신의 형태를 규정하는 것이 하나도 없다.

그러니까 그 긍지조차 빼앗기는 것을, 자신도 동료들도, 무엇보다 싫어하고…… 두려워하고 있다.

그런데.

마찬가지로 고향을 잃고 가족을 잃고, 거기에 정해라는 긍지마저 전쟁에 빼앗기려 하는 이스마엘은——— 이 정해함대의 승조원들은 어떻게 그걸 받아들이고.

더군다나 웃으면서.

"그렇군."

어딘가 필사적인 그 외침을 정면에서 받아내며 이스마엘은 끄덕였다.

조금 생각한 뒤에 입을 열었다.

" '니콜' 은…… 그 고래의 뼈는 원래 내 고향의 총독궁에 전시되었던 것이지."

갑자기 무슨 이야기인가 싶어서 세오는 의아했다. 니콜. 기지의 홀에 장식되었던 고래의 뼈.

"전쟁이 시작되고 국토를 포기하게 되었을 때, 함대사령관은 정해함대에 실을 수 있는 데까지 피난민을, 그리고 어찌어찌 니콜도 싣고 항구를 나섰다. 전쟁은 아마 쉽사리 끝나지 않는다. 조국에는 오랫동안 돌아갈 수 없을 테니까 니콜이…… 조국의 상징이 하나라도 남아있으면 모두가 마음을 기댈 곳이 될 거라면서."

크레오 선단국 소속의 정해함대는 상징으로 남을 수 없을 거라고 함대사령관은 그때 이미 각오하고 있었다. 기함 〈스텔라마리스〉도, 함대에 속한 정해씨족의 아이들조차도.

그 예측은 아쉽게도 정확했다. 10년에 걸친 〈레기온〉과의 격전으로 함대사령관도 크레오 정해함대 소속함도 바다 밑에 가라앉았다.

간신히 살아남은 〈스텔라마리스〉의 승조원도 작년의 대공세에서 방어진지대의 구멍을 메우기 위해 익숙하지 않은 육전에 나갔다가 스러졌다.

지금은 니콜과 〈스텔라마리스〉, 그리고 크레오 정해함대 유일한 생존자인 이스마엘만이 조국이 존재한 증거고——〈스텔라마리스〉와 이스마엘도 이 작전으로 그 역할을 마친다.

하지만 그 상실에.

"지금 니콜이 있는 그 홀은 사실 그녀를 위한 곳이 아니야. 원래 거기에는 그 도시가 대대로 계승한 어뢰정의, 그 마지막 용골이 장식되어 있었지."

보답해 준 사람들이 있었다.

"우리를 위해서, 선단국군 전체를 위해서 조국을 잃은 우리를 위해서. 자신들의 긍지를 치우면서까지 양보해 준 거지. 그 도시도 고향이다. 그 도시가 지금은 내 고향이다. 그래, 얻을 수 있어. 설령 모든 것을 잃더라도 살아만 있으면 언젠가 비슷하게 소중한 것을. 거짓이라도 마음 기댈 곳이 되어주는 것을."

말과는 달리. 이스마엘은 어딘가 사라질 것처럼, 끝없이 넓은 바다에 녹아서 사라져버릴 것처럼 힘없이 웃었다.

"선단국군의 역사는 패배의 역사다. 고래만이 아니라 이웃의 두 대국에 업신여김이나 당하고 괄시당해서 그나마 괜찮은 땅뙈기는 죄다 빼앗기고, 그래도 남은 국토와 정해함대를 유지하는 상태로 아첨하면서 살아남았다. 수백 년이나 빼앗기며 계속 패배하면서 살아왔다. 패해서 잃더라도 살아야 한다. 애초에 그걸 잘 아는 게 선단국 사람이다. 그러니까…… 또 뭔가를 목표로 삼으면 된다는 것도 알고 있어."

"그러다가 결국 아무것도 얻지 못한 채로 죽으면 어쩔 거야."

떼쓰는 아이처럼 고개를 내저으며, 세오는 그 말을 부정했다. 비명 같은 목소리가 되었지만, 그걸 멈출 수는 없다.

"빼앗기기만 하고, 잃기만 하고, 그러다가 결국 대신할 것을 하나도 손에 넣지 못한 채로 죽으면…… 아무런 보상도 받지 못한 채로 죽으면 어쩔 건데?!"

전대장처럼.

미래도 가족도 버리고, 그런 끝에 전사하고. 조국에게서 멍청한 놈이라는 비웃음을 듣고, 자식에게조차도 그 선택과 죽음의 의의를 의심받고…… 죽는 순간까지도 용서하지 말아 달라고 말할 수밖에 없어서.

같은 86구에서 싸우면서 끝까지 동료 한 명도 얻지 못하고 고독한 채로.

전대장—— 당신은 왜 그런 전장에서도 그렇게.

이스마엘은 웃었다.

"그거야 뭐…… 나 자신에게 부끄럽지 않으면 좋고, 그거면 되잖아."

바보처럼 밝고, 바보처럼 강했던. 전대장과 같은 표정으로.

"그렇게라도 하지 않으면 나는 함대사령관을 볼 낯이 없어. 함대사령관은 죽었지만, 나와 씨족을 지키려고 죽었는데…… 내가 고개 숙이고 살면 그건 개죽음이 된다고."

†

"오라버니, 지휘권을 반납하겠습니다. 양동함대는 15분 전 양쪽 모두 통신 두절. 마지막 통신은 '잔탄 45발. 행운을 빈다.' 입니다."

"알았다. 다음은 우리 차례로군."

적, 잔탄 45. 남은 거리, 140킬로미터.

†

아슬아슬할 때까지 작전지휘관과 상황을 공유하기 위해, 전대 총대장인 신과 그 부장인 라이덴, 유토와 그 부관은 함교 5층, 플래그 브릿지에서 대기한다.

그렇긴 해도 두꺼운 내폭 유리창 밖은 끊임없이 퍼붓는 빗방울 때문에 거의 아무것도 보이지 않는다. 적에게 들키지 않기 위해 불을 꺼서 어두운 실내.

번쩍. 창 그 자체가 발광하는 듯한 강렬한 번개가 하늘과 땅 사이의 색채를 순백으로 바꾸었다. 곧바로 빙산이 무너지나 싶을 정도로 근처에서 울리는 천둥의 대음향. 양쪽 다 납빛으로 물들어서 경계선도 알 수 없는 하늘과 바다의, 아마도 구름의 틈새를 보라색 벼락이 꿰뚫었다.

그것은 고대에 하늘을 나는 용이라고 비유된 것처럼, 어딘가 신화의 생물과 같은 유기적인 궤적으로. 검은 먹구름을, 저 높은 하늘을 달리는 균열 같은 모양으로.

"어이……."

부르려던 거였을까, 무심코 목소리가 새어나온 걸까, 라이덴의 멍한 목소리에 시선을 돌리고서 신도 깨달았다.

벼락불이 사라져도, 밖의 희미한 빛이 사라지지 않는다.

달, 하물며 태양처럼 어둠을 쫓는 빛이 아니다. 별빛처럼, 눈빛처럼, 야광충의 푸르스름한 빛처럼, 어둠에 녹아나는 엷은 빛.

설령 직격하더라도 벼락에 깨지지 않음을 알면서도 본능적인 조심성으로 창문에 다가가서 밖을 살피다가 숨을 삼켰다.

빛나는 것은 〈스텔라마리스〉 그 자체였다.

선체의 가장자리. 비행갑판의 한 단 아래, 좌우에 놓인 40센티미터 연장포 두 기와 그 포구. 아마도 이 함교도. 함수도 보이지 않을 터인 어둠 속에서 전기를 띤 그것들이 희미하게 발광하고 있었다.

열기도 없이 타오르는, 푸른 도깨비불처럼.

도깨비불을 켜고, 찢어진 닻과 부러진 마스트로 영원히 바다를 떠돈다는 유령선처럼.

환상 같은 그 광경.

──어쩌면 세계조차도 환상에 불과할지 모른다.

인간의 역사도, 긍지도. 인간이 산다는 것 그 자체조차. 인간이 가치 있다고, 자신들이 소중하다고 품고 있었던 것은 모두 무의미한 환상에 불과할지도 모른다.

굳게 주먹을 움켜쥐었다. 뇌리를 스친 공허를 그 동작으로 억눌렀다.

그럴 리는 없다.

그런 일이 있어선 안 된다.

난폭하게 문이 열리고, 승조원 장교 중 하나가 얼굴을 보였다.

"얘들아! 슬슬 마천패루 거점 근처 해역이다! 준비해!"

"알겠습니다."

제일 먼저 신이, 이어서 다른 이들이 빠르게 나가는 뒤에서, 쿠르릉 하고 천둥 번개가 치며 이들을 배웅했다.

그 광경은 통합함교에 있는 레나의 눈에도 비쳤다.

"이건……."

하늘을 찢는 천둥이 전염된 듯한, 푸르스름한 빛. 열기 없는 불꽃처럼 일렁대고, 껌뻑이며 일렁댄다.

드문 일은 아닌 걸까, 아니면 이 폭풍과 파도 속에서는 거기에 신경 쓸 겨를이 없는 걸까. 배를 모는 이스마엘과 승조원들은 그걸 보지도 않았다. 끊임없이 울리는 경보와 껌뻑대는 경고등. 노호와 같이 지시가 날아다녔다.

양동을 맡은 2개 함대는 전멸하고, 관측기모함은 다 처리하지 못한 상태에서 침공하는 것이다. 〈오픈 플리트〉는 바다에 익숙한 정해씨족도 보통은 파도가 거칠다며 피하는 해역을 일부러 진로를 택해서 나아갔다.

관측기모함은 이미 멸망한 것으로 추정되는 타국의 상선이나 어선을 유용한 것으로, 파도가 거친 원양용으로 만들어지지 않은 그것들은 이 해역에 들어올 수 없다. 고래의 영역과는 거리가 있는 여기라도 고고도를 나는 경계관제형은 격추되니까 날 수 없고 관측기도 고도를 확보할 수 없다. 발견될 가능성은 거의 없다.

그 해역을 드디어 빠져나갈 때가 왔다.

남은 거리는 110킬로미터.

원형진의 바깥, 여섯 척의 파수함이 방향을 틀어서 원을 넓혔다. 선행하는 척후함 2척이 서로 폭을 넓혀서 색적 범위를 넓힌다. 소노부이(sonobuoy)를 발사. 역탐지되기 쉬운 대공 레이더는 쓰지 않는 채로, 관측기모함의 접근에 대비한다. 격납고로 이동한 신에게서 저공의 〈레기온〉── 관측기의 진출과 접근 보고가 들어왔다.

원형진의 바깥을 나아가는 파수함에서 지각동조가 이어졌다. 지금은 없는 베레니 정해함대의 마지막 파수함. 〈북락사문(北落師門)〉.

[오라버니. 〈스텔라마리스〉의 전원에. 슬슬 진입합니다. 부디 앞으로도 건강하시길.]

〈북락사문〉의 함장은 여성으로 아직 젊다. 뭍에 두 자식과 정해씨족 출신이 아닌 남편을 남긴 그녀가 가볍게 웃었다.

[그리고 무운을 빕니다. 에이티식스들, 언젠가 평화로워지거든

놀러 오도록 해.]

〈북락사문〉이 침로를 변경한다. 동쪽으로 향하는 함대에서 오른쪽으로 틀어서 이탈하고, 남하를 개시했다. 한발 늦게 파수함 〈알비레오〉가 그 뒤를 따랐다.

그 모습이 파도 저편으로 사라지고 충분히 거리가 벌어졌을 때 대공 레이더를 기동한다. 통신제한을 해제. 신나는 노래를 전대역으로, 아무래도 함장 이하 승조원 전원이 부르면서 나아간다. 아득히 푸른 바다를 나아가는 뱃사람들이 부르는 모험의 노래. 이뤄지지 않았던 꿈의 노래.

레이더도 무전도 모든 방위에 무차별로 전파를 뿌려댄다. 역탐지 우려가 있으니까——〈레기온〉에 발견될 우려가 있으니까 봉쇄하였던 것들을 모두 해방하고.

이윽고 파도의 산 저편. 이미 모습도 보이지 않게 아득한 곳에서, 다연장 로켓포의 무수한 화선이 불길을 내뿜으며 하늘로 치솟았다.

†

관측기 하나가 새롭게 접근하는 배의 레이더파를 탐지했다.

선단국군이 마천패루 거점이라고 부르는 해상거점의 최상층. 보고를 받은 전자가속포형은 그 거대한 800mm 포를 선회시켰다.

《코랄 원, 라저. 사격을——.》

적함── 혹은 적 함대의 예측 위치, 그 약간 앞에 조준을 맞추었을 때, 그것을 탐지했다.

〈레기온〉 최대의 위력과 사거리를 갖는 전자가속포형은 방어용 대공 레이더를 보유하고 있다. 그 레이더에.

《주포, 사격 취소. 대공방어.》

무수한 비상물체의 반응을 포착했다.

연동하는 여덟 문의 회전식 대공기관포가 자동으로 비상물체를 조준하고 사격하고, 날아온 로켓포탄의 대부분을 격추한다.

《요격 불능으로 판정.》

거기를 빠져나온 한 발이 명중했다.

지근거리에서 작동한 유산탄, 그 자탄의 비가 전자가속포형을 두들겼다.

선단국군의 로켓포는 명중률이 너무 낮다. 그것을 메우기 위한 다연장, 다수의 일제사격이다. 수백 개가 넘는 비상물체들이 하늘을 메우는 화염의 비단처럼 쇄도하니까, 그것에 죄다 대응할 수는 없다.

폭발반응장갑이 작동하여 관통 자체는 막았지만, 다음에 같은 장소에 명중하면 이번에는 멀쩡할 수 없다. 조급히 배제할 필요가 있다.

《코랄 원이 관측기모함에. 지정 좌표로 이동하라.》

탄도를 역산하여 다연장 로켓포를 탑재한 적함의 위치를 산출했다. 그리고 웅 하고 바람을 가르며 주포의 조준을 그 방향으로 돌린다.

조준.

《탄착 관측을 요청. 포격 개시.》

†

"〈북락사문〉, 〈알비레오〉, 통신 두절. 격침된 듯합니다."

미끼인 파수함이 반격받는 동안에 〈오픈 플리트〉 본대는 더욱 거리를 좁혔다. 파수함의 동생들이 말 그대로 몸을 바쳐 시간을 버는 것을 신호 삼아서, 이번에는 우현 측 뒤편에서 떨어져 나간 파수함 2척의 통신이 들어왔다.

[이어서 〈알타일〉, 〈미라〉, 가겠습니다.]

[먼저 가죠, 〈스텔라마리스〉.]

또 한 번 포격을 끌어내는 미끼로 이번에는 척후함 2척이 본대에서 벗어나고, 남은 함대는 〈스텔라마리스〉 외 원제함 3척과 파수함 2척. 남은 거리는 40킬로미터.

벽처럼 앞을 가로막은 파도를 피하면, 다음으로 눈앞에 있는 것은 시야를 모두 하얗게 물들인 안개의 벽. 슬슬 밤은 끝났을 테지만, 이 해역에서 아침 안개가 관측되는 일은 거의 없다. 접근해 보니 조용한 안개가 아니다. 뭉게뭉게 피어오르는 그것은 해수온이 상승하여 발생한 수증기다. 아마도 여기가 해상에 덩그러니 고립된 마천패루 거점의 동력원. 열원인 해저화산 위다. 발생하는 수증기는 그 열기가 바닷속으로 흘러나와서 생긴 걸까.

북쪽의 대기에 식어 하얗게 연기를 내면서 수증기는 보이지 않는 소용돌이를 그리며 고공으로 상승한다. 그 원천인 하얀 비단의 장막을 함수로 가르면서 정해함은 계속해서 전진했다.

안개의 장막을 돌파. 마천패루 거점까지 앞으로 30킬로미터. 함포의 사거리.

[원제함, 파수함, 모두 조준 시작. 아예 여기서 격추해도 상관없다, 사격 개시!]

살아남은 다섯 척이 사격을 개시.

탑재한 모든 포문, 모든 로켓포를 전탄 발사. 그 폭염과 탄막으로 전자가속포형의 공세를 늦추고, 또한 〈스텔라마리스〉에게서 주의를 돌리기 위한 전력사격이다.

일방적으로 사격을 받은 불만을 터뜨리듯이, 스러진 2개 양동함대, 파수함과 척후함의 전우들에 대한 조포라도 되듯이, 우렛소리처럼 격렬하게 포성이 울렸다. 순식간에 일어나는 포연이 이 폭풍에도 불구하고 배의 주위에 뒤얽혔다.

그 잿빛 안개를 찢으며 날벼락이 떨어진다.

소리보다 먼저 충격파를 띠고 비스듬히 떨어진 800mm 포탄이 척후함 대신 전위를 맡은 파수함 〈티코〉의 갑판에 정통으로 떨어졌다. 상부 갑판, 여러 층에 걸치는 정비갑판에 거주구역, 함저 근처의 기관부까지 그대로 관통하고, 더욱 견고한 장갑이 깔린 함저에서 간신히 멈추었다가 폭발한다.

강타한 막대한 운동 에너지와 폭약의 폭발에 〈티코〉는 일격에 그대로 부러져서 두 동강 났다. 단말마의 발버둥처럼 하늘을 가

리킨 함수와 함미가 다음 순간 되돌아온 파도에 휩쓸려서 파도 밑으로 떨어졌다. 그 파도를 뛰어넘어서 뒤따르는 본대가 진공한다.

안개의 비단과 비바람의 장막에 숨은 저 너머. 시커멓게 어두운 바다와 하늘 사이에 녹아버릴 듯한 쇳빛의 칼날이—— 드디어 높은 파도 너머에서 슬쩍 보였다.

"목표 포착, 너희 차례다! 준비해라, 꼬맹이들!"

뛰어온 장교가 드디어 그 지시를 격납고에 울렸다. 갑판요원의 조작에 따라서, 돌격대를 맡아 요새에 돌입하는 최초의 부대가 엘리베이터를 통해 비행갑판으로 올라갔다.

소대 6기가 다리를 접고 한꺼번에 올라갔다. 그중 하나인 〈언더테이커〉의 안에서 신은 맹렬한 바람 소리와 본인에게는 이미 익숙한 벽력과도 같은 〈양치기〉의 절규를 올려다보았다. 지금도 포격을 거듭하는 전자가속포형의, 혼자서 만군과도 같은 그 고함 소리.

인간이 아니라 함재기를 갑판에 올리기 위한 엘리베이터는 비행갑판의 뱃전에 있고, 파도나 바람을 막는 벽이나 천장 같은 것은 애초부터 없다. 격납고를 나가자마자 쏟아지는, 거의 옆에서 날아오는 맹렬한 비바람.

그것은 한 층을 상승하여 비행갑판까지 올라가면 더더욱 심해진다. 해상에는 차폐물이 없다. 10톤을 넘는 〈레긴레이브〉조차도 날아가는 게 아닌가 싶은 공포를 씻어낼 수 없는 폭풍우다.

바람을 그대로 받는 비행갑판에서 경량인 〈레긴레이브〉가 부주의하게 높은 자세를 취하면 넘어질지도 모른다. 신중하게 다리의 고정 장치를 해제하고, 반쯤 기듯이 낮은 자세로 엘리베이터를 내려가서 함수 쪽, 선체에 평행으로 뻗은 발진용 활주로를 배의 진로에 따라 나아간다. 그렇게 활주로를 넘어서 함수 바로 직전에 엎드리듯이 대기한다.

구름 그 자체를 밝히는 머리 위의 벼락이 쏟아지고 튀는 빗방울에 반사되어 시야가 하얗게 물들었다. 끝없이 아래에 펼쳐진 검은 바다의, 그 깊숙하게 가라앉나 싶은 어둠과 굉음과 압박감.

먹구름이 소용돌이치는 하늘이 바다, 호우에 하얗게 들끓는 갑판이 해저다. 햇살을 가로막는 두꺼운 비구름과 시야를 가로막는 호우에 세계는 어둡고, 무수한 빗방울이 비행갑판을 때리는 굉음은 영원히 멈추지 않는 파도의 술렁거림처럼 그치질 않는다.

그리고 무엇보다도 하늘 그 자체가 무너진 듯한 대질량의 물과 대기가 가져다주는, 두려움을 품게 할 정도로 숨 막히는 압박감.

실제로 〈저거노트〉의 밖에 나가면, 이 폭풍우에 맨몸을 드러내면 숨도 제대로 쉴 수 없으리라. 그 정도의 물과 바람이 장갑 하나를 사이에 두고 밖에서 날뛰고 있다.

그 너머, 하늘을 향해 솟은 강철의 탑이 흐릿하게 보였다.

정상, 구름에 갇힌 밤하늘을 배경으로 그 검은 그림자가 천천히 몸을 일으켰다. 적포에 대한 방어일까, 발톱 형태로 구부러진 금속 기둥들이 조개의 두꺼운 껍질처럼 머리 위를 뒤덮은 지붕 위에서 뻗어 나왔다. 푸른 광학 센서를 도깨비불처럼 빛내고, 한 쌍의 창과 비슷한 포신에 희미하게 보라색 불을 켠 그것이 분명히 이쪽을 바라보았다.

오만하게, 냉정하게.

사르륵 소리를 내듯이, 인광을 띤 두 쌍의 은색 날개가 하늘로 펼쳐졌다.

전자가속포형.

[남은 거리 5, 적 추정 잔탄 1!]

[어디 쏴 봐라, 이 자식아!]

포격전은 지금도 계속된다.

마지막 파수함을 잃으면서도 정해함대는 마지막 5000미터를 질주한다. 세 척 모두 살아남은 원제함, 그중 한 척인 〈바질리스코스〉가 증속하여 돌출하더니, 40cm 포 2문을 연사하면서 마천패루 거점으로 돌진했다. 포격만이 아니라 서치라이트를 켜고 레이더와 무전의 출력을 최대한으로 올려, 모든 대역으로 사격 명령을 외쳐대면서까지 자기에게 조준을 유도하려는 〈바질리스코스〉의 우직한 돌격로 앞으로 전자가속포형이 그 희망대로 포구를 돌렸다.

철탑 정상에서 빛나는 아크 방전의 벼락불. 이 거리라면 초속 8000미터의 속도를 자랑하는 레일건의 탄체는 머즐 플래시를 보는 동시에 목표에 닿는다.

그 초음속의 사선을 〈바질리스코스〉는 가당찮게도 배를 왼쪽으로 최대한 틀어서 피했다. 전자가속포형에 깃든 망령의 조준 특색을 이 포격전만으로 알아차리는 신들린 듯한 회피기동.

마지막 800mm 포탄이 파도를 헤집었다. 동심원형으로 퍼지는 파도를 〈바질리스코스〉의, 뒤따르는 원제함 〈베네트나시〉, 〈데네볼라〉의 포격이 넘었다. 잔탄이 있을 때를 대비한 폭염과 충격파가 한바탕 요새의 탑, 최상부의 거포를 지붕 아래로 물러나게 해서 그 센서를 가렸다.

그 밑을 최대전속을 유지한 채로 〈스텔라마리스〉가 똑바로 뚫고 지나갔다.

마천패루가 다가온다.

이제는 시야에 다 들어오지 않을 정도인 그 위용이 통합함교에서도 보였다.

물속에서부터 수직으로 솟은, 그 하나가 빌딩을 몇 개 합친 정도 굵기인 콘크리트 기둥. 여섯 개의 그것이 육각형을 그리는 위에, 그 기둥을 정상으로 한 육각기둥 형태의 요새가 하늘을 찌르며 치솟아 있었다.

비늘처럼 구조물 주위를 덮은 것은 반투명 태양광 발전 패널이고, 내부는 쏟아지는 빗방울에 새하얗게 흐려져서 보이지 않았다. 그 높이는 120미터. 바다에 산다는 어느 신화의 거룡을 떠올리게 하는 형상. 아무리 올라가도 끝나지 않는 악몽처럼 무겁게 이어졌다.

요새의 기틀, 여섯 개의 콘크리트 기둥 중 하나에 접근한다.

Illustration:I-IV

조타수는 대체 어떤 실력과 배짱을 가진 걸까. 속도도 늦추지 않고 그대로 다가가서 기둥에 뱃전을 스칠 정도로 바짝 붙였다. 그러면서 금속의 비명이 전혀 나지 않을 정도로 소름 끼치는 정밀함으로, 깎아지른 콘크리트 절벽에——배를 댔다.

그 광경은 비행갑판에서 대기하는 신 일행에게는 거의 자살행위처럼 보였다. 빠르게 다가오는 콘크리트 절벽에 무심코 숨을 삼키고 눈을 부릅뜬 채로 무의식중에 그때를 대비했다.

충돌하기 직전, 정해함은 바로 그 직전에 살짝 배를 틀어서 함수 측면 뱃전을 붙이는 형태로 요새에 접안했다. 여기라면 기둥의 기틀이 방해되어서, 적어도 돌입부대가 올라가는 동안 적의 포격도 받기 어렵다.

——작전 개시.

의식이 딱 전환된다. 빗방울을 얻어맞아 쓰러진 것처럼 엎드렸던 〈언더테이커〉를, 거의 무의식중에 일으켜 세웠다. 자연의 폭위에 대한 두려움과 압박 모두 의식을 전투에 최적화했을 때 사라졌다.

레나의 호령이 날아왔다.

[포병전대, 사격 개시. 스피어헤드 전대, 진출하세요!]

제4장 The tower (upright)

군함으로서도 거대한 정해함은 해수면에서 비행갑판까지 높이가 20미터에 가깝다. 콘크리트 기둥이 떠받치는 요새 최하층 바닥이 바로 머리 위에 오는 높이다. 철골 기둥을 가로세로로 짜 맞춘, 강철로 된 초대형 거미집.

단순히 철골이라고 해도, 높이 100미터를 넘는 거대한 요새를 형성하는 틀이다. 그 하나하나의 굵기가 〈저거노트〉의 폭만큼 되고, 격자 사이는 〈저거노트〉 정도가 아니라 전차형이 간단히 지나갈 수 있을 정도다. 최하층 요격부대를 포병으로 쓸어버리고 나서 선두로 스피어헤드 전대가 진출. 와이어앵커를 들보에 걸어서 도약하고, 푼 앵커를 회수하면서 그 위에 착지했다.

마천패루 거점 내부는 다수의 구조물 영역이 연결되는데, 이번 작전에서는 편의상 세 구역씩 묶어 계층A부터 E로 호칭한다. 그 '제1층 제1구역(아가테 원)'의, 요새 최하층 구역에 서서 신은 머리 위에 펼쳐진 요새 내부를 올려다보았다.

밖에서 봐도 거대한 건조물이지만, 안에 침입해 보니 그 황당무계한 넓이가 잘 느껴졌다. 기지 하나, 공창 하나가 한 구역에 통째로 들어갈 넓이다.

세 개의 철골이 정삼각형의 각 변을 이루고, 그 삼각형이 무수하게 이어져서 격자형 구역의 바닥이 된다. 요새 전체는 위에서 봐서 육각형 모양이다. 요새를 지탱하는 기둥은 기초를 이루는 콘크리트 기둥이 그 굵기를 유지한 채로 그대로 이어져서 총 여섯 개. 육각형의 정점은 금속 구조물을 그대로 드러낸 채 아득히 저 위까지 우뚝 섰다. 수직 구조물과 트러스 구조를 맞춰서 복잡하고 기하학적인 형상이 드러난 기둥이다.

　요새의 벽면 또한 반투명한 발전 패널 밑으로는 수직 구조물이 규칙적으로 뻗었을 뿐이라서, 비바람은 막아 주지만 밖에서 들어오는 빛은 희미하게 통과했다. 날은 밝았을 테지만, 폭풍에 가로막혀서 이 바다에는 아직 햇살이 도달하지 않았고, 희미한 빛이 굴절 때문인지 마천패루 거점 내부를 푸르게 물들였다. 해가 진 직후의 모습 같다. 태양은 저물었지만, 밤의 어둠도 찾아오지 않는, 낮과 밤의 틈새에서 대기조차도 희끄무레하게 어둡고 차가운 청색으로 물든 한순간.

　그 군청색 풍경에 역시나 정삼각형으로 일정한 간격을 이루는 각 계층 구역이 겹치며 레이스 무늬를 검게 새겼다. 모든 구조물이 〈저거노트〉가 올라가기에, 혹은 달라붙기 충분할 만큼 거대했다. 현기증이 날 것 같은, 한낮의 꿈 같은 해상누각의 위용.

　최상층의 전자가속포형에 탄약이나 소모 부품을 보충하기 위한 것일까, 폭이 복복선 정도 되는 레일이 호를 그리며 최하층 구역(아가테 원)의 서쪽 끝에서 정상, 정상층(레벨 에르제)을 향하여 각 구역을 관통했다.

그 그림자와 망령들의 비탄, 희끄무레한 빛과 기하학무늬 그림을 배경으로.

슉. 〈레기온〉 특유의 쇳빛 그림자가 무수히, 일제히 일어섰다.

"저승사자님. 예정대로 저희 〈알카노스트〉가 척후를 맡겠사옵니다."

그렇게 말하고 레르케는 〈차이카〉를 움직였다. 〈알카노스트〉 집단이 뒤를 이었다.

위쪽 구역으로 올라가기 위한 발판은 레일을 제외하면 요새 중앙부를 이중 나선을 그리며 올라가는 철골 계단뿐이다. 당연히 양쪽 다 적이 기다리고 있다. 특히나 레일은 차폐물이 전혀 없으니까 올라가면 위에서 저격당한다. 그러니까 제대로 된 발판이 아닌 발판, 벽면 구조물이나 구역에 이따금 있는 기둥에, 수직 이동이 많은 이 작전을 위해 증설한 와이어앵커를 걸고 가벼운 중량을 살려 일직선으로 내달렸다.

물론 〈레기온〉도 가만히 구경하지는 않는다. 〈알카노스트〉가 제1층 제2구역(아가테 투)으로 진출한 직후, 그녀들을 포위하는 형태로 근접엽병형들이 내려왔다.

그 배후에서 대전차포병형이 주르륵 포구를 늘어세우며 일어서는 것을 보면, 방어부대의 주력은 근접엽병형과 대전차포병형, 이렇게 두 종류인 모양이다. 발판이 부족한 이 요새에서 중량급 전차형이나 중전차형은 운용하기 어렵다. 이런 지형에서는 가벼고 운동성능이 뛰어난 근접엽병형과 화력이 강한 대전차포병형이 유효하다.

다른 〈레기온〉들의 눈이 되는 척후형^{아 마 이 제}이 그 뒤에 숨어서 복합 센서에 이쪽을 비춘다.

신의 이능력으로 〈레기온〉의 위치는 어느 정도 파악했다.

그러니까 척후인 자신들의 역할은, 위치는 알아도 뭐가 있는지 판별할 수 없는 신 대신 그 자리에 있는 적이 무엇인지 알아내는 눈이 되는 것. 그리고 후속 에이티식스들이 진출할 때까지 적의 전력을 최대한 줄이는 것이다.

"일단 눈을 뭉갠다. 척후형부터 우선해서 사냥한다."

돌입하는 〈저거노트〉 2개 지대를 양륙시키고, 〈스텔라마리스〉는 마천패루에서 10킬로미터 지점으로, 전차형의 전차포 사거리 밖까지 후퇴했다. 정해함은 연약한 함종이다. 〈레기온〉의 침입으로 파괴되기라도 하면 돌입부대는 퇴로를 잃게 된다.

그렇다. 육지와 아득히 떨어져서 고립된 이 해상요새에서——바다를 건너는 유일한 수단인 〈스텔라마리스〉는 이 작전 최대의 약점이다.

마천패루의 정점, 제5층(레벨 에르제). 탄약을 소진했을 터인 전자가속포형이 지붕 아래서 몸을 드러냈다. 부각을 최대로 잡은 800mm 레일건이 천둥소리가 울리는 하늘을 배경으로 푸르스름한 벼락을 띠었다. 포격의 전조.

표적은—— 지금은 멀어진, 800mm 포탄에 너무나도 무력하고 무방비한 〈스텔라마리스〉.

"그야 그렇겠지. 나라도 그러겠다."

이스마엘이 툭 내뱉은 것과 동시에.

마천패루를 세 방향에서 에워싼 위치에 전개하여 대기하던 원제함 세 척이 주포, 40cm 연장포를 일제히 쏘았다.

해양에 서식하는 고래 무리를 적으로 삼지만, 소국이기에 비싼 유도병기를 잘 갖출 수 없는 원정함대 소속함의 주포는 수상함이나 육상시설의 파괴가 아니라 수십 킬로미터 밖에서의 폭뢰 투사와 산포를 목적으로 한다. 수상 목표에 대한 함포사격의 정확도는 그다지 높지 않다. 하지만 대형종도 해치우기 위해 1톤 가까운 중량을 가진 폭뢰내장포탄을 30킬로미터 너머까지, 초속 780미터 이상의 초음속으로 투사하는 주포다. 장갑을 꿰뚫는 목적으로 만들어진 것이 아니라고 해도, 숨겨진 파괴력은 절대적이다.

〈스텔라마리스〉를 포격하고자 차폐용 지붕에서 나와 모습을 드러낸 전자가속포형을 세 방향에서 포탄이 덮쳤다. 가까이서 포탄 외피의 신관이 작동하여 내장된 폭뢰를 사출하고, 대형종을 상대하기 위한 폭뢰가 옆에서 전자가속포형을 두들겼다. 대부분은 본체의 장갑에 튕겨 나가지만, 포신 지지대에 하나가 직격했다.

긴 레일 중 하나가 밑동부터 뚝 부러져서 날아갔다.

[전자가속포형의 포신 파괴에 성공. 역시 단번에 사격 가능한

탄수는 1년 동안 늘어났군요.]

머리를 내민 순간 동료함이 포격할 계획이었다고 해도, 미끼가 된 정해함 안이니까 아무래도 긴장했는지 은방울 소리 같은 목소리는 다소 굳어 있었다. 그렇기에 신은 의식해서 조용한 목소리로 대답했다. 〈알카노스트〉에 이어서 올라간 제1층 제2구역(아가테 투)을 한창 공략 중이다.

구성 요소 하나하나가 초중량인 까닭에 단축이 어려운 탄약 장전이나 정비 시간이라면 모를까 장탄량과 포신 수명은 개량할 수 있다. 작년 대공세 때의 100발이라는 한계가 이번 작전에서도 동일하다고 보는 것은 너무 낙관적인 생각이다.

"예. 하지만 목소리는 사라지지 않았습니다. 아직 격파에 이르지 않았습니다. 잔탄이 있는 이상, 포신 교환이 끝나는 대로 〈스텔라마리스〉에 사격을 재개할 겁니다."

즉, 그때까지 거점을 제압하고 전자가속포형 격파를 완료해야만 한다.

공창으로 보였던 마천패루지만 실제로는 모든 구역이 텅 비었고, 거점 제어중추로 추정되는 두 번째 〈양치기〉도 전자가속포형과 마찬가지로 최상층(레벨 에르제)에 있는 모양이다. 격파 목표가 같은 위치에 있는 건 좋지만…… 전자가속포형이 아닌 두 번째 기체의 정체는 아직 불명확한 상태다.

"교환 완료까지의 예상 시간은?"

작전 완료까지의── 〈스텔라마리스〉가 격침될 때까지의 제한 시간은?

[최근 한 달 동안 있었던 선단국군에 대한 재포격 대기 시간은 최소 여섯 시간. 그것과 비슷하다고 생각해 주세요.]

　적재중량이 한정된 가운데, 분석을 위한 연산력을 갖춘 기기로 레나의 〈바나디스〉와 비카의 〈가듀카〉 중 어느 쪽을 우선할지도 검토하다가, 만약을 대비해 고화력을 중시해 들여온 〈가듀카〉의 내부.

　척후로 선행한 〈알카노스트〉를 관제하면서 그 〈알카노스트〉와의 데이터 링크를 통해 공유된 마천패루 거점 내부의 광경에 비카는 눈을 가늘게 떴다. 조금 전까지 이 자리를 메웠던 〈저거노트〉는 출격해서 휭하니 넓어진 〈스텔라마리스〉의 격납고.

　건축 중의 뼈대뿐인 것 같은, 선 채로 썩어버린 거대 짐승의 백골 같은, 이상한 형상의 요새.

　건조 목적은 뭘까……?

　그걸 모르겠다. 자이샤는 공창이라고 했지만, 공창 같은 설비는 없다. 앞으로 운반할 예정이었는데 그 전에 발견되었을 뿐일까. 단순히 전자가속포형의 포진지일 리도 없다. 그렇다면 애초에 이런 먼바다에 만들 필요가 없다.

　목적이 보이지 않는다. 출처도 모를 정도로 대량으로 투입된 철재, 그만한 자재를 〈레기온〉이 투입한 것치고는 이 요새의 가치가 낮은 것 같다.

　아니.

"출처라면 알고 있나."

방전교란형의 전자방해에 가로막히는 통에 많은 국가, 세력권과는 아직 서로 연락이 닿지 않는다. 생존조차도 확인되지 않은 상태다.

설령 대공세로 멸망했다고 해도—— 그 목소리는 연합왕국이나 연방에 전해지지 않는다.

멸망이 확인되지 않았다는 것은…… 어느 나라도 멸망하지 않았다는 말과 같은 뜻이 아니다. 그랬다. 제레네도 말했다. 대공세가 실패한 전선만 있는 게 아니었다고.

"밀리제의 예측, 맞을지도 모르겠군."

대화력과 경량의 대가로 기동성이 낮고 장갑이 얇은, 매복 전용의 병종인 대전차 자주포의 역할에 맞도록 각 구역에 농밀한 화력 포켓을 구축하고, 진출과 동시에 맹렬한 포화를 퍼붓는 대전차포 병종. 발밑의 나락에도 한 치의 공포 없이 뛰어다니고 수직면을 와이어 하나 없이 질주하며 올라가서는 다리에 달린 한 쌍의 고주파 블레이드로 공격하는 근접엽병형.

무엇보다도 여기 제1층 제3구역(아가테 쓰리)에서는 아득히 높은 제5층, 바닥에 떼로 모인 방전교란형의 은색 장막을 가르며 내려오는 전자가속포형의 6연장 회전식 기관포 소사.

지각동조로 공유하는, 신이 듣는 〈레기온〉들의 한탄 중에서 전자가속포형의 절규가 높아지는 것을 들은 라이덴은 〈베어볼프〉

를 급정지하고, 후방으로 후퇴시켰다. 한발 늦게 그 코앞을 기관포탄의 탄도가 비스듬히 찢고 지나갔다.

일격에 부러진 철골이 접합부에서 떨어져서 추락했다.

탄속이 빠르고 탄체가 거대하여 〈레긴레이브〉 정도가 아니라 〈바나르간드〉조차도 머리 위에서 맞으면 관통하는 40mm 기관포탄이다. 본래는 대공무장이어야 할 것이 전자가속포형과 〈저거노트〉 사이에 몇 겹이나 있는 강철 기둥 틈새를 전투기계의 정밀함으로 누비며 뜨거운 호우가 되어 쏟아져서 펠드레스의 장갑을 가르고 날려버렸다.

숨을 한 번 쉴 시간에 수백 발의 탄약을 소비하고, 그렇기에 포신도 기관부도 과열되기 쉬운 회전식 기관포는 장시간 연사가 불가능하지만, 재사격 대기 시간이 생각만큼 길지 않다. 1년 전의 전자가속포형이 보유했던 대공기관포 6기에서—— 최종적으로 〈언더테이커〉가 단기로 모두 베어버렸던 숫자에서 어느 정도 늘린 모양이다.

시야 한쪽, 동료기 하나가 올라가던 수직 기둥에서 뛰어내리는 게 비쳤다. 신이 이끄는 스피어헤드 지대에 속한 〈저거노트〉 중 하나다.

아래쪽으로 고주파 블레이드를 겨누고 똑바로 기둥을 미끄러져 내려온 근접엽병형의 돌진을 회피하는 참이었다. 와이어앵커를 상층 대들보에 휘감고, 기둥을 박차서 벗어나는 것으로 그 돌진의 궤도를 피했다. 목표를 잃고 그대로 허무하게 미끄러져 떨어지는 근접엽병형의 등을, 〈저거노트〉가 매달린 채로 조준한다.

그 직후에 상층 대들보에 숨어 있던 자주지뢰가 그 〈저거노트〉에 뛰어내렸다.

근접엽병형에 주의가 쏠린 틈을 찌르는 완벽한 타이밍.

[어……?!]

라이덴은 우연히 거기까지 보고 있었다. 그러니까 늦지 않았다.

아슬아슬하게 〈베어볼프〉가 사격했다. 한 덩어리로 날아간 중기관총탄이 자주지뢰의 옆구리를 때려서 그대로 두 동강 내고 날려버렸다.

그리고 미끄러져 내려온 근접엽병형을 마찬가지로 직전에 알아차린 듯한 〈언더테이커〉가 포격하여 격파. 적은 등에 있는 미사일이 유폭해서 터졌다.

역시나 허를 찔린 걸까, 〈저거노트〉의 광학 센서는 그 폭염을 계속 바라보고 있었다.

[다들 미안해. 덕분에 살았어…….]

"아니. 조심해."

한편 이쪽은 말없이 끄덕이기만 한 듯한 신이 지휘하에 있는 모든 부대에, 그리고 유토에게 지각동조를 연결했다. 조용하면서도 잘 울리는 목소리가 전장에 퍼졌다.

[각기. 적 요격부대 중에 자주지뢰를 확인. 소형이라서 놓치기 쉬운 기종이다. 데이터 링크에 너무 의존하지 마라. 철저하게 경계해.]

본래라면 말할 것도 없는 당연한 주의를 거듭해서 전달하고, 그들의 저승사자는 조용한 목소리로 덧붙였다.

[작전시간은 아직 있다. 너무 여유 부릴 수는 없지만, 서두를 필요도 없다.]

　제1층 제3구역(아가테 쓰리) 북동쪽 블록의 마지막 적 소대를 격파하면서 드디어 제1층(레벨 아가테) 제압이 완료되었다.

　신이 이끄는 스피어헤드 지대를 대신하여 유토가 지휘하는 선더볼트 지대가 제2층으로 진출해 제2층 제1구역(벨타 원) 공략을 개시. 그동안 앙쥬의 〈스노윗치〉를 포함한 스피어헤드 지대는 소비한 탄약을 보급한다.

　경계부대를 제1층 제3구역에 남기고 일단 제1층 제2구역(아가테 투)까지 내려온 대원들이 있는 곳으로, 〈저거노트〉를 따라가기 위해 와이어앵커를 4기 증설한 〈스캐빈저〉들이 올라왔다. 제일 먼저 도달한 파이드가 얼른 〈언더테이커〉에 바삐 달려왔다.

　이 요새는 수평 방향으로는 광대하지만, 수직 방향으로는 정상층부터 최하층까지 100미터 남짓해서, 유효 사거리가 킬로미터 단위인 대전차포나 중기관총, 대전차 미사일에는 지근거리에 속한다. 하물며 본래는 대공포인 40mm 회전식 기관포라면.

　전투를 교대하고 보급과 휴식 시간이 찾아왔다고 해도 마음을 놓을 수는 없다. 빈틈없이 위로 광학 센서를 향하는 〈저거노트〉들 중에서 샤나가 입을 열었다.

　[아무래도 조금 생각하게 돼.]

　정해씨족들이 깨우쳐 준, 하지만 생각해 보면 매우 당연한 사실.

긍지라는 것은 언제든, 아무리 중요하든.

[그렇게 눈앞에서, 그것도 당당하게 잃게 되면. 같은 일을 겪으면 우리 에이티식스는 어떻게 될까. 그래도 그 사람들처럼 웃을수 있을까, 라고.]

[샤나……. 그런 건 지금 생각할 일이 아니야.]

크레나가 눈썹을 찌푸린 듯한 분위기로 잘라 말했다. 생각하는것을 거부하듯이, 괜히 까칠하게.

[그럼 언제 생각하는데?]

그 말에 크레나는 말문이 막혔다.

반쯤 생각에 잠긴 목소리로 샤나는 말했다.

[우리는 여태까지 너무 생각이 많았던 것 같아. 혹시 우리가 긍지를 잃는다면, 그건 싸울 수 없게 될 때잖아. 끝까지 싸운 말로가 레비치 요새의, 그 〈시린〉들의 사체가 쌓인 산이란 걸 알지만…… 애초에 끝까지 싸울 수 없게 될지도 모른다는 생각은 하지 않았고, 이 작전에서 그렇게 되어도 이상하지 않아. 그걸 우리는…… 생각해야만 하는 것 아닐까?]

[하지만 그렇다고 지금 생각할 일은 아니야, 샤나. 신경 쓰이는건 알지만.]

황당해하는 눈치로 시덴이 끼어들고, 앙쥬도 고개를 끄덕였다. 그 말처럼 여기는 전장이다. 딴생각을 할 겨를은 없다.

하지만 그걸 의심하게 되는 것도 지당하고, 아마 샤나의 말이야말로 사실은 옳은 것일 테니까.

끝까지 싸운다. 그러려고 전투에 필요 없는 생각이나 감정을 잠재우고…… 그렇게 말하면서 어느새 전장에서 사는 것 말고는 생각하지 않고.

"그래. 나중에 생각하자. 이 작전이 끝나거든, 바다라도 보면서."

그때는 나중에 하자는 식으로…… 변명할 수도 없는 시간을 골랐다.

기체의 중량과 비교해서 출력이 강한 〈레긴레이브〉의 고출력, 고기동성도 이 요새에서는 수평 방향의 이동에 다소 과도해서 주체하기 어렵다고, 신은 〈언더테이커〉를 몰면서 생각했다.

마천패루 거점 내부는 어느 구역도 수평 발판이 대들보밖에 없다. 연속되는 삼각형의 세 변을 제외하면 거대한 나락이 입을 쩍 벌린 상태다. 대들보 위를 똑바로 질주하기는 좋지만, 옆으로 뛸 때는 인접한 대각선 대들보에 정확하게 착지해야 하며, 그 거리는 일일이 확인하지 않으면 알 수 없다.

자칫 평소의 감각으로 도약하면 발판을 뛰어넘어서 스스로 나락으로 떨어지는 파국이 일어날지 모르고, 제동거리도 대들보의 폭 때문에 확보하기 어려우니까 아무래도 짧은 도약이 기본이 된다. 〈레긴레이브〉의 장점인 제비 같은 질주가 이 전장에서는 발휘될 수 없다.

하지만 수직 방향 이동에는 그 고출력, 고기동성이 큰 무기다.

시야 한쪽, 철골을 맞춰서 만든 듯한, 요새 전체를 지탱하는 기둥 안. 적이 있다고 이능력으로 이미 파악한 거기에서 쇳빛 기계가 일어섰다. 그 자체가 흉기 같은, 쇠말뚝 같은 여덟 개의 다리. 장갑으로 두껍게 감싼 포탑. 특징적이며 위압적인, 질릴 만큼 익숙해진 120mm 활강포. 전차형.

거의 고정포처럼 운용해야 하겠지만, 아무튼 구조가 튼튼한 여기라면 중량급인 전차형도 배치할 수 있는 것일까.

그냥 통과하든, 전차형이 배치될 공간이 있다고 하든, 구조재가 복잡하게 얽힌 기둥 안이다. 폭발시키는 건 위험할지도 모른다.

발사된 고속철갑탄을 피하고, 발판으로 삼은 대들보에서 스스로 뛰어내리듯이 하나 아래인 제3층 제1구역(카를라 원)으로. 전차형을 포함하여 대부분의 기갑병기는 포를 위아래로 움직이기 힘들다. 부각이 안 나와서 조준할 수 없는 아래쪽에서 〈언더테이커〉가 접근하고, 거의 단숨에 최고속도에 다다르는 급가속으로 전차형이 숨은 기둥에 도달했다.

질주의 속도를 죽이지 않고서 그대로 수직 구조체에 다리를 걸고, 똑바로 뛰어 올라갔다.

전차형의 포탑이 회전한다. 이쪽을 향하는 포구를 구조재를 박차서 비스듬히 도약하는 것으로 피하고 다른 구조재를 또 수직으로 질주했다. 순식간에 전차형의 위를 차지. 트러스 구조의 틈새에 몸을 숨기면서 빠져나가, 좁은 장소에 숨었기에 도망칠 수 없는 그 포탑에 뛰어내렸다.

무장 선택. 다리의 57mm 대장갑 파일드라이버——— 격발.

강렬한 진동.

전자 파일이 박혀서 경련한 전차형이 한발 늦게 고개를 수그렸다. 전해지는 진동 때문일까, 외벽의 패널이 찌르르 울렸다.

단말마의 절규가 끊긴 것을 확인하고, 그리고 한 차례 숨을 훅 내뱉었다.

발을 헛디디면 곤두박질 추락하는 높은 전장에서의 전투다. 역시나 평소보다 신경을 쓰게 된다. 지금은 간신히 제3층 제2구역 (카를라 투)까지 진출했다. 정상층(레벨 에르제)까지 앞으로 네 구역 남았다.

위쪽에 이어진 구역을 올려다보니, 의식 어딘가가 흔들리는 것을 느꼈다. 아무리 지나도 밝지도 어두워지지도 않는 희미한 청색 속에 겹친 무수한 기하학무늬. 외벽을 덮은 반투명 패널과 정확한 육각기둥의 모양인 탓도 있어서 만화경 안에서 헤매는 듯한 광경이다.

끝없는 연속, 그 무한함을 인식할 수 없는 자기 자신을 직면하게 된 기분이다.

결국 눈앞에 있는 것조차도 똑바로 인식할 수 없는……날벌레와 같은 왜소함을.

인간 따윈, 이 세상에는.

86구에서 물든 차가운 생각이 뇌리를 스쳐서, 머리를 흔들어 쫓아냈다. 〈스텔라마리스〉에서 들었던 이스마엘의 말 때문일까. 이번 작전을 마지막으로 정해씨족의 역사와 긍지를 잃는 그들. 에이티식스도 언젠가 그렇게 될지 모른다고 눈앞에 들이미는 것처럼.

그 함장은 그럴 생각이 아니었을지도 모르지만.

푸른 공간과 그림자 진 머리 위와 발밑의 기하학무늬. 쇳빛의 무수한 〈레기온〉.

나아가도 나아가도 전혀 변하지 않는 광경에 세오는 왠지 머리가 어지러워졌다. 지금 얼마나 왔지? 대체 언제부터, 얼마 동안 싸우고 있지?

무수한 거울이 연이어지는 거울 지옥에 빠져든 듯하다. 계속해서 이어지는 허상의 공간.

이런 장소에서, 이런 내가 어디까지 가서, 뭘 목표로, 어디로 향하고 있는 건지도 알 수 없는 공간에서. 자신의 형태도 당장 잃어버릴 것 같은 이런 세계에서.

나는.

[노우젠, 제4층(레벨 도라)이다. 교대하자.]

[그래. 부탁하지.]

어느새 옆에는 선더볼트 전대가 올라와 있어서, '아, 다음 구역으로 가야겠다'라고 세오는 생각했다. 그 선더볼트 전대와 이를 중추로 삼은 선더볼트 지대를 이끄는 유토가 갑자기 지각동조를 연결했다.

[릿카? 교대야. 내려가 줘.]

"어?"

되물은 뒤에야 세오는 간신히 정신을 차렸다. 지시를 놓쳤다.

"미안……."

각 구역 제압은 층 단위로 신이 이끄는 스피어헤드 지대와 유토가 지휘하는 선더볼트 지대가 교대로 담당한다. 탄약이나 연료를 보급할 필요가 있고, 무엇보다 인간의 집중력은 별로 오래가지 못한다. 신과 같은 스피어헤드 지대에 속한 세오는 당연히 선더볼트 지대가 싸우는 동안 교대로 내려가게 된다.

조금 다급히 진로를 연 세오에게 유토가 말을 이었다.

[어딘가의 전설에서는 인간을 초월하려는 자가 탑을 오른다고 하지.]

"뭐……?"

[세계의 끝에 있는 탑이다. 나선계단으로 되어 있고, 계단을 오르면서 감정이나 욕심, 악심이나 번뇌를 버린다. 정상에 도달할 때는 인간의 모든 고뇌를 벗어던진다.]

갑자기 무슨 소리를?

"유토……. 혹시, 동요하고 있어?"

말한 뒤에 깨달았다.

반대다. 동요하고 있다고 자각시키기 위한 잡담이다. 물어버렸다. 작전 중에 할 이야기가 아니라고 내치는 것도 아니라.

나선계단을 오르는 것으로 모든 고뇌를 버린다.

그것은 마치 행복의 기억을, 압도적인 적기나 사투, 죽음 그 자체에 대한 공포와 슬픔과 분노를, 생물로서 당연한 생존의 욕구조차도 잘라내면서 계속 싸웠던.

과거에 에이티식스가 갇혔던 86구처럼.

유토가 말했다. 스윽 하고 지켜보는, 광학 센서의 싸늘한 시선.

[그래. 아까 한 이야기 탓이겠고, 이 탑은 그걸 떠올리게 해.]

그건 정말로…… 유토를 가리키는 걸까.

거울 너머의 자신과 이야기하는 것처럼. 세오는 가둬두었을 터였던 동요나 의심을 유토가 비추며 말하는 것처럼 느꼈다.

[86구에서 그 이야기를 들었을 때 조금 생각했다. 혹시 올라간 것이 에이티식스라면, 끝까지 싸우는 긍지는 버려지지 않고 남을까. 아니면 긍지조차도 버리고 말 것인가를.]

언젠가 죽을 때는. 지금 죽는다면, 끝까지 싸운 긍지는 하다못해 이 손에 남을까.

아니면―― 그것조차도 정해씨족들처럼.

†

구웅, 하고 바다가 울었다.

†

"——음."

아래에서 들린 듯한 목소리에 신은 눈을 껌뻑였다.

인간의 목소리와도, 여태까지 들은 〈레기온〉의 목소리와도 다른 한탄. 기계의 말도, 인간의 절규도 아니다. 비슷한 소리를 모르는, 그저 이질적인 소리.

아래.

"바다 밑……인가?"

돌입부대가 현재 진출한 위치는 제4층(레벨 도라), 그 최하층인 제4층 제1구역(도라 원). 선더볼트 지대가 전투 중이고, 신과 스피어헤드 지대는 제4층 제압을 완료하는 대로 제5층(레벨 에르제)—— 전자가속포형이 기다리는 정상으로 진출하기 위해 제3층(레벨 카를라)에서 마지막 보급을 받는 중이다.

제압이 끝난 제3층에는 적이 보이지 않지만, 머리 위 제4층에는 아직 꿈틀대는 적기들과 제5층 바닥에 동면하는 나비처럼 무리지은 방전교란형이 있다. 그리고 무엇보다 그 은색 날개가 방해되어 여기서는 보이지 않는 정상의 전자가속포형을 경계하면서, 이미 지나친 아래로 의식을 돌렸다.

이 폭풍우 안에서는 보이지 않는, 그게 아니더라도 아득한 아래까지 들여다보일 만큼 얕지도 않은, 어둡고 깊은 바다. 지상과는 다른 형태의 세계. 빛과 대기가 아니라 물과 어둠이 지배하는, 냉혈한 생물이 있는 세계.

지금은 목소리가 들리지 않는다. 기분 탓이라고는 생각되지 않지만.

"레나. 바닷속을 색적할 수는 없습니까? 뭔가 있는 것처럼 들렸습니다."

"바닷속을 말인가요? 확인해 보겠습니다."

그 말에 답하고, 레나는 이스마엘에게 시선을 주었다.

짧게 요망사항을 전달하자, 소나에는 현재 반응이 없다며 고개를 갸웃거리면서도 승낙했다. 대기 속보다도 전파가 약해지기 쉬운 수중에서는 레이더가 도움이 되지 않는다. 수중에서는 소리의 반향을 이용하며 멀리 있는 적함이나 심해에 숨은 고래의 위치를 밝혀내는 소나가 주된 색적 수단이다.

지시받은 소나실에서 응답이 돌아왔다.

[형님. 고래가 노래하고 있습니다. 꽤 멉니다만…… 그 탓 아닐까요?]

"진짜냐……."

이스마엘은 작게 신음했다. 이번에는 레나가 고개를 갸웃거리고 있자, 씁쓸하게 고개를 쳐들고 중얼거렸다.

"이렇게 코앞에서 와자지껄하게 싸움을 벌이고 있으면 거슬릴 만도 하지만……. 지금은 제발 부탁이니까 기어나오지 마라."

"고래, 입니까? 아무리 그래도 그 소리와 〈레기온〉을 오인하는 일은 없을 텐데요……."

레나를 거쳐 돌아온 대답에 신은 눈을 껌뻑였다.

자신의 이능력이 포착하는 것은 물리적인 소리가 아니라 죽어서도 남은 망령들의, 생전 최후의 말이나 생각이다. 생물인 고래의 울음소리와 혼동할 것 같지는 않은데.

무조건 아니라는 확증도 없다. 고래의 소리는 선단국군에서 처음 해안을 방문했을 때, 멀리서 희미하게나마 듣기는 했다. 그들이 산다는 먼바다는 그 해안에서 수백 킬로미터 떨어져 있다. 하지만 그 소리가 여기까지 닿는다면, 어쩌면 고래의 '노래'는 소리보다도 〈레기온〉의 한탄과 비슷할지도 모른다.

"알겠습니다. 하지만 계속해서 경계해 주십시오."

[예. 물론 그러겠습니다. 저기…… 여러분도 조심하세요.]

빠르게, 살짝 억누른 목소리로 덧붙인 말에, 신은 한 차례 눈을 껌뻑였다.

[침공 페이스, 예정보다 꽤 빠릅니다. 혹시 뭔가 서두르는 거라면…….]

"아……."

전자가속포형과의 포격전이 시작되기 전에 이스마엘이 했던 이야기 말인가.

그 뒤로 시간이 몇 시간 정도 지났으니까 다들 겉으로는 진정했지만, 사실 몇몇 사람은 지금도 동요하고 있다는 사실은 지휘를 맡은 신도 느끼고 있었다. 그러니까 의식적으로 주변 경계를 재촉했는데── 시야가 협소해지지 않게 거듭 주의했는데도 신중함이 부족한 것으로 보였나.

"알겠습니다. 작전도 슬슬 마지막 단계에 들어가면서 피로가 드러날 시점입니다. 주의를 환기하겠습니다."

[저기, 결코 당신의 지휘를 탓하는 건…….]

"그건 압니다. 괜찮습니다, 레나. 적어도 저는……."

그렇게 걱정하지 않더라도 연합왕국 때처럼 길을 잃지 않는다.

오히려 버팀목이 없어도 살 수 있다고 보여준 셈이다. 아마도 이스마엘은 그럴 작정이었을 테고…… 그렇게 생각할 수 있을 정도로 자기 안에서 뭔가 변했다고 생각한다.

그러니까 이 작전에서 걱정해야 할 것은 자신이 아니라.

조금 생각하다가 무선 통신을 전원에게 개방하고 이야기를 이었다.

"전에 보았던 고래의 뼈…… 니콜이라고 했던가요. 실은 전쟁이 시작되기 전에 본 적이 있습니다만."

갑작스러운 화제 전환, 그것도 작전과는 무관계한 잡담이다. 레나가 의아해하면서 끄덕이는 기척.

[예…….]

"이 전쟁이 없었으면 혹시 그걸 계기로 연구라도 했을지 모른다고 생각했습니다. 예, 어렸을 적에는 남들처럼 괴수 같은 걸 좋아했기에."

레나도 눈치챈 모양이다. 일부러 밝은, 놀리는 어조를 하며 대답해왔다.

[알고 있습니다. 신이 86구에서 몇 번이고 올렸던 날조 전투 보고서, 마지막에는 쓰기도 힘들었나 보죠? 옛날 애니메이션의 괴수와 싸웠으니까요.]

예상 밖의, 그리고 까맣게 잊었던 이야기가 돌아왔다.

무심코 신은 신음을 흘렸다. 그러고 보면 그랬다.

어차피 핸들러는 읽지 않는다면서 매번 돌려썼던 문제의 보고서. 진지하게 쓸 생각이 털끝만치도 없었던 까닭에 그 내용이 정말 막장이었다. 작성한 당시는 종군 직후라서 11세인가 그 정도였던 탓도 있고…… 지금 와서 생각해 보면 머리가 지끈거리는 물건이다.

[보고서, 지금은 잘 쓰고 있습니까?]

"쓰고 있습니다. 아니, 읽고 있잖습니까. 설마 종이비행기라도 만들고 있습니까?"

[오랫동안 나는 것은 내용이 부족하고 가벼워서 실격 보고서로 판단하고 있습니다.]

"너무하잖습니까……."

전대와 대장급만이 연결된 지각동조 너머에서 몇 명이 실소하고, 그에 맞춰서 긴장감이 다소 풀어졌다. 스스로 생각해도 어울리지 않다 싶은 잡담을 한 보람은 있었나.

[조심하세요⋯⋯.]

"예."

어울리지 않는 대화에, 하지만 그 의도대로 웃으면서 세오는 말했다. 불필요한 긴장이나 부담, 동요는 작전에 나쁜 영향을 미치고, 그럴 때 농담이나 웃음은 유용한 대책이다. 하지만 설마 철가면 저승사자인 신과 고지식한 레나가.

비단 두 사람만이 아니라, 아까는 유토도 비슷하게 잡담으로 기분을 돌리려고 했다는 사실을 떠올리지 못한 척했다.

"참고로 하는 말인데. 신, 리토도 같은 소리를 했거든."

미묘하게 침묵이 있었던 것은 아무래도 얼굴을 찌푸렸기 때문인 듯했다.

"하지 그래? 연구. 지금부터라도, 리토랑 같이."

[연구는 뭐, 나쁘지 않을지 모르지만. 리토를 돌보는 건 사양하겠어.]

"너무하네."

가볍게 웃으면서 그대로 말을 이었다.

"신은 말이지."

농담처럼 계속 이어서 말하려고 했다.

아마 마음처럼은 되지 않았다.

"정말로 이 작전, 와도 괜찮았던 거야?"

슬쩍 〈언더테이커〉의 광학 센서가 이쪽을 보았다.

그 너머, 색채는 변함없다지만 무기질적인 느낌이 꽤 씻겨나간 핏빛 눈동자를 떠올렸다.

신은 변했다.

살고 싶다고 생각할 수 있게 되었다. 행복해지고 싶다고 바랄 수 있게 되었다.

전쟁으로 갈라진, 만날 리 없는 조부모와 만나자고 생각할 수 있게 되었다.

과거 86구의 전장에서, 모두를 구원하면서도 누구에게도 구원받지 못하는 저승사자였을 그를 유일하게 구원해 준 울보 핸들러에게—— 함께 살고 싶다고 마음을 전할 수 있게 되었다.

아직 어디로도 발을 떼지 못하는 자신과 달리.

"계속 우리랑 같이 다니려고 하고. 계속 전쟁 같은 걸 하고. 계속 프로세서로 있어도 괜찮아? 더는…… 싸우지 않아도 되잖아?"

말하면서 깨달았다.

아니다.

싸우지 않아도 된다는 것이 아니다. 싸우지 않았으면 하는 것이다.

더는 싸우지 않아도 된다. 끝까지 싸우는 긍지 말고는 아무것도 없는 것도, 전장 이외에 살 장소가 없는 것도 아니다.

그렇다면 싸우지 않기를 바란다. 전장에 서지 않기를 바란다.

전장에 있으면 빼앗긴다. 이스마엘이, 정해함대 사람들이 그랬던 것처럼, 아무리 소중해도, 아무리 필사적으로 부둥켜안아도, 코웃음 치듯이 쉽사리, 어이없이 빼앗긴다.

깨닫게 되었다. 86구를 나와서 어느새 잊어버리고 있었다.

끝까지 싸운다는…… 그것밖에 안 되는 긍지.

그런 것은 불확실하다. 언제 빼앗길지도 모른다. 이 세상에 빼앗기지 않는 것은 없다. 오히려 그것밖에 없기에——부조리하게 빼앗기는 것이 이 세상의 이치다.

그렇다면 하다못해 너는. 너만이라도.

빼앗기기 전에. 또 모든 것을 잃어버리기 전에.

전대장처럼 잃어버리기 전에.

"너는 전쟁 같은 거 그만둬. 이젠 잊어버려도 되지 않아?"

에이티식스에게는 모욕이기까지 한, 적어도 세오 자신이 들으면 크게 분노할 그 말에.

신은 살짝 쓴웃음처럼 웃은 듯했다.

[세오…… 지금 누구한테 할 말이었던 거지?]

세오는 움찔 굳어버렸다.

신과 전대장을 겹쳐서 본 것을. 사실은 전대장에게 하고 싶었던 말을 무심코 한 것을, 신은 꿰뚫어 보고 있었다.

지각동조는 어느새 전환되었는지, 신과 세오만이 연결되어 있었다.

[그래. 네 말처럼 싸우지 않아도 된다고 생각해. 긍지밖에 없다는 말은 더 이상 하지 않고, 전장 말고는 있을 곳이 없다는 생각도 이젠 하지 않아. 하지만 싸우지 않으면 가고 싶은 곳까지 갈 수 없고…… 그 이상으로 나 자신이 부끄럽게 살고 싶지 않아.]

——나 자신에게 부끄럽지 않으면 되잖아.

——그렇게라도 하지 않으면 나는 함대사령관을 볼 낯이 없어.

[그러니까…….]

갑자기 지각동조의 대상이 한 명 늘고, 무기질적일 정도로 평탄한 목소리가 말했다.

[노우젠. 제4층^{레벨 도라}, 제압 완료했다.]

신이 입을 다물었다.

다음 순간, 지각동조가 다시 연결되었다. 세오와의 일대일 연결에서 신의 지휘하에 있는 전원으로.

대답하는 목소리는 이미 신 개인이 아니라 기동타격군 전대 총대장의 것이었다.

어딘가 거리감이 있는 목소리.

[알았다. 각 부대. 지금부터 정상층^{레벨 에르제}, 전자가속포형 공략에 들어간다.]

†

적 부대가 드디어 목전까지 진출했다. 적 부대가 교전거리까지 치고 들어왔다.

그 상황에 전자가속포형은—— 그 내부에 숨은 망령은 이를 갈았다. 이 방어기능의 사용은 거점의 운용 목적을 감안하면 피해야 할 것이지만.

어쩔 수 없다. 완성 전에 파괴되면 소용없다.

《코랄 원이 코랄 신테시스에. 방어기구를 최소한으로 사용.》

†

시야 한쪽에서 폭발 볼트가 작동한다. 고정된 철골이 모두 떨어진다.

요새 정상의 하나 아래, 제4층 제3구역(도라 쓰리), 레이스나 만화경 같은 바닥 전체가.

"아니……?!"

거기에 앵커를 걸고 지금 막 제4층 제3구역으로 진출하려던 〈언더테이커〉는 버티지 못하고 낙하했다. 마찬가지로 제4층 제3구역에 전개하여 그 전진을 원호하던 유토의 선더볼트 전대도.

이어서 그 아래, 제4층 제2구역(도라 투) 또한 폭발 볼트가 작동하여 붕괴했다.

제4층 제1구역(도라 원)의 동료기가 다급히 기둥 옆에 붙고, 제3층(레벨 카를라)으로 뛰어내려서 착지를 위한 공간을 열었다. 가벼운 〈알카노스트〉만이 철골의 비를 가까스로 피하면서 제4층 제2구역 벽면에 달라붙어서 남았다.

제4층 제3구역의 대들보 위로 막 뛰어오른 찰나에 붕괴한 것이다. 균형을 잘못 잡았다. 〈언더테이커〉의 자세를 공중에서 제어하여 가까스로 제4층 제1구역의 대들보 중 하나에 착지했다.

"큭……!"

고기동전 사양으로 개발되어서 〈바나르간드〉와 비교하면 강력한 충격흡수장치를 탑재한 〈레긴레이브〉라고 해도, 예기치 못한 붕괴와 추락이다. 돌아오는 충격에 한순간 의식이 날아갔다. 〈언더테이커〉의 다리가 멎었다.

주위의 〈레긴레이브〉 또한 억지로 대들보에 앵커를 걸어서 매달리고, 혹은 착지했을 때의 충격으로 숨이 막혔다.

인간이기에 피할 수 없는, 치명적인 경직의 빈틈.

그 틈을 노리고 방전교란형의 은색 비단을 느긋하게 가르며 회전식 기관포가 모습을 드러냈다. 본래는 대공무장인 여덟 기가 아득히 아래쪽인 해면을 향했다.

하늘과 바다의 틈새, 꼴사납게 다리를 멈춘 네 다리 거미들을 향해서.

또한 신은 주위 요새 외벽에 달라붙은 무언가가 강하하는 것을 들었다. 구역이 붕괴할 때 동결을 해제하고 눈을 뜬 뭔가. 레이더나 광학 센서에도 잡히지 않는, 하지만 신이라면 그곳에 있다고 귀로 들을 수 있는, 기계장치의 망령……

아드레날린의 작용으로 느리게 느껴지는, 하지만 진짜 눈 깜빡할 정도의 시간. 도저히 회피할 수 없다. 눈만이 공허하게, 모터로 회전을 시작하는 기관포를 올려다보고…….

[다리야.]

[명을 받듭니다.]

그 직후에 제4층 제3구역에서 〈알카노스트〉 여덟 기가 스스로 뛰어내렸다.

〈저거노트〉와 회전식 기관포의 사선에 끼어드는 궤도로 낙하했다. 〈알카노스트〉의 기체는 작지만, 기관포탄이 퍼지기 전인 총구와 가깝다. 충분히 〈저거노트〉를 감쌀 수 있는 위치에서.

[여러분. 다음 싸움에서 또 뵙죠.]

회전식 기관포가 사격을 개시한다.

40mm 기관포탄의 막대한 파괴력에 휘둘려서 〈알카노스트〉의 가녀린 기체가 조종석의 〈시린〉과 함께 갈가리 찢겨나갔다. 자폭용 고성능 폭약이 유폭하여 몇 기가 폭발했다.

강렬한 충격파와 폭염이 기관포탄에 이어서 요새 바깥에서 발사된 열선을 날려버리고—— 가까스로 회피행동에 들어간 〈저거노트〉의 하얀 장갑을 붉게 비추었다.

추락한 〈저거노트〉는 간신히 기관포 소사에서도, 이어진 열선의 사격에서도 몸을 피했다.

올려다보고 무심코 숨을 삼킨 뒤 레나는 입술을 괴롭게 다물었다. 그녀들은 그래도 좋다고 말하지만…… 레나로서는 익숙해져도 좋은 희생이라고 생각하기 싫었다.

"비카. 미안합니다. 도움을 받았습니다."

[괜찮아. 녀석들의 역할이다.]

전투는 아직 속행 중이다. 함부로 시간을 쓰지 말라는 뜻이 담긴 짧은 대답만이 돌아왔다.

"지금 덫은."

[다음은 없다. 몇 번이나 할 수 있다면 애초에 〈저거노트〉가 돌입한 단계에서 했겠지.]

견해는 같나.

이 마천패루 거점은 레일건의 포진지다. 그것도 높은 탑의 형상을 하고, 때로는 맹렬한 폭풍에도 시달리는, 차폐물이 없는 해상이다. 옆에서 작용하는 힘에 버틸 수 있는 대들보를 떨어뜨리면 그만큼 옆바람에 약해진다. 레일건의 명중률을 유지하기 위해서는 허용할 수 없는 악조건이다.

구역은 그리 쉽사리 떨어뜨릴 수 없다.

[오히려 제2파, 불명기의 공격이 귀찮겠지. 그쪽의 해석은 내가 맡지. 베라, 야나, 〈저거노트〉가 피할 수 없을 때는 자기판단으로 지원해라.]

인간이 아닌 〈시린〉이지만, 단순한 행동이라면 핸들러의 제어 없이도 실행할 수 있다. 소대장급인 기계장치 소녀들에게 자율행동을 명하고, 비카는 해석을 위해 〈가듀카〉의 시스템을 기동시킨 모양이다.

[레르케. 일단 물러나라. 〈찌카다〉 전개. 모든 것을 봐라.]

몰아치는 폭풍에 휩쓸린 방전교란형의 약한 나비 날개는 풀이 나부끼듯이 일제히 하늘로 향했다. 그러자 그것이 자아내는 장막이 한순간 벗겨졌다.

전자가속포형의 위용이 한순간 〈레긴레이브〉 앞에 드러났다.

기본적인 형상은 1년 전 신이 가까이서 본 것과 같았다. 하늘에 펼쳐진, 은실을 짠 두 쌍의 날개. 검고 거친 하늘에 도깨비불처럼 떠오른, 푸른 광학 센서. 장갑 모듈을 늘어놓아서 용의 비늘과도 같은 칠흑의 장갑. 전고 11미터의 올려다봐야 하는 거구. 그리고 무엇보다 특징적인 한 쌍의, 지금은 한쪽이 아직 부러진 상태인 창 같은 포신.

천둥이 울리는 하늘과 거친 비바람도 있어서, 마치 바다에서 나와 하늘에 나서는 악룡 같다.

유일하게 다른 것은 두 쌍의 날개 사이에 뻗은 네 쌍의 강철의 다리다.

은색 둥지 중심에 앉은 거미의 길고 요염한 다리 같은. 병들어서 깃털이 빠진 새의 날개 같은──그 끝에 40mm 회전식 기관포를 번뜩이는 건마운트 암.

기관포가 회전한다. 조준이 각각 다른 〈저거노트〉를 향한다.

사격.

이번에는 비스듬히 훑는 철갑탄의 폭풍을 피하면서 〈저거노트〉가 산개했다. 〈저거노트〉가 올라가기에는 폭이 아슬아슬한 철골이지만, 마찬가지로 삼각형 패턴이다. 제1층(레벨 아가테)부터 여기 제4층(레벨 도라)까지의 전투로 슬슬 익숙해졌다.

신도 가벼운 도약을 통해 〈언더테이커〉를 후퇴시키고, 사격이 끝나는 동시에 제동했다. 반격을 위해 전자가속포형에게 조준을 맞추고.

정상층(레벨 에르제) 바닥, 아무것도 없는──그뿐만이 아니라 소리도 들리지 않는 허공에서 갑자기 사격이 튀어나왔다.

"?!"

사격을 취소한다. 옆의 다른 대들보로 넘어가는 것으로 〈언더테이커〉는 일직선으로 날아오는 그 치명적인 창을 피했다. 다음 공격의 전조인 전자가속포형의 고함 소리. 멈추지 않고 다음 대들보로 도약한 순간, 원래 있던 대들보가 엉뚱한 방향에서 40mm 기관포탄의 사격을 맞아 무너졌다.

계속해서 이쪽도 모습을 보이지 않는 채로, 이번에는 신음과 오열의 소리를 내며 미끄러져 내려온 적기들이 〈언더테이커〉를 에워싸는 위치를 점거한다. 공간을 수평으로, 격자를 짜듯이 붉게 불타는 열선을 사격—— 자동공장형의 부하 기체이자 호위 기체, 부속사격형.
비 네

"칫……."

와이어앵커를 아래쪽, 제3층 제3구역의 대들보에 얽고 되감아서 수직 낙하하는 형태로 회피했다. 신은 한 차례 혀를 차고 허공을 올려다보았다. 부속사격형도 그렇지만, 회전식 기관포의 사격도 몇몇은 보이지 않았다. 이쪽도 역시나.

옆에서 세오가 작게 신음했다.

[광학위장……!]

가시광을 포함한 전자파를 산란시키고 굴절시키는 방전교란형을 둘러서 고기동형이 실현했던 광학적, 전자적인 〈레기온〉의 '투명화' 기술. 같은 기술을 고기동형이 아닌 다른 병종에서도 드디어 응용했다.

회전식 기관포 사격의 고열에, 부속사격형의 열선에 불탄 나비 날개의 재가 하늘하늘 떨어졌다. 정상부 바닥 철골에 무리 지은 방전교란형 일부가 내려오더니, 재가 생겨난 곳에서 갑자기 사라졌다. 위장을 맡은 무리와 합류하여 불타 사라진 부분을 메운다.

　반격을 위해 기총을 돌리고…… 하지만 쏘지는 못하고, 오히려 회전식 기관포 조준에서 몸을 피하면서 라이덴이 씁쓸하게 중얼거렸다.

　[틀렸나. 귀찮은 소굴에 틀어박혔어.]

　전자가속포형이 자리를 잡은 정상층(레벨 에르제)과 하나 아래인 제4층(레벨 도라) 사이, 사격 후에 부속사격형이 도망쳐간 정상층 바닥은, 거기에만 몇 겹의 강철 기둥이 쇠창살이나 방벽처럼 복잡하게 달려 있었다. 이래서는 직선적으로 나는 전차포, 기총탄의 사선은 거의 통하지 않는다.

　[부속사격형도 사격 때 말고는 나오지 않을 작정인가 보네. 귀찮겠어.]

　이어서 앙쥬가 탄식했다.

　한탄의 소리가 들리는 이상, 광학위장으로 숨더라도 신은 부속사격형의 움직임을 쫓을 수 있다. 쫓을 수는 있지만…… 숫자가 너무 많다. 사격 때마다 전원에게 경고하는 것은 도저히 어렵다. 더불어서 전자가속포형의 회전식 기관포는 하나하나에 제어계가 있는 것도 아니니까 이쪽은 움직임조차 간파할 수 없다.

　회피 타이밍만큼은 어떻게든 경고할 수 있을까.

　어중간하게 보이는 만큼 아무래도 주의가 쏠리게 되는 위장 없는 여덟 기의 회전을 지켜보면서, 이 전투에서는 말 그대로 생명줄이 될 와이어앵커의 표시에 이상이나 경고가 없는 것을 시야 구석으로 확인했다.

부속사격형의 움직임은 죄다 쫓을 수 없다. 기관포에 이르러선 그 움직임조차도 전혀 보이지 않는다.

그래도 회피만 시킬 수 있으면── 전력은 유지한 채로 시간을 벌면서 정보를 모을 수 있으면, 그 시간에.

"레나."

"예. 광학위장 쪽으로는 내가."

연방군 군복 아래에 걸친 〈찌카다〉를 은은한 은보라색으로 빛내면서 레나는 끄덕였다. 애초부터 그것을 위해 돌입부대의 숫자를 줄이면서까지 데려온 포병 사양기다.

하지만 요새를 감싼 외벽 패널이 뜻밖에도 튼튼해서 포병 사양 〈저거노트〉의 88mm 캐니스터탄 정도로는 파괴할 수 없다. 정상층 상부를 차폐해서 대형 포탄을 막는 지붕은 빠져나갈 수 있겠지만, 그것만으로는 화력이 부족할 테니……

옆에서 이스마엘과 에스텔이 작은 목소리로 나누는 대화가 귀에 들어왔다.

돌입부대가 고전하는 와중에 아무것도 할 수 없어서 답답한 거겠지. 데이터링크로 공유되어 홀로스크린에 투영된 요새 내부의 영상을 보면서 빠르고 작은 목소리로.

"원호 사격, 〈스텔라마리스〉의 주포를 날려도 안 될까?"

"관통에는 이르지 않을 겁니다. 게다가 저렇게 가깝게 있으니 우군이 맞을지도 모릅니다."

"〈레긴레이브〉의 얇은 장갑으로는 설마 맞지 않더라도 40cm 고폭탄은 위험하겠고……. 주포가 아니라면 어떨까?"

"파룡포를? 이 거리와 바람 속에서?"

"미안. 더 무리로군."

바람. 바람……!

레나는 퍼뜩 고개를 들었다. 바깥쪽에서는 어렵더라도.

"함장님, 협력을 요청합니다. 〈스텔라마리스〉의 주포를 빌려주세요."

레나의 아이디어를 지각동조 너머로 다 들은 뒤, 비카는 이어서 말했다. 〈차이카〉의 광학 센서로 기록한 부속사격형의 사격 패턴을 〈가듀카〉의 홀로윈도우에 비추고.

"이쪽 해석에는 조금 더 데이터가 필요하다. 노우젠, 크로우, 미안하지만 조금만 견뎌라."

에이티식스인 그들이 지금 와서 이 정도의 무리한 요구에 불만을 느낄 리도 없다. 신과 유토도 당연하다는 듯이 대답하지 않고, 대신해서 레나가 말을 이었다.

[해석되는 대로 반격에 들어가겠습니다, 보고해 주세요. 신, 유토.]

명령 전에 역전의, 86구의 네임드들은 가볍게 답했다.

[먼저 회전식 기관포와 부속사격형을, 이겠죠.]

[회피를 우선하면서, 그런 방향으로 배치해 두지.]

그래도 보이지 않는 탄막과 사격에 언제 당할지 모르는 극한의 긴장감, 더불어서 발판에 항상 주의를 기울이면서 여기까지 등반하느라 무의식중에 쌓인 신경의 피로.

퇴로를 잘못 판단해서 사격에 맞고, 바로 옆에 있는 동료의 존재를 잊고 충돌하고. 혹은 발을 헛디뎌서 아래로 추락하는 등. 전사자와 부상 탈락자의 숫자는 차츰 쌓였다. 그 모습에 〈건슬링어〉 안에서 크레나는 빠드득 이를 갈았다.

자신의 역할은 동료나 신을 위협하는 적기를 제거하는 것이다. 이렇게 위태위태한 곳에서도 전자가속포형 같은 고가치 목표를 해치우는 것이 저격포를 장비한 〈건슬링어〉에 기대되는 역할이며── 신의 곁에서 계속 싸우기 위해 자신이 갈고닦은 기능이었을 터이다.

그럴 터인데 아직 크레나는 전자가속포형에 조준을 맞추지도 못하고 있다.

애만 탔다.

아무튼 보이지 않는 사격이 거슬린다. 아무래도 다 합쳐서 24기인 듯한 회전식 기관포의 파상공격과 요새 바깥부터 수평으로 격자를 그리며, 중앙에서 전방위에 부채꼴로, 정상층의 바닥 전체에서 수직으로, 한 방향에서 비스듬한 각도로 랜덤으로 발사되는 부속사격형의 열선.

양쪽 다 숫자가 많고 사격범위도 넓으니까 회피에 전념하지 않을 수 없고, 아무래도 신도 경계를 우선하게 된다. 강철의 대들보로 이루어진 둥지에 숨은 동안에는, 어지간한 포격으로는 닿지 않는다. 반격이 불가능하다.

슬금슬금 초조함이 속을 태웠다.

나는 동포인데. 신과 같은── 언제까지고 같은 에이티식스인데.

끝까지 싸우는 자인데.

그건 사라지지 않는다.

그렇게 가르쳐 준 사람이, 오늘 그들 자신의 긍지를 잃는 것을 생각하지 않는 척했다.

시덴의 〈키클롭스〉를 쫓으려던 회전식 기관포의 조준이── 갑자기 정지하고 〈건슬링어〉로 돌아갔다. 어두운 포구의 눈초리를 받고서야 크레나는 간신히 그걸 깨달았다.

"큭, 블러프……?!"

숨을 삼켰다. 회피는 늦었다. 그저 덮쳐들 충격을 예상하고 무의식중에 몸을 굳혔다.

그 순간.

후려갈기는 듯한 88mm 전차포의 포성과 함께 회전식 기관포의 측면에 착탄.

불을 뿜으며 회전식 기관포가 기능을 정지했다. 다음 순간에는 곤충이 다리를 자르듯이 분리되어, 연기를 꼬리처럼 남기면서 떨어졌다.

쏜 것은── 〈언더테이커〉. 신.

[괜찮아, 크레나?]

익숙한, 그의 조용한 목소리가 물었다. 크레나는 숨을 훅 내쉬었다.

왠지 안도한 나머지 눈물까지 나왔다.

그래. 괜찮을 거야.

어떤 때라도 지금처럼 어떻게든 될 것이다. 그녀의 저승사자는 이런 식으로—— 결코 자신을 버리지 않는다.

그러니까 괜찮아.

"응!"

어쩐 일로 노골적인 블러프에 걸린 〈건슬링어〉에 대한 원호가 아슬아슬하게 늦지 않았던 것을 확인하고 신은 살짝 숨을 내쉬었다.

그 이능력이 포착하는 한탄은 물리적인 음성이 아니다. 레이더의 탐지 결과처럼 데이터 링크로 모든 기체와 공유할 수도 없고, 그 사실을 처음으로 답답하게 느꼈다.

〈레기온〉의 위치를 알아도, 공격 타이밍을 알아도, 그것만으로는 모두를 구할 수 없다. 그게 짜증 난다고 강하게 생각했다.

프레데리카와 마찬가지다.

기적에 매달리고 싶지는 않다. 그 이상으로 그녀를 희생하고 싶지도 않고—— 하지만 그 결과로 동료가 죽는 것도 용인하고 싶지 않다.

에이티식스가 죽는 것은 당연하다고——더는 그렇게 생각하고 싶지 않다.

무리한 소리를 하는 것은 알고 있다.

타이밍 좋은 기적을 누구보다도 바라는 것은 자기 자신이다.

그래도 인정하고 싶지 않다. 누구도 희생되지 않는 길을, 가능하다면 택하고 싶다.

이미 우리는…… 86구를 나왔으니까.

속이 슬금슬금 타는 듯한 시간 끝에, 드디어 해석 완료의 보고가 비카에게서 들어왔다. 데이터 링크를 통해 통합함교의 홀로스크린에, 마천패루 거점의 〈저거노트〉 각기에 전송되었다.

그걸 보고 레나는 작게 끄덕였다.

"비카, 화력 집중 및 면 제압기의 지휘권을 일시적으로 그쪽에 맡기겠습니다."

[알겠다. 해당하는 각기, 들었겠지. 지금 보낸 대로 조준을 설정해라.]

"신, 유토. 전위의 지휘는 그대로. 돌입하는 타이밍은 일임하겠습니다."

[라저.]

"포병전대. 차탄 장전. 탄종——대인산탄."

불에 약한 알루미늄 합금장갑인 〈레긴레이브〉가 그것과 난전을 벌일 가능성도 고려하여 소이탄과 함께 가져온 탄약이다.

마지막으로 옆을, 지휘 대상이 아닌 정해함대 지휘관을 보았다.

"이스마엘 함장님."

"그래, 맡기지."

신과 유토, 쌍방에게서 배치 완료 보고가 들어왔다.

홀로스크린으로 마천패루 거점을 바라보며 숨을 한 차례 내뱉은 뒤, 레나는 그 말을 통신에 담았다.

"작전 개시."

✝

포신의 마모는 빼더라도, 부러진 포신을 교환하려면 아무래도 시간이 걸린다.

적 부대의 배제는 아직 완료되지 않은 상태다.

대공 레이더 이외의 모든 센서와 보유한 24기의 회전식 기관포를 아래로 향하고, 지휘하에 있는 부속사격형과 방전교란형을 지휘하면서 치열한 사격을 거듭하는 전자가속포형은 문득 그 고속 기관포탄이 연주하는 절규 사이로 다른 소리를 포착했다.

들릴 리도 없는 희미한 노이즈.

척후형 이외의 〈레기온〉의 센서는 성능이 좋은 편이 아니다. 마찬가지로 전자가속포형의 센서 또한 그 화력에 비교해서 빈약하다. 아래쪽의 전투조차도 거의 제대로 포착하지 못하는, 아무것도 들리지 않을 터인 청음 센서가.

멀리서 구웅 하고 울리는 소리를 희미하게 들었다.

†

레나가 씩씩하게 외쳤다. 한 차례 숨을 내쉬고, 홀로스크린으로
마천패루 거점의 위용을 바라보면서.

"작전 개시. 〈저거노트〉, 전기 후퇴."

"사격 개시!"

이스마엘의 호령에 따라서 〈스텔라마리스〉의 주포, 40cm 연장
포 네 문이 사격한다.

근처에 맨몸으로 있으면 부상 정도가 아니라 오장육부가 뭉개
져서 즉사할지도 모르는, 맹렬한 충격파가 비행갑판을 지나갔
다. 거리가 가까워서 충격파에 흔들린 포병 사양 〈저거노트〉의
비명이 들렸다.

포탄은 〈스텔라마리스〉의 함수 방향, 마천패루 거점의 위쪽을
향해 날아갔다.

초속 800미터의 고속으로, 거의 똑바로 위로 날아가 시한신관
이 작동한다.

외피가 터지고 작약의 폭음과 함께 흩어진 소형종용——이라
고 해도 몇 미터에서 십여 미터의 거구와 장갑비늘을 가진 괴물을
사냥하기 위한——폭뢰가 제4층(레벨 도라)의 외장 패널을 물어
뜯었다.

폭뢰가 터지는 것에—— 버티지 못하고 광범위에 걸쳐 부러졌

다. 다시 말해서.

"그래. 88mm 고폭탄에는 견딜 수 있더라도 40cm 고폭탄에는 못 견디지. 그리고."

갈라지고 깨진 외장 패널이 그 기세에 따라 안쪽으로 날아갔다.

용의 몸을 둘러싼 비늘처럼, 거점 내부를 바람의 폭위에서 지켜내던 그 파편이—— 여태까지 막아온 폭풍과 함께.

폭풍우가 제대로 밀려들었다. 단숨에 침입한 맹렬한 바람에 마천패루 거점의 내압이 순간적으로 상승했다.

"이 폭풍우의 풍압이라면…… 안에서라면 날려버릴 수 있어!"

도망갈 곳을 찾던 바람이 다음 순간—— 제4층 전체의 멀쩡한 외부 패널들도 대부분 폭발과도 같은 위력으로 날려버렸다.

부서진 파란 파편이 요새 주위 바다에 소나기처럼 쏟아졌다. 맹렬한 바람이 지금은 뻥 뚫린 제4층에 휘몰아쳐 상승한다. 광학위장을 만들어내는 방전교란형의 약하고 여린 나비 날개는 이 폭풍을 견딜 수 없다. 에너지 총량 자체는 크더라도 질량은 극히 작은 빔 입자가 역시나 바람을 이기지 못하여 산산이 흩어졌다.

그 틈을 찌르듯이.

"포병전대, 사격 개시!"

〈스텔라마리스〉의 갑판 위, 포병사양의 〈레긴레이브〉 1개 전대가 일제사격.

대인산탄을 내장한 캐니스터탄은 외장 패널이 벗겨진 제4층 측면에서, 혹은 포물선을 그리고 정상층 위에서, 위아래에서 전자가속포형과 그것이 있는 요새 정상에 육박했다. 공중에서 터져 흩어진 산탄은 금속의 비가 되어, 혹은 아래서부터 하늘로 솟구치는 창이 되어 정상층을 두들겼다.

전자가속포형의 머리 위를 지키는 정상층의 지붕은 대구경탄의 직격을 막기 위해, 그러면서도 대공포 사격을 방해하지 않기 위해, 아래에 있는 각 구역과 마찬가지로 철골을 맞춰서 만들어졌다. 40mm 포탄이 통과하는 그 틈새는—— 더 작은 대인산탄 정도야 빗방울과 마찬가지로 그대로 통과시킨다.

펠드레스로서 최소한도인 〈레긴레이브〉의 장갑에는 물론이고, 장갑보병의 강화외골격에도 제대로 먹히지 않는 대인산탄이다. 당연히 전자가속포형의 튼튼한 장갑에는 전혀 통하지 않는다. 하지만 비장갑인—— 경량을 지키기 위해 장갑 따위 달지 않는 연약한 방전교란형에는.

산탄의 호우, 그리고 철골의 우리로는 지킬 수 없는 충격파에 날개가 찢기고 다리가 파괴되면서 방전교란형들은 동료기의 기체 위에 머물 방법을 잃었다. 정상층 바닥에 모여 있던 동종들과 함께 폭풍에 휘말려서 날아갔다. 연속해서 쏟아진 고폭탄의 충격파가 상공에서 새로운 방전교란형이 내려오는 것을 막았다.

광학위장에 숨은 무수한 부속사격형이, 회전식 기관포 총 16문이—— 드디어 드러났다.

"화력 집중, 면 제압사양 각기, 조준 보정!"

이어서 비카의 지시가 날아왔다. 함포사격 후에는 요새 안팎에서 작전이 동시에 진행될 필요가 있다. 레나 혼자서는 양쪽을 다 지휘할 수 없으니까 요새 내부, 그 절반의 지휘를 그가 맡았다.

기관포나 산탄포, 다연장 미사일을 장비한 〈레긴레이브〉는 각자가 다른 포격 범위를 맡고, 그 포구 앞에서 폭풍에 휘날린 은색 날개가 흩어졌다. 사선 앞의 몇 군데서 숨어있던 부속사격형이 그 모습을 드러냈다.

〈저거노트〉를 꿰뚫을 정도인 열선을 발현하려면 막대한 에너지가 필요하다.

하지만 〈레기온〉치고 소형 병종인 부속사격형은 보유할 수 있는 에너지량 또한 작다. 보급 없이 연속해서 사격하기란 불가능하다.

일회용 에너지팩을 교환하는 낌새는 없다. 그렇다면 외부에서 —— 아마도 요새에서 공급하는 것이다. 보이지 않을 뿐이지 유선으로 접속했다거나, 아니면 포격 때만 접속하는 형태일까. 어느 쪽이든 사격이 가능한 위치는 랜덤한 듯하면서 한정된다.

〈차이카〉의 관측을 토대로 해석하여 도출해낸 부속사격형의 사격 위치는 부속사격형의 전체 숫자보다도 훨씬 많다. 그러니까 공격 순간에 반드시 그 지점에 있다고 할 수 없지만, 그중 어딘가에는 분명히 있다.

그러니까 도출된 사격점 전부에 〈저거노트〉의 포격 범위를 배분하면.

광학적, 전자적으로 아무것도 없는 대들보 연결부와 기둥 뒤에 있는 포구, 그중 몇몇 개 앞에서 풍경이 벗겨졌다. 광학위장으로 몸을 숨긴 부속사격형이 그 위장을 잃고 드러났다.

이름 그대로 날개 없는 벌을 떠올리게 하는, 다리 여섯 개 달린 형태와 〈레기온〉 특유의 쇳빛. 바늘 대신 배에 품은 열선 발생 장치와 광학 센서를 파랗게 반짝이며, 예리한 다리 한 쌍을 곤충처럼 대들보의 연결부나 기둥 위에 숨겨진 구멍에 깊이 꽂아 넣고 있었다.

고정 사격점. 즉, 요새에서 에너지를 공급받기 위한 전원부의 위치.

단자인 다리를 꽂고 몸을 고정한 상태인 부속사격형은 곧바로 도망칠 수 없다.

소형이라서 기체 중량이 가볍고, 그만큼 바람의 영향을 받기 쉬운 그것들이 이 폭풍 속에서 한순간 움직임이 봉쇄된 것도 행운이었다.

[사격 개시!]

40mm 기관포와 88mm 산탄포. 공통 무장인 격투 암의 중기관총. 그것이 자아내는 낮은 울음소리와 물어뜯는 포효, 찢어지는 절규의 합주가 마천패루 거점에 울렸다.

그때를 노리며 대기하던 〈언더테이커〉의 눈앞에서도 역시나 방전교란형의 광학위장이 찢겨나가고 있었다. 은색을 가진 나비 날개가 흩어졌다.

전자가속포형이 보유한 회전식 기관포가—— 총합 24기를 지탱하는 건마운트 암이 드디어 모두 드러났다.

조준을 맞춘 곳에 부속사격형이 없었던 〈저거노트〉가 즉각 목표를 바꾸어 사격한다. 일단 사격을 위해 뻗어 있던 16기, 이어서 〈건슬링어〉를 포함한 저격 사양의 〈저거노트〉가 격자 안에 숨어 있던 여덟 기를 날려버렸다.

고폭탄의 폭발과 산탄과 기관포탄과 전자포탄의 무수한 총구 화염. 부속사격형이 유폭하는 화염.

제4층 전체를 검붉게 물들이는 그 업화에 전자가속포형은 센서가 가로막혀서 멈춰 섰다.

그 순간 그 폭염을 뚫고 달려올라온 〈언더테이커〉가 지척으로 뛰쳐나왔다.

두 구역 분량의 바닥을 잃은 제4층을, 벽면을 발판으로 삼아 뛰어오르고 앵커를 기둥의 접합부에 걸어서 거의 단숨에 달려왔다. 복잡한 쇠창살이나 바둑판 같은 정상부 바닥을, 고주파 블레이드로 베다시피 해서 길을 열고 드디어 정상부에 도달했다.

구웅! 울부짖는 기계장치 망령의 단말마는 둘. 양쪽 다 전자가속포형의 안에서 들리는 것으로 신은 파악했다. 아마도 전자가속포형 본래의 제어중추와 함께 1년 전보다 숫자가 늘어나고 자유도도 향상된 회전식 기관포 및 건마운트 암의 제어용 서브 중추.

망가진 오르골이 노래하는 듯한 죽음의 순간의 생각을, 그 원념과 저주를 거듭한다.

제국 만세_{하일 라이히}. 제국 만세_{하일 라이히}. 제국 만세_{하일 라이히}. 제국 만세_{하일 라이히}……. 에른스트의 예상대로, 제레네가 말한 대로, 구 제국 황실파의 잔당.

길을 열고 뛰어간 위치는 전자가속포형의 지척. 30미터급의 포신으로는 설령 포가 무사했더라도 사격할 수 없는, 초장거리포의 사각지대다. 포탑 뒤에 하늘에 이빨을 드러내듯이 펼쳐진 두 쌍의 방열용 날개가 무너졌다. 확 풀어져서 근접전용 전도체 와이어로 변하고, 그 끝의 갈퀴발톱을 〈언더테이커〉에게 쏟아내려고 했다. 근접전 능력이 떨어지는 전자가속포형의 마지막 카드.

하지만 그것은.

1년 전에 이미 보았다.

풀어져서 날개 형태를 잃고도 전도체 와이어는 아직 하늘을 찌를 듯이 펼쳐진 형태였다. 〈언더테이커〉와는 다소 거리가 있다. 그 거리를 좁히는 것보다 먼저 포병이 날린 소이탄이 도달했다. 발생한 화염이 와이어를 태워서 무력화한다. 전도 능력을 잃고 떨어지는 와이어를 옆에서 블레이드를 휘둘러서 베어내고 〈언더테이커〉를 포탑의 바로 뒤, 첫 번째 날개들 사이 메인터넌스 해치 위에 착지시켰다.

1년 전에 쓰러뜨린 첫 번째 전자가속포형의—— 제어중추로 삽입되었던 프레데리카의 기사가 숨어 있던 장소에.

흔들어서 떨어뜨리려는 것일까, 산을 뒤집어쓴 지네처럼 날뛰는 것은 그때와 같았다. 무장 선택을 다리의 57mm 대장갑 파일벙커로 변경. 4기 동시 격발.

격진을 대가로 기체와 사선을 고정시켰다. 혀를 깨물 것 같은 진동에 버티면서 다시금 무장 선택을 전환하여 이번에는 주포, 88mm 전차포로.

트리거를 당겼다.

비명처럼 전자가속포형이 몸을 젖히고 경직한 것은 잠시.

후려갈기듯이 뒤쪽으로, 부러진 포신이 선회했다.

"칫……."

이를 피하고자 신은 파일을 해제하고, 경량의 〈저거노트〉에는 치명적 중량인 포신 후려치기를 피해서 전자가속포형의 등에서 뛰어내렸다.

그리고 우리처럼 엮인 철골을 빠져나가 제4층 제3구역의 벽면에 앵커를 걸고 달라붙었다.

빗나갔나…….

파괴한 것은 건마운트 암과 회전식 기관포를 제어하는 서브 중추였던 모양이다. 제어계 위치를 1년 전과는 다르게 한 모양이다.

조용히 올려다보는 〈언더테이커〉를 전자가속포형은 의연하게 내려다보았다.

무장을 모두 잃고도, 몸을 지킬 동료기도 전멸당하고도, 〈레기온〉 최대 거포의 위용과 위엄을 가지고.

그 배경인 하늘이 밝은 것을 보고 폭풍이 물러갔음을 깨달았다.

탑 전체를 뒤덮은, 거꾸로 소용돌이치는 바람의 희미한 잿빛 벽은 아직 완전히 흐려지지 않았지만, 강풍 특유의 낮고 높은 신음 소리는 꽤 잦아들었다. 상공, 전투 동안에 날이 밝았다고 알 수 있을 정도로 구름이 덜해진 하늘도.

전자가속포형은 그 하늘을 배경으로 서 있었다. 부러진 포신 내부에 성에가 성장하듯이 은색 유체 금속이 솟아 나왔다.

바람이 멎었다.

상공의 바람은 강한 모양이다. 조금씩 소용돌이치는 속도가 느려진 먹구름이 모이는 힘을 잃어 흩어지고, 무대의 배경이 바뀌는 듯한 극적인 분위기로 푸른 색채가 구름의 장막 너머에 나타났다.

그 선명한 푸른색 하늘.

푸르스름한 잿빛에 갇혔던 하늘과 바다와 그 틈새를 눈부시게 비추었다.

그 푸른 하늘이 갑자기 어두워졌다.

"……?!"

올려다본 시야를 갑작스럽게 뒤덮은 어둠에 라이덴은 순간 눈을 감았다.

어둠의 정체는 강렬한 빛이다. 광학 스크린이 과부하로 한순간 다운될 정도, 지원 컴퓨터의 보정도 한발 늦을 정도로, 예상을 뛰어넘는 광량이 하늘을 불태운 것이다.

너무나도 눈이 부셔서 어둠보다도 강하게 시야를 덧칠하고. 말 그대로 빛의 속도로.

소리도 없이.

무시무시하게 긴, 하지만 순간적인 무음과 하얀 어둠 뒤. 역시 갑작스럽게 빛은 사라졌다. 보정이 들어가고 광학 스크린이 부활하고, 그래도 시야는 조금 흐릿하다. 여름의 강한 햇살 아래에 있듯이, 어딘가 현실미가 없는 백일몽처럼, 하얗게 흐려지는 하늘.

하지만 그 푸른 하늘을 올려다보며 라이덴은 멍하니 어딘가 이상하다고 생각했다.

조금 전까지 푸르스름한 회색으로 갇혔던, 폭풍이 물러간 지금은 너무 빛나다 못해 어두울 정도로 푸른, 요새를 구성하는 철골의 격자로 금이 간 하늘. 그렇다. 그 철골이다. 눈앞을 가로막는 무수한 격자다.

철골로 만들어진 요새 정상── 제5층이 통째로 불타고 그을어서 격심한 아지랑이를 피워 올리고 있었다.

"아니⋯⋯."

그리고 정상층의 중심에서 방금 위용은 간 곳 없이 무력하게 고개 숙인 것.

누군가가 신음했다.

[전자가속포형──이.]

포신이 엿가락처럼 휘어지고, 작동도 못 하고 불타버린 반응장갑이 떨어져 그 아래 장갑판을 드러낸 상태로. 도료가 모두 증발한 그 금속광택의 은색은 표면이 불타서 하얗다.

전체가 금속이고 밀도가 높은 만큼, 초고열 속에서도 녹아버리는 일은 없었던 모양이지만.

기괴한 나무들처럼 변형된 철골 틈새, 불타고 고개 숙인 전자가속포형은 움직이지 않았다.

광학 센서의 빛은 사라지고, 한눈에도 주저앉은 모습으로.

한탄의 목소리는──── 들리지 않는다.

올려다본 채로 라이덴은 신음했다. 간신히 제대로 목소리가 나왔다.

"뭐야, 저건……."

한순간. 정말 한순간이다.

그 한순간에 전자가속포형이 벌레라도 뭉개듯이 파괴되었다. 그 모습에 레나는 경악했다.

"아니……."

이스마엘이 신음했다. 깊은 전율과 신화의 괴물이라도 맞닥뜨린 듯한 두려움으로.

"포광종^{무스쿨라}……! 하필이면!"

녹색 눈동자는 스크린 저편, 엄청난 빛이 날아온 바다 저편을 바라보는 채 꿈쩍도 하지 않았다.

질문하는 시선을 보내는 레나를 돌아보지도 않고, 혼잣말인지 대답인지 모를 어조로 말을 이었다.

"고래 놈들 중 제일 큰 종류지. 전투기든 폭격기든 저렇게 레이저로 격추해 버려. 〈레기온〉도 정면 대결할 수 없는, 말 그대로의 괴물이다."

"고래……. 이게……."

인간의 손이 닿지 않는 먼바다의 깊은 곳에 살면서 지금도 바다를 지배하는, 인간이 대륙 밖으로 나가는 것을 수천 년에 걸쳐서 계속 거부해 온 생물.

영역의식이 강한── 어쩌면 영유라는 개념이 있는 그들은 영역인 먼바다에 누군가가 침입하는 것을 극단적으로 싫어한다. 침입자를 전력으로 거절하고 배제하고, 접근하는 것을 위협한다.

그것은 〈레기온〉이든 인간이든 구별하지 않는다.

이 요새가 있는 장소는 그들의 영역인 푸르고 깊은 먼바다, 그일보 직전이다. 요새와 정해함대 모두 영역을 침입하지 않았지만, 아무래도 경계선 부근에서의 전투니까 성질 까다로운 그들에게는 거슬리는 일이겠지.

그들이 숨은 저편을 바라보는 채로 이스마엘이 이를 빠드득거렸다. 레그키드 정해선단국군. 용사냥꾼의 이름을 걸고 바다의 패권을 목표로 내세우면서도 결국 달성할 수 없었던, 수천 년에 걸쳐 계속 패배를 맛봐온 정해씨족의 후예의 증오와 안타까움을 담고.

"우리는 결국 저 녀석들에게 이기지 못했다."

"──."

"소나에는…… 아직 안 보이나. 하지만 확실히 근처에 있군. 영역을 침범당한다고 보고 위협하러 왔나. 태풍이 물러가고…… 폭풍으로 안개도 날아간 이 순간에."

떠올랐다. 진격 도중에 답파했던, 안개가 두껍게 낀 영역.

마천패루 거점의 에너지원은 해저화산으로 추정되었고, 그 열원에서 열이 새어나와서 부차적으로 발생한 것이라고, 그때는 그렇게 생각했던 그 안개.

그게 아니었다. 〈레기온〉들은 의도적으로 안개의 방패를 만들어낸 것이다.

레이저는 물로 확산된다. 안개가 두껍게 깔린 동안은 포광종에게 공격받지 않는다.

그게 없으면 차폐물이 없는 대해원에서, 아득히 멀리서도 눈에 보이는—— 직선으로 날아가는 레이저라면 멀리서 저격할 수 있는 이런 장소에 포진지를 유지할 수 없다.

하지만 폭풍이 물러간 순간에는 바람의 칼날이 그 안개의 방패를 지워버린다. 바로 그 시간을.

"태풍을…… 놈들도 기다리고 있었나."

예상도 하지 않았던 그 광경을 멍하니 올려다보며 우두커니 서 있었던 것도 잠시.

정신 차리는 동시에 그 사실을 깨닫고 세오는 안색을 바꾸었다.

"신……?!"

〈언더테이커〉는…… 전자가속포형에게 접근하고, 레이저 발사 순간에는 정상층 근처에 있었을 신은.

돌아본 정상층에는 〈레긴레이브〉의 하얀 기체가 없었다. 그 사실이 공황을 가속시켰다.

　동료의 생사가 불명일 때는 지각동조를 확인하는 것이 에이티식스의 상식이다. 서로의 의식을 통하여 청각을 공유하는 지각동조는 상대가 의식을 잃었든가 전사하면 절단된다. 이어져 있는지를 확인하면 적어도 무사한지 아닌지는 판단할 수 있다.

　그 지각동조를 확인하는 것조차 순간적으로 떠오르지 않았다.

　그 정도로, 스스로도 이상할 정도로 심하게 동요하고 있었다.

　[무작정 뛰어내리지 않았으면 말려들었겠지…… 위험했어.]

　그러니까 동요의 빛을 다소 띤, 하지만 공황에 빠질 뻔한 세오가 보자면 밉살맞을 정도로 조용한 목소리가 지각동조 너머로 들려왔을 때는 크게 숨을 내뱉었다.

　철컥하고 무거운 발소리를 내며 〈언더테이커〉가 제4층 제1구역으로—— 세오나 라이덴 등이 있는 층으로 내려왔다. 레이저 발사 순간, 순간적으로 제4층 제2구역까지 피했는지, 어쩌다 단순히 〈래핑폭스〉의 시야에서 벗어났을 뿐이었던 모양이다.

　"아니…… 간 떨어지게 하지 마……."

　말과는 달리 끓어오른 것은 진심에서 나온 안도였다.

　신앙과도 가깝다.

　괜찮아. 신은 이런 곳에서 죽지 않아.

　전대장처럼, 죽지 않아…….

지각동조를 통해 광선의 정체를 레나에게 전해 들었다. 지금 그게 고래. 그 최대종인 포광종의 공격이라고.

"저게⋯⋯ 고래."

[저런 괴물⋯⋯이었나⋯⋯.]

처음으로 보는, 그리고 상상 이상으로 이질적인 위협이다. 아무리 에이티식스들이라도 동요와 두려움을 완전히 씻어낼 수 없었다.

시선은 자연스럽게 광선이 날아온 먼바다 저편으로 모였다. 수평선을 넘어간 곳, 별이 둥근 탓에 〈저거노트〉의 광학 센서에는 잡히지 않는 거리. 거기 있는, 이쪽을 공격하려는, 본 적 없는 무언가.

한순간 하늘을 죄다 쓸어버리고 불살라버린, 광선을 쏠 수 있는 무언가.

의식하여 숨을 한 차례 내뱉은 뒤 신은 머리 위의 전자가속포형의 잔해를 다시금 보았다. 불타서 표면이 변색하고 바닷바람을 맞아 이미 식기 시작했는지 지금은 아지랑이도 일지 않는 무력한 잔해.

목소리는 들리지 않는다. 전장에서 7년을 보내면서 이미 익숙해진, 주저앉은── '죽은' 병기 특유의 침묵.

제어중추 회수는── 이만큼 불타면 아무래도 어려울까.

어쩔 수 없다.

"전자가속포형은 침묵. 당초 작전목표는 수행했다고 판단한다. 내려가자."

[서두르는 편이 좋겠다. 상대는 동물이야. 어떤 이유로 덤벼들지 몰라.]

보기 드물게도 싫은 눈치로 중얼거린 유토에게 고개를 끄덕여주고.

그때.

†

《코랄 원이 코랄 신세시스에.》

《코랄 투, 상실. 코랄 원, 기체 대파.》

《포광종의 사격을 확인. 위협도 극대. 해당 포광종은 접근중.》

《플란 슈베르트발의 방어는 불가능으로 판단. 플란 슈베르트발의 자기보존 행동을 권한다.》

†

은색 입자가 쏟아진다.

아득히 먼 하늘에서 마천패루의 중앙을 지나서 어두운 바다로.

달빛을 조용히 산란시키는 비처럼, 흘러내리는 모래시계의 모래처럼, 빛나는 입자의 정체는 은색 나비다. 〈레기온〉 중앙처리계를 구성하는 유체 마이크로머신이 분열된 것들. 기체가 대파될때마다 중앙처리계를 나비들로 바꾸어 도주하는 고기동형의 은색 무리와 같은 유체 나비.

그게 모였기 때문인지 다시금 목소리가 울려 퍼졌다. 제국 만세. 제국 만세. 레이저 발사 직전에 하늘로 도망쳐서 방전교란형 사이에 섞였던…….

"전자가속포형……."

그 중앙처리계.

부활한 그 원념으로 시선을 쳐든 신의 눈앞에서 나비들은 양력을 낳기 위한 날개를 접고 마천패루의 강철들 틈새를 유성처럼 추락했다. 공기저항으로 완만한 나선을 그리는 낙하 궤도, 그 궤도 끝에서 모이고 녹아서 은색의 물방울 하나를 이루었다.

물방울이 수면에 떨어질 때처럼, 왕관 모양으로 바닷물을 밀어내며 요새 바로 아래의 바다로 들어갔다.

1초도 안 되는 그 유성.

"바다에 떨어졌다……. 추락했나? 아니."

아래. 유성이 떨어진 바다 밑에서 갑자기 절규가 일었다.

지각동조를 통해 그것은 신과 이어진 모든 프로세서들의 귀에 닿았다.

기계장치 망령의 생전 마지막 단말마의 사고. 전장에서 스러진, 매장되는 일 없이 끌려간 전사자의 뇌를 복사하여 사고의 일부를 취한 〈레기온〉이 거듭 지르는 절규.

쇳빛의 그림자가 부상한다. 한 쌍의 창처럼 날카로운 칼끝이 해면을 갈랐다. 30미터는 될 법한 기다란 그것이 쭉 뻗어서 하늘을 —— 〈저거노트〉가 있는 제4층을 똑바로 가리켰다.

흘러 떨어진 은색 유체 마이크로머신 나비, 전자가속포형의 제어계. 전장 30미터인 한 쌍의 창 모양 포신. 요새를 올라오는 도중에 바다 밑에서 들은 듯한 느낌의 목소리!

저건.

"각기! 제4층에서 후퇴! 아래로 내려가, 포격이 온다!"

그 순간.

레일건이 포효했다.

눈으로 볼 수 없는 속도로 포탄이 날았다. 방전의 벼락이 주위 바다에 마치 균열처럼 하얗게 퍼졌다.

해면에서 아득히 먼 하늘로. 거꾸로 떨어졌던 별은 이번에는 마천패루 제4층을 비스듬히 관통했다.

구경 800mm, 초속 8000미터의 대질량과 초고속. 그것도 속도가 줄어들지 않는── 운동 에너지가 사라지지 않는 근접거리다. 사선에 있던 철골은 모두 말라비틀어진 가지처럼 부러졌다. 파편이 되어 날아간 것은 관통하여 날아간 포탄과 함께 요새 밖으로 날아갔지만, 이어진 대들보나 지탱할 벽을 어중간하게 잃은 철골은 남은 접합부에서 떨어져서 추락했다.

아슬아슬하게 제4층에서 피하여 제3층, 계속해서 그 아래 제2층까지 산개한 〈저거노트〉의 머리 위에서.

[……!]

한순간 몸을 움츠리고 멀쩡한 기둥에 달라붙으며 〈저거노트〉는 그 치명적인 돌팔매를 간신히 피했다. 불길한 바람 소리를 내며 떨어진 철골이 바닷물을 크게 튀기며 바닷속으로 사라졌다.

조금이라도 여유가 있는 자는 제2층까지 내려가고, 전대나 소대를 순간 뿔뿔이 흩어놓더라도 산개를 최우선으로 한 각자의 그 판단이 옳았던 형태다.

파괴 반경이 넓은 고폭탄이 떨어지는 전장에서는 밀집해 있으면 전멸한다. 한순간의 주저가 생사를 가르는 전장에서는 다소 부조리한 경고라도 되묻는 짓은 시간 낭비다. 86구의 전장에서 오래 살아남은 에이티식스에게는 그 교훈이 뼛속까지 배어있다. 위험과 맞닥뜨리면 오히려 흩어지고, 경고에는 우선적으로 따른다. 그 무의식적인 버릇이 이때도 그들을 살렸다.

바닷속의 적기는 계속 부상했다.

포효하는 절규는 지각동조를 통해서 두개골에 찌르르 울리는 듯했다.

그리고.

†

《코랄 원, 회수 완료.》

《제어계 소모 28퍼센트. 전투 기동에 영향 없음.》

《코랄 원, 코랄 신세시스와의 접속 완료.》

《플란 슈베르트발, 통합제어 회로, 기동 스탠바이.》

《플란 슈베르트발, 기동.》

†

칼날 같은 함수가 드디어 파도를 가르며 튀어나왔다.

부상하는 기세를 타고 그대로 해수면을 비스듬히 돌파한 그 거구는 순식간에 지상 수십 미터 위치에 있는 〈저거노트〉를 내려다보는 높이로 버티고 섰다. 공중에 드러난 함저에 척척 접힌 수많은 다리. 함수 근처 좌우로 네 쌍이 나란히 있는 광학 센서가 적기를 비추며 푸르게 빛났다.

최대배수량 10만 톤 이하는 아닐 거구가 다음 순간 해수면으로 떨어져서 맹렬한 물기둥과 해수면이 갈라지는 굉음을 울렸다.

〈스텔라마리스〉보다도 한층 더 크다. 장갑의 쇳빛에 둔하게 빛나는 상부 갑판과 뱃전. 일부는 함수와 함미에, 대부분은 갑판 중앙 부근에 줄줄이 있으며 포신을 빛내는 40mm 회전식 대공 기관포. 양쪽 뱃전에 늘어선 155mm 전자가속식 속사포. 몇 기씩 모인 대공포로 속사포를 지키면서 각각의 사선을 확보하기 위해 계단 모양으로 겹겹이 배치되었다.

그리고 이 무수한 포로 구축된 요새의 중앙, 모든 대공포와 속사포의 보호를 받으며 천수각처럼 솟구친 두 개의 포탑과 거기서 뻗어 나온 길이 30미터짜리 창 모양의 포신 한 쌍. 이 거구 위에 있으면서도 원근감이 망가질 만한—— 800mm 구경 레일건.

그것이 두 문.

이쪽도 사선 확보를 위해서일까, 함미 쪽 포탑은 함수 쪽보다도 높고, 전자가속포형마저도 웃도는 15미터에 가까운 높이를 가졌다. 해수면에서 갑판까지의 높이 자체는 〈스텔라마리스〉보다 낮지만, 함교 최상층까지의 높이를 보자면 살짝 웃도는 크기다.

누군가가 신음했다. 전율하며. 아연하게.

[뭐야, 이거……?!]

[설마 이 녀석도, 이 배도 〈레기온〉이야……?!]

갑판 위에서 폭포처럼 계속 쏟아지는 바닷물의 장막 속에서, 두 문의 레일건 포탑에서 은실이 확 뻗었다.

은실이 스스로 엮이면서 순식간에 나비 날개의 형상을 이루어냈다. 그 전체에 엷은 인광을 띠면서, 하늘을 뒤덮듯이 펄럭 뒤집혀 펼쳐졌다.

방열삭 전개. 레일건의—— 전투 기동.

모습을 드러낸 그 거함은 큰 파도처럼, 산성처럼, 유체 마이크로머신의 제어계에 사로잡힌 전사자의 단말마로 포효했다.

[아직죽■ ■ ■싫어■ ■ ■ ■ ■아파가버팀너■ ■ ■ ■ ■의엄■ ■는곳■ ■ ■ ■ ■까지도와■ ■ ■어뜨■ ■ ■ ■ ■어■ ■ ■ ■ ■아■ ■ ■ ■너와잠■ ■ ■도와죽어■ ■ ■아파■ ■ ■ ■ ■ ■으러싫■ ■ ■ ■ ■■ 없어뜨■ ■ ■ ■ ■야엄■ ■ ■ ■ ■다내가■ ■ ■ ■ ■도와■ ■ ■ ■ ■ ■있곳으로■ ■는■ ■ ■ ■ ■■————!!]

[으, 으윽……!]

지각동조와 심한 노이즈가 낀 무전 양쪽에서 신이 괴로움의 신음을 삼키는 소리가 희미하게 들렸다.

발신자 본인의 목소리나 몸에 울릴 정도의 굉음밖에 상대에게 전하지 않는 지각동조 너머로도 이렇게 울리는 절규. 그렇다면 이능력의 소유자인 신에게 이 이상한 아우성은 대체 어느 정도일까.

그 고통을 생각하면서도 레나도 귀를 틀어막고 밀려드는 음압을 견디는 게 고작이었다.

절규를 알아들을 수 없다.

정확하게는 알아들을 수 있는 말과 알아들을 수 없는 말이 뒤섞여서 말의 의미를 알 수 없었다.

여러 명의 목소리가, 각자의 목소리가, 하지만 하나의 성대와 목과 입으로 동시에 발음되는 듯한 목소리.

인간의 목소리가 아니었다.

산 인간의 뇌를 여럿, 갈가리 분해하여 랜덤으로 얼기설기 조립한 그것을 원래 두개골 안에 넣기라도 한 듯한 느낌. 전사자의 의식이, 인격이, 자아가 여럿 이어지고 뒤섞인 듯한 혼성합창.

"이 소리는, 대체……?!"

이스마엘에게는 안 그래도 익숙지 않은 지각동조에, 에이티식스들조차도 괴로움을 흘리고 몸을 사릴 정도의 지독한 광기였다. 무심코 레이드 디바이스를 떼어내고 순식간에 사라진 핏기에 가벼운 현기증을 느끼면서도 통합함교의 홀로스크린으로 그것을 올려다보았다.

"전함⋯⋯! 아니."

이 녀석은 그렇게 어중간한 것이 아니다.

갑판 중앙, 솟구친 듯한 포탑 위에서 오만하게 하늘을 노려보는 800mm 레일건 2문. 더불어서 155mm 전자속사포 22문과 50기가 넘는 전자대공기관포. 그렇다. 보유한 포가 모두 한 쌍의 창 형태의 레일로 포신을 구성한 레일건이다. 위력은 물론이고 사거리에서도 화포를 웃돈다.

소국 정도라면—— 이를테면 전자가속포형 단 한 기에 멸망의 구렁텅이까지 몰린 선단국군이라면 한 척만으로 죄다 불사를 만한 대화력.

더불어서 부상한 순간 언뜻 보였던, 거함의 함저.

다리가 있었다. 헤엄치기 위한 것이 아니라 바다 밑바닥이나 육지를 걷기 위한 다리가. 즉, 아마도 이대로—— 양륙이 가능하다.

육상을 이동하는 건 아무래도 어렵겠지만⋯⋯ 해안 일대의 진출이라면.

그렇게 놔둘 것 같냐.

"〈스텔라마리스〉에서 각기에. 불명함의 명칭을 전자포함형^{녹틸루카}으로 하고⋯⋯."

THE CAUTION DRONES
[〈레기온〉 요주의 전력]

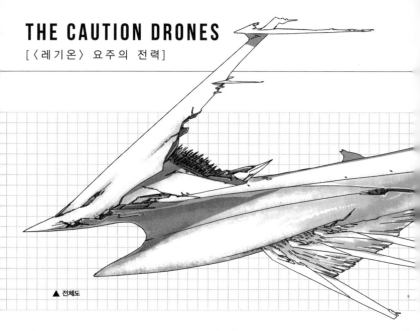

▲ 전체도

[　녹틸루카　]
전자포함형

[ARMAMENT]

주포 : 800mm 레일건 × 2
부무장 : 155mm 전자속사포 × 22
　　　　40mm 회전식 전자 대공기관포 × 54

[SPEC]

[전장] 300m 이상(후정)
[만재배수량] 10만 톤 이상(추정)
[동력] 원자력(추정)
[순항/보행 속도] 불명

해상요새로 위장해서 비밀리에 건조되었던 〈레기온〉의 비밀병기.

단독으로 연방 전선을 붕괴시킬 정도의 위협이었던 레일건을 2기 탑재. 또한 해상 이동은 물론이고, 다리가 여럿 달려서 육상 이동도 가능하다고 추측된다. 합선 구조상 본래는 필수인 '대량의 승무원'용 공간이 불필요하므로, 그만큼 남는 공간을 전부 장갑 내지 탄약고로 만들었다고 보이며, 공격형 〈레기온〉으로는 틀림없이 역대 최악의 존재다.

여기서 놓치면 안 된다. 반드시 격침하라.

A call from a sea. Their soul is driven mad.

◀ 기관포

◀ 측면도

▼ 상면, 하부 대조

상면도

하면도

THE CAUTION
DRONES

이 바다는 정해씨족의 바다다.

설령 이 작전으로 정해함대도, 정해의 긍지도 사라진다고 해도 우리의 바다다!

쇳덩어리 따위가 의기양양하게 헤엄쳐 다니게 둘 것 같냐.

"적성 존재로 처리. 이 자리에서 격침한다!"

갑자기 지각동조의 대상이 한 명 늘었다.

[전하!]

비카는 한쪽 눈을 슬쩍 가늘게 떴다. 자이샤. 육지의 전장에 남기고 온 부하. 평소라면 몰라도 전장에서는 지극히 유능한 자가 이 타이밍에 연락해야 한다고 판단했다면.

"나왔나."

[예. 〈레기온〉 육상부대가 공세를 개시, 증원을 확인했습니다. 적 증원은…….]

하지만 그자가 한순간. 전율에 말문이 막혔다.

[고기동형. 그 양산기입니다.]

†

선단국군의 진창 같은 전장에 불의 비가 내렸다.

기동방어를 위해 방어진지대의 배후에 대기하던 〈저거노트〉, 그 포격전 사양 기체가 뿜어내는 88mm 소이탄의 비다.

전차포탄으로서도, 곡사포탄으로서도 그리 일반적인 탄종은 아니다. 네이팜의 불길은 기갑병기에 주는 효과가 별로다. 무인기인 〈레기온〉에게도 그것은 마찬가지다. 하지만 그 소이탄이 비처럼 계속 쏟아졌다.

그 불길의 비에 전장의 한구석이 불타 무너졌다.

얇은 종이 같은 방전교란형의 나비 날개는 화염에 약하다. 쉽사리 불이 붙어서 가시광의 산란능력을 잃으면서 불타 떨어지고, 그 밑에 숨기던 것을 드러냈다.

은색 날개의 잔해를 흩뿌리면서 그것은 모습을 보였다. 고양잇과 맹수를 연상케 하는 민첩한 네 다리. 새의 날개와도 비슷하게 접히는 은색 장갑. 도마뱀의 가시처럼 뻗은 한 쌍의 고주파 블레이드. 징글징글한 그 녀석이―― 그 녀석들이 차례대로. 계속해서.

[레나의 예상이 맞았네요.]

"고기동형의 양산기가 투입될지도 모른다고 했지. 하지만 설마 정말로 적중하다니."

같은 방어선이라고 해도 육안으로 볼 수 없을 정도로 떨어진 각각의 전장에서, 토치카 뒤에서 그 녀석들을 바라보며 지각동조 너머로 미치히와 리토는 이야기를 나누었다.

기체는 다소 대형이 되었을까. 연합왕국에서 장비했던 유체장갑은 그대로 있지만, 화포는 여전히 없다. 유일한 고정 무장은 여러 관절을 가져서 자유도가 높은 마운트암과 거기 달린 고주파 블레이드 한 쌍. 그 대신 제어가 복잡한 체인블레이드는 제거한 모양이다. 양산에 너무 복잡한 기능은 불필요하다고 판단했을까.

아니면 화포와 마찬가지로 상정하지 않은 파괴를 적기에 입히기 쉬운 체인블레이드 또한 양산되면서 그들에게 주어진 역할에 맞지 않았던 걸까.

"아무래도 목적은 〈머리 사냥〉이란 것까지 적중한 모양이고. 어떻게 보지도 않은 걸 알 수 있는 거지?"

무심코 신음하는 듯한 소리가 나왔다.

〈머리 사냥〉. 전사자의 뇌를 흡수하는 것으로 자신에게 주어진 수명의 족쇄를 풀고 성능 강화에도 성공한 〈레기온〉이 더욱 고성능 처리계를 찾아 산 인간을 사냥하고 모으는 행위. 연방에서도 연합왕국에서도, 무엇보다도 86구에서는 일상적으로 보았던, 기계가 된 망령들의 사악한 행위.

고기동형의 진열 바로 뒤에는 보통 전투 중에 나설 일 없는 회수 수송형이 대기하고 있다. 머니퓰레이터가 없는 고기동형 대신 베어낸 머리를 수집하고, 생포한 자를 낚아가는 역할이겠지. 인간의 뇌 조직은 상하기 쉽다. 기온에 따라서는 한나절도 버티지 못하고, 못 써먹을 정도로 부패한다. 그 전에 신속하게 회수하려는 것이다.

리토는 불쾌한 눈치로 콧등에 주름을 만들었다.

"완전히 얕보고 있군."

〈저거노트〉의 포격으로—— 펠드레스나 곡사포에도 일반적이지 않은 소이탄의 화염에 방금 광학위장이 벗겨졌는데도.

일반적이지 않은 탄종을 빗발처럼 퍼부을 수 있었던 것은 미리 전부 준비했기 때문이다. 고기동형 양산기의 투입을 우려하던 그들의 여왕은 이 전장에서 대책을 미리 세웠다.

그것이 지금 광학위장의 날개를 불태운 화염뿐이라고── 어쩌면 그렇게 생각했을까.

"자……."

[어디 와보라지요.]

몸을 움츠렸던 고기동형이── 그 기이한 짐승 무리가 다음 순간 쏜살같이 튀어나왔다.

그것에 응해 두 사람이 지휘하는 〈레긴레이브〉가 업화의 전장으로 달려 나갔다.

†

그리고 아득히 먼 육지의 전장과 마찬가지로.

그때 그것들은 일렁이는 빛의 굴절을 띠고, 모함의 높은 포탑과 긴 포신을 달려서 해상요새로 뛰어내렸다.

†

제일 먼저 신이 깨달았다.

레이더에는 비치지 않는다. 광학 센서도 기만당한다. 하지만 끊이지 않는 망령의 목소리를 항상 듣는 그 이능력은 그 녀석들의 출현과 접근을 정확하게 포착했다.

"각기, 경계해! 광학위장기—— 아마도 고기동형이다!"

나비 날개의 미세한 날갯짓, 그리고 마찬가지로 빛의 흔들림을 띤 뭔가가 요새 외벽을 뛰어오른다. 사냥감을 쫓는 맹금류의 속도로 거의 수직인 철골을 일직선으로 질주한다. 발에 차인 외벽 패널이 궤적을 쫓듯이 깨져서 떨어진다. 숫자는—— 4기!

예상 진로 근처에 있던 〈저거노트〉가 머리를 돌려서 통과 순간을 가늠하여 포격. 88mm 전차포로 외벽 패널을 깨뜨리고, 이어서 기관포와 산탄포로 진로상에 탄막을 전개한다.

그 요격에 세오는 참가할 수 없었다. 경고가 나온 시점에서 흔들리는 그림자는 이미 위쪽, 제3층(레벨 카를라)에 도달하고 있었기에 닿지 않았다. 모두가 제3층에 내려오면 산개할 수 없다고 판단해서 와이어앵커를 구사해 단숨에 제2층(레벨 벨타)까지 강하한 것이 오히려 안 좋은 결과를 낳았다.

아무리 고기동성을 자랑하는 적기라고 해도 중력을 거스른 수직 등반이다. 수평 이동 때 정도의 부조리한 회피는 불가능하다. 탄막이 세 기를 떨어뜨리고 한 기가 돌파. 그렇게 빠져나간 한 기는 눈앞의 〈저거노트〉를 무시하고 계속 정상을 향해 달렸다.

표적은.

[또 신인가. 너 참 사랑받는구나!]

"끈질긴 바보에게 사랑받아도 말이지."

농담을 주고받으면서 〈베어볼프〉와 〈언더테이커〉가 함께 준비했다. 그들이 있는 현 최상층, 제3층 제3구역(도라 쓰리)에 적기가 뛰어드는 순간을 노려서 두 기가 함께 포격.

여전히 적기의 모습은 보이지 않았다. 하지만 끊이지 않는 망령의 한탄이 그 움직임을 신에게 알려주었다. 회피하여 측면으로 도약하고. 그대로 다리를 멈추지 않고 수직으로 뛰어올라서 천장을 발판으로 삼은, 〈레긴레이브〉에게는 불가능한 질주로 〈언더테이커〉에게 육박한다———.

그것을……

"예상하지 못할 줄 알았나?"

머리 위로 88mm 캐니스터탄이 도달하고, 터진다. 대인산탄이 요새 전체에 쏟아졌다.

고기동형의 출현을 신이 듣고 비카가 보고받은 직후에 레나가 사격을 지시했던 포병부대의 일제사격. 그렇다. 애초부터 그 대책으로 레나가 추가한 포병 사양기다.

뚜껑이 되는 상층은 고래와 레일건의 포격으로 반쯤 날아갔다. 쇳조각의 가을비와 쏟아지는 대인산탄에 방전교란형의 광학위장이 찢어져 무수히 흩어졌다.

흩어지는 은색 날개의 파편 너머, 유동하는 은색 장갑이 슬쩍 보이나 싶은 순간에 측면에서 〈베어볼프〉가 포격. 차체 상면이라면 전차장갑마저도 꿰뚫는 40mm 기관포탄의 탄막이 방전교란형들과 함께 적의 모습을 찢었다.

눈앞에서 위장이 녹아내렸다.

은색 기체. 민첩한 야수의 체구. 새의 날개 같은 유체장갑. 도마뱀의 가시나 박쥐의 날개 같은 한 쌍의 고주파 블레이드. 지금은 공허하게 기관포탄에 찢겨 고개 숙인…… 역시나 고기동형.

하지만 그 뒤에 숨어 있던 또 하나의 야수가 여태까지 내지 않던 무기질적인 절규를 울리며 광학 센서에 푸른빛을 띠고 일어섰다.

"아니……?!"

알아들을 수 없는 기계의 한탄은 눈앞에서 하나 사라지고, 하나 늘어났다. 동결 상태인 〈레기온〉은 기동할 때까지 신이 감지할 수 없다.

날개처럼 등에 짊어진 고주파 블레이드가 절규하며 뜨겁게 달아올랐다. 기관포탄의 방패가 되어 찢겨나간 기체를 발판 삼아 박차며 달려왔다.

라이덴의 원호를 예측하고 추격에 임하려 하던 〈언더테이커〉는 그 돌격을 피할 수 없다.

잘 닦은 뼈처럼 새하얀 색과 유동하는 은색── 두 장갑병기가 정면에서 격돌했다.

그 모습을 제2층, 찰나의 사투와는 거리가 먼 아래에서 세오는 보았다.

교차하는 순간 〈언더테이커〉는 몸을 비틀어서 고기동형의 고주파 블레이드로부터 조종석을 지키는 동시에 자기 블레이드를 적기에 관통시켰다. 하지만 그래도 관성까지는 죽일 수 없다. 돌진하는 힘으로 〈언더테이커〉는 크게 튕겨 날아갔다.

고주파 블레이드에 꽂힌 고기동형은 〈언더테이커〉와 엉키듯이 달라붙은 상태였다. 〈언더테이커〉가 블레이드를 해제하기 전에,

그렇게 달라붙은 채로 유체장갑이 자폭했다. 그 폭발에 〈언더테이커〉가 요새 밖으로 날아갔다.

그건 마치 용아대산 거점 밑바닥에서, 용암호수에서 〈언더테이커〉가 떨어뜨려서 격파했던 오리지널 고기동형의 앙갚음처럼.

부러진 블레이드가 새된 소리를 내며 허공을 날았다.

[큭……!]

그래도 〈언더테이커〉는 가까스로 고기동형을── 그 잔해를 박차고 좌우 양쪽의 앵커를 사출했다. 깨지고 무너진 외벽 패널 너머의 철골에 감아서 매달리고…….

그 직후에 아래에서, 전자포함형의 함수 쪽 레일건이 포격했다.

800mm 포탄은 이번에는 제3층의 기둥 하나를 스쳐서 아득히 먼 저편으로 날아갔다. 그래도 스쳤을 뿐인 충격에 극심한 진동이 철탑을 뒤흔들었다. 와이어가 풀렸다. 〈언더테이커〉가 떨어진다. 용암호수에 떨어진 고기동형의 앙갚음처럼.

격렬한 진동을 못 이기고 떨어진 철골과 외벽 패널보다 먼저…….

"신……."

야삽을 짊어진 목 없는 해골의 퍼스널마크가, 어이없이, 어두운 바다에 떨어졌다.

지각동조가 끊겼다. 동조 상대가 의식을 잃거나── 전사했을 때는 끊어지는 것이.

신과 동조하는 동안에는 끊일 일 없는 〈레기온〉의 절규가 그때 뚝 끊기고——무정한 정적이 깔렸다.

제5장 The tower (reverse)

"아⋯⋯."

세오는 한순간 정신이 멍해졌다. 무슨 일이 일어난 건지 알 수 없었다.

모를 리 없었다. 그때 〈래핑폭스〉는 〈언더테이커〉를 올려다보고 있었고, 그렇기에 모든 것을 지켜보고 있었다.

"신⋯⋯."

대답하는 목소리는 없다.

지각동조가 끊어졌다.

그때.

전대장을 저버렸던 그때. 마지막 말을 들은 직후에 무전이 끊어졌을 때와 마찬가지로.

잊고 있었다.

전대장은.

백계종이면서 자기 발로 전장에 돌아온 전대장은 그 전장에서 죽었다.

소중한 아내가 있고, 갓 태어난 자식이 있고. 죽으면 한탄해 줄 누군가가 있는 사람이었다. 함께 살아갈 누군가가 있는 사람이었다. 살아남아서 누릴 행복도 미래도 있던 사람이었는데── 그런 것과 무관계하게 죽었다. 웃는 여우의 퍼스널마크 말고는 무엇도 남기지 않고.

미래도, 함께 살 사람도 없는 자신은 살아남았는데.

자신을 아쉬워해 줄 사람은 없다. 이미 가족은 아무도 없고, 돌아갈 고향조차도 없다. 오히려 죽으라는 소리까지 들었다. 그러니까 죽어주겠노라는 생각은 하지 않지만, 그래도…… 살아남을 거라면 대장이어야 했을 텐데.

마찬가지로. 신도. 간신히 함께 살 누군가를, 그 미래와 행복을, 원했을 터인 동포조차도.

아직 아무것도 바랄 수 없는 자신을 또다시 남기고.

잊고 있었다.

그리고 지금 떠올렸다.

생명의 가치도, 무사하기를 비는 기원도, 남은 자의 눈물들도 무관계하게 마구 베어내는.

오히려 가치 있는 사람부터, 한탄하는 자가 많은 사람부터 우선해서 빼앗는 것일지도 모르는.

그 말도 안 되는── 세계의 악의를.

"아……."

레나 또한 그 광경에 얼어붙었다.

자잘한 파편을 뿌리면서 〈언더테이커〉가 추락했다. 멋었나 싶을 정도로 느릿하게 느껴지는, 사실은 극히 짧은 낙하의 시간을 크게 솟구친 물기둥이 끝냈다. 그대로 무력하게, 아무런 몸부림도 보이지 않고 어두운 바닷속에 가라앉았다.

"아……아."

의자를 박차고 프레데리카가 뛰쳐나가는 발소리가 어딘가 멀게 들렸다.

초조함 때문에 너무 힘이 들어간 나머지 앞으로 쓰러질 듯한 것도 아랑곳하지 않는 전력 질주. 그 요란스러운 발소리 사이로 필사적으로 소리치는 목소리가 엇갈렸다.

"구조정! 떨어진 자의 안부는 내가 볼 터이니 서둘러서 구조하는 것이다. 어서!"

그걸 들으면서 레나는 움직일 수 없었다.

〈언더테이커〉가. 신이 떨어졌다.

하지만 무사할 것이다.

그렇게 믿고 싶다. 추락한 높이야 꽤 되지만, 수면으로 떨어졌다. 운동성능이 극단적으로 높은 〈레긴레이브〉는 강인한 충격흡수장치를 갖추고 있다. 무엇보다도 낙하 도중에 〈언더테이커〉는 와이어앵커를 걸어서 낙하 속도의 감쇄와 자세 제어를 행했다. 똑바로 떨어진 것이 아니니까 괜찮을 것이다.

전투 중의 낙하에 대비하여 〈스텔라마리스〉의 구명정이 미리 거점 주위에 전개했다. 그것들은 본래 착함에 실패하여 떨어진 전투기를 견인하기 위한 소형정이다. 더 가벼운 〈저거노트〉라면 분명 바로 회수해 줄 것이다.

하지만.

정말로 아래가 물이니까 그 높이에서 낙하한 충격을 완화할 수 있을까.

와이어도 낙하 속도를 제대로 죽이기 전에 풀어졌다. 아무리 강력한 충격흡수장치라고 해도 낙하의 충격을 완전히 없앨 정도일까. 애초에 근접거리에서 고기동형이 자폭한 대미지는?

무엇보다도, 가령 무사하다면 어째서.

어째서 지금도 지각동조가 연결되지 않을까. 나는 여기 있다며 구조를 청하는 목소리가 레나에게 닿지 않을까······?!

"안 돼······!"

돌아오겠다고, 신은 말했다.

그렇게 약속했다. 그 눈 덮인 전장에서, 서로를 두고 가지 않겠다고.

함께 살고 싶다고, 그렇게 말해 주었다.

갑작스럽게 이 작전이 시작되기 직전, 신과 한 대화가 되살아났다.

이번에는 신이 먼저 했던 갑작스러운 입맞춤. 깨무는 듯한, 어딘가 토라진 듯한, 하지만 더없을 정도로 달콤한.

그때 들었던 말.

──레나의 대답은······ 대답할 마음이 생기거든 알려주세요.

아직 레나는 답하지 않았다.

사실은 전해야 한다고 생각했던, 전하고 싶은 말을 레나는 아직 돌려주지 못했다.

그런데.

온몸의 힘이 빠져서 비틀거리며 주저앉을 뻔했다. 빈혈일 때처럼 핏기가 사라졌다. 눈앞이 새하얗게 변하며 어두컴컴하게 흐려졌다.

지휘관이 함교에서. 부하는 물론이고 다른 나라 군인들의 눈앞에서. 선혈 여왕의 체면, 혹은 긍지라고 해야 할 것이 머리를 스쳤지만, 지금은 그것도 너무나도 멀었다. 다리가 체중을 지탱하질 못했다. 평소에는 어떻게 서 있었는지 머리도 몸도 그 방법을 잊어버렸다.

그 가녀린 몸이 흔들렸다. 이쪽을 돌아본 마르셀이 위험을 깨닫고 일어섰다.

지각동조의 너머, 들려오지 않던 목소리가 갑자기 들렸다.

[정신 똑바로 차려, 여왕 폐하!!]

뺨을 세게 얻어맞은 것처럼 레나는 정신을 차렸다. 비틀거리던 다리가 간신히 중심을 잡았다. 지금 이 목소리는.

"시덴⋯⋯."

꿈에서 깨어나듯이 멍하니 중얼거린 레나에게 시덴은 크게 한숨을 내쉰 기색이었다.

서로의 의식을 거쳐서 들린 소리를 전달하는 지각동조는 감도를 최소로 설정했어도 서로 얼굴을 마주 보고 이야기하는 정도의 감정이 전해진다. 시덴 쪽도 초조함에 시달리는, 동요를 간신히 억누른 정신 상태임을 레나는 간신히 깨달았다.

얼굴을 맞대면 싸움만 벌이기에 정말로 근본적인 성격부터 서로 사이가 안 좋은 듯하지만, 시덴도 나름대로 신을 인정하고 있고, 그렇기에 걱정도 하는 거겠지.

[녀석이라면 괜찮아. 돌아오겠다고 말했잖아? 그걸 네가 안 믿으면 어쩌자는 거야? 괜찮아. 녀석은 특별정찰에서도 살아 돌아온 놈이야.]

레나는 숨을 삼켰다.

86구 죽음의 전장. 살아남은 에이티식스의 종말처리장인 동부전선 제1구역 제1전대 〈스피어헤드〉. 그곳의 마지막 임무이자 생환율 0의 적지 행군 임무.

마지막 이별이 될 터였던 죽음의 운명마저 뛰어넘어서.

[너도 알고 있잖아? 에이티식스는 아주 끈질겨. 86구 같은 곳에 죽으라고 내던져졌는데도 안 죽었던 게 우리야. 그중에서도 제일 강한 녀석이 질기지 않을 리가 없잖아.]

돌아오지, 않을 리가.

레나는 필사적으로 고개를 끄덕였다. 몇 번이고 끄덕였다.

"그렇지요. 정말…… 맞는 말입니다."

다리에 힘을 준다. 고개를 든다. 걱정스럽게 바라보는 마르셀. 그 추태에 시선을 주지 않으면서도 슬쩍 이쪽을 지켜보던 이스마엘에게 고개를 끄덕여 주고 목청을 높였다.

"바나디스가 각기에. 스피어헤드 지대의 지휘를 라이덴에게 이관. 작전목표를 변경."

몸에 걸친 쇳빛의 연방군복. 그 옷자락을 무심코 움켜쥐었다.

"기동타격군의 임무는 선단국군 해상에서 〈레기온〉의 위협을 배제하는 것입니다. 출현한 신형 〈레기온〉, 전자포함형 또한 배제해야 할 위협입니다. 이 초장거리포에 해상 이동의 자유를 주면 선단국군만이 아니라 모든 나라가 위험해집니다. 따라서……"

스크린 중앙, 거기 비친 거대한 그림자를 노려보았다.

"전자포함형을 최우선 격파 목표로 설정. 총력을 기울여서 섬멸하겠습니다!"

적함, 그것도 레일건 2문을 주포로 가진 상상을 초월하는 거대 전함의 출현은 정해함대의 승조원에게도 충격을 주었지만, 800mm 레일건을 갑작스럽게 얻어맞고 총대장을 잃은 에이티식스들과 비교하면 그나마 동요가 적었다. 당초 작전목표인 전자가속포형의 사격 재개에 대비하여 마천패루 거점을 반원형으로 포위하고 포격 준비가 된 상태였던 이유도 있었다.

"〈스텔라마리스〉에서 함대에! 목표, 전자포함형. 조준이 되는 대로 각자 포격!"

따라서 해전은 정해함대의 주포로 시작되었다.

원제함은 2문, 정해함은 4문 보유한 주포, 40cm 연장포가 포효했다. 중량이 1톤이나 나가는 포탄이 바닷바람을 가르고 전자포함형에 쇄도했다.

다만 정해함대의 주포는 본래 원거리에서 폭뢰를 투사, 산포하기 위한 것이다. 해상 이동목표에 대한 명중률은 그리 높지 않다. 선단국군은 비싼 유도병기를 거의 보유하지 않았으니까, 날아간 포탄은 조준한 곳으로 그대로 날아갈 뿐이다.

거대 전함답지 않은, 그리고 〈레기온〉 특유의 이상한 급가속과 급감속과 급선회로 해면에 번개가 치는 듯한 항적을 새기면서, 전자포함형은 시차를 주어서 날린 열 발의 40cm 포탄을 모두 유유히 피했다. 네 쌍의 날개를 레일건의 포탑에 펼치고 변침하는 전함의 함수, 거기에 있는 푸른 광학 센서가 〈스텔라마리스〉를 비추었다.

한 박자 늦게 800mm 레일건 2문이 선회한다.

함수 쪽 레일건이 〈스텔라마리스〉를── 군함끼리의 포격전을 상정하지 않아서 선회반경이 넓고 적 포격에 대한 회피가 서투른 정해함을 조준하려고 하다가.

[그렇겐 안 돼……!]

그 순간, 사격을 마친 동시에 접근한 원제함 〈데네볼라〉가 최대 전속의 기세를 살려 그 옆구리로 그대로 돌진했다.

그것은 아득한 고대 갤리선의 충각돌격과 같았다. 장갑을 갖춘 전자포함형의 측면에 함수가 뭉개지고 선체가 금속이 삐걱대는 비명을 지르며 깎여나가 불꽃을 튀기면서도 옆에 붙어서, 계류용 와이어를 모두 사출했다. 그리고 와이어에 달린 앵커를 전자포함형에 박는 동시에 이번에는 기관을 역추진했다.

최대배수량이 10만 톤 이상인 전자포함형을, 그 모든 추진력으로 붙들려고 했다.

[〈스텔라마리스〉, 형님! 부디 이 틈에!!]

이 틈에, 그다음에 뭐라고 말하려 했던 건지는 영원히 알 수 없었다.

레일건 2문이 〈데네볼라〉를 향했다. 빠직빠직 한 쌍의 레일 사이에 전기가 가득 찼다.

포격.

가까이서 울려 퍼진 포호는 너무나도 격렬해서 오히려 무음으로 느껴질 정도의 대음향이었다.

정통으로 맞은 〈데네볼라〉의 함교가 통째로 사라졌다. 격렬한 포호가 전장에 가득한 소음을 모조리 지워버렸다.

하지만 그래도 〈데네볼라〉는 아직 움직였다.

역추진 상태인 기관으로 맹렬히 전자포함형을 견인했다. 아무리 그래도 상대의 절반도 못 가는 중량이다. 억지로 후퇴시키는 것은 불가능했지만, 무게추가 되어 거함을 붙드는 것에는 성공했다. 약점인 옆구리를…… 왼쪽 측면을 남은 세 척의 동료함에 보여주는 형태로.

전자포함형으로서는 〈데네볼라〉의 위치가 안 좋았다. 〈스텔라마리스〉마저도 웃도는 대형함이라서 포의 위치가 높은 만큼, 바로 옆에 달라붙은 〈데네볼라〉를 겨누려면 레일건으로 최대의 부각을 주더라도 함교밖에 겨눌 수 없었다.

배의 기관부는 스크루와 연결되는 관계상 함저 근처에—— 수면 아래에 위치한다. 전자포함형으로서는 이렇게 바짝 붙은 거리이기에, 그 최대 위력 무장으로는 거슬리는 무게추를 떼어낼 수 없었다.

돌격하는 그 한순간에 그것까지도 계산에 넣은 것이다.

함교가 날아가기 직전, 무전 너머에서 〈데네볼라〉 함장의 목소리가 들렸다.

[정해선단에, 영광………….]

누구를 향한 말도 아니었다. 마지막 순간에 무엇을 말할지를 선택했을 뿐인 말이었다.

원망이나 미련을 말해도 누구도 뭐라 하지 않을 그 순간에, 하지만 조국과 고향, 자신에게 이어지는 역사를 기리며.

그 처절함에 이스마엘은 빠드득 이를 갈았다. 다 각오한 일이다. 함대가 전멸하더라도—— 정해함대를 다시금 잃더라도 해내야만 하는 작전이다.

고통도 비분도 삼키고 고개를 들었다.

"포격을 속행한다! 고정된 표적이다. 다음에는 명중시켜라! 도로 바다 밑바닥에 처넣어!"

"포병전대, 사격 준비! 탄종, 소이탄. 일단 적기의 광학위장을 무효화합니다!"

레나의 호령과 함께 〈스텔라마리스〉의 갑판 위에서 일제사격의 불꽃이 포물선을 그렸다. 폭풍이 막 지나가서 깨끗하게 청소된 듯한 푸른 하늘을 잠시 어둡게 만들면서 전자포함형에 쇄도했다.

전자포함형의 머리 위에 도달한 소이탄이 그대로 하늘에서 터지고, 안에 든 네이팜을 뿌리며 불을 붙였다. 포신의 과열도 개의치 않는 맹포격이 검붉은 화염의 비를 쇳빛 군함에 쏟아 부었다.

그 화염이 장갑을 씌운 갑판 위에, 성채처럼 솟구친 포탑들의 틈새에, 두 쌍의 레일건 포신 위에 옮겨붙었다. 은색 날개가 불타서 은회색 재가 되고, 해상의 강한 바람에 흩날리는 재와 불꽃 너머로 유동하는 은색 그림자들이 모습을 보였다.

그것을 보고 레나는 눈을 가늘게 떴다.

적기 확인. 역시나.

"고기동형. 역시나 양산형이⋯⋯."

양산되리라는 사실은 이 작전 전부터 예상했었다.

투입은 이번 작전일지도 모른다고 생각했기에 광학위장을 지우기 위한 소이탄과 대인산탄을 추가했고, 대응하기 쉬운 무장인 〈저거노트〉의 증원을 미리 준비했다.

대공세 후에 갑작스럽게 상황이 나빠진 선단국군과 주변국.

대공세 실패에 따른 〈레기온〉의 전략 변경. 머릿수 증강에서 성능 향상으로.

레비치 요새기지에서 고기동형을 본 비카는 말했다. 뭘 위한 병종이냐고. 검을 휘두르며 전장을 휩쓰는 일기당천의 영웅 따윈 현대의 전장에서는 너무나도 비효율적이다. 인류라면 모를까, 〈레기온〉에는 가치가 없을 거라고.

하지만 〈레기온〉의 전략 변경. 머릿수의 증가에서 성능의 향상으로.

공화국을 멸망시키고 그 시민을 노획하여, 〈레기온〉은 전사자의 손상된 뇌에서 유래한 〈검은 양〉에서 생전의 지성을 남기면서도 인격을 갖지 않는, 더 고성능인 〈목양견〉으로 전환을 이루었다. 고성능 잡병의 머리는 충분히 얻었다.

다음에 노리는 것은 정예의 머리다.

──현대의 전장에 영웅은 필요 없다.

〈레기온〉에 있어서는 다르다. 전략을 바꾸면서 필요해졌다. 연약한 수만 명의 병사 가운데 기라성처럼 나타나는, 비효율적이지만 강력한 영웅의 머리를 노리기 위한── 영웅을 사냥하는 영웅이.

그걸 위해 가장 적합한 병종.

인간 중에서도 탁월한 자를 압도하지만, 화포로 유해를── 뇌를 파괴하지도 않는다. 현대의 전장에서는 완전히 뒤떨어진 백병전을 일부러 벌이기에 적합한 병종. 그 말인즉슨.

"성능 향상의 재료를 얻을 〈머리 사냥〉을 위해. 고기동형은 반드시 양산된다."

그것은…… 예상했지만.

신과 동조하던 동안에 들리던, 귀를 찌르는 단말마의 절규는 비카로서도 괴로웠다. 여러 뇌가 마구 뒤섞인 듯한 전자포함형의 기이한 아우성이라면 더욱 그렇다.

동조와 함께 부담이 사라진 지금, 얄궂게도 그 절규가 어느 정도 알아들을 수 있는 것임을 깨달았다. 의미 없는 절규로 들리던 것 중에서 일부는 돌이켜보면 말로서 의미를 파악할 수 있었다.

어렸을 적, 아직 〈레기온〉 전쟁이 시작되기 훨씬 전에 몇몇 식전에서 들어본 말이었다.

대륙 서쪽의 주요 언어는 아니다. 연방과 대륙 동부의 나라들 사이에 깔린 모래사막, 그 통상로를 지배하는 린 리우 통상연합과 그 주변 나라의 부족에서 쓰이는 말이었다. 그중 어느 나라의 무관에게 들었던 그들의 군신── 전쟁의 여신에게 올리는 기도문.

그걸 떠올리며 비카는 그 제왕색 눈동자를 가늘게 떴다.

"섞여 있는 것은 동쪽의 장수인가. 그렇군. 〈레기온〉 놈들의 성능 향상인가."

기반이 된 공화국 시민이 전쟁을 몰라서 전쟁 지식이 없는 〈목양견〉을 더욱 전투에 최적화된 존재로 개량하려면. 기반이 된 에이티식스가 전략을 몰라서 사실 지휘관에 맞지 않는 〈양치기〉의 지휘 능력을 향상하려면.

다음 표적은 군인. 그중에서도 수준 높은 교육과 훈련을 받은, 그런 연유로 보호받기에 전선에서는 쉬이 입수할 수 없는 상급장교의 머리다.

방어선을 돌파하고 후방에서 지휘하는 상급장교를 사냥하여 수

집하기 위해——방어선을 타파하기 쉬운 소국이 그 사냥터로 선택되었다.

이를테면 선단국군. 기동타격군의 파견을 요청하는 각국도. 방전교란형의 전자방해 때문에 연합왕국과 연방에서도 인식할 수 없었을 뿐이지, 이미 몇몇 나라들은 멸망했겠지.

전자포함형의 저 기이한 절규도——아마 수십 명의 마지막 외침이 그 뇌와 함께 연결되어서 뒤섞인 비명들도, 지휘관으로서의 지식이 없는 〈양치기〉에 노획된 장교나 장성의 기억이 뇌와 함께 추가된 탓일까.

"성가시게 됐군⋯⋯."

〈스텔라마리스〉는 전자포함형과의 포격전에 들어가고, 전자포함형은 〈데네볼라〉의 돌격으로 발이 묶일 때까지 회피기동 때문에 마천패루 거점에서 다소 떨어진 위치에 있었다. 그렇기에 돌입한 〈레긴레이브〉는 해상요새에 남겨진 꼴이었다. 전차포는 충분히 닿지만, 도약만으로 전자포함형까지 도달하는 것은 제아무리 〈레긴레이브〉라도 어려운 거리.

한편 전자포함형의 갑판 위, 부르르 몸을 떨어 방전교란형의 재와 잔해를 떨어뜨린 고기동형은 그대로 줄줄이 모함의 포탑 위로 올라갔다. 해상 수십 미터 위치에 있는 그 정상까지 올라가는 힘으로 도약하고, 마천패루 거점의 외벽에 달라붙어서 사납게 뛰어올랐다.

그 모습을 제3층, 마천패루 거점의 현재 최상층에 있는 라이덴은 내려다보는 형태였다. 포격전은 모함에 맡긴 상태로 양륙. 목적은 요새의 탈환일까, 레나의 예상대로 머리 사냥일까.

어느 쪽이든.

"유토! 고기동형의 요격은 이쪽이 담당하지. 제3층^{레벨 카롤라}에 있는 녀석들을 빌린다!"

전원의 대피를 우선해서 전대고 소대고 없이 두 계층 여섯 구역에 뿔뿔이 산개한 직후의 상황이다. 소속 부대별로 다시 합류하여 대응할 여유는 없었다.

제2층(레벨 벨타), 유토가 모는 〈베레스라그나〉가 힐끗 시선을 보냈다. 살짝 끄덕인 듯했다. 지휘요원의 교체는 라이덴과 유토에게도 딱히 드문 일이 아니다…….

86구에서는 모두가 당연하다는 듯이 죽고, 누군가 죽을 때마다 소대의 균형을 전대장이나 선임인 그들이 손봐야만 했으니까.

[부탁하지. 제2층에 있는 각기. 앞으로 내가 지휘한다. 화력 집중기, 면 제압기는 고기동형을 경계. 전차포 장비의 전위 및 저격수 호위에 임해라. 전위와 저격수는 전자포함형의 기관포, 연장포를 없애라. 정해함대의 포격전을 지원한다.]

〈데네볼라〉에 붙들려서 제대로 움직이지 못하는 전자포함형에 〈스텔라마리스〉와 원제함 2척은 포격을 속행했다. 조준을 피하기 위해 기동하면서 동료함과 마천패루 거점을 자기 포의 사선에 넣지 않는 위치로 포탑을 선회시켜서 다시금 포격.

명중률이 비교적 낮은 포라고 해도 고정된 목표에 명중탄을 날리지 못할 정도는 아니다. 40mm 포탄은 이번에는 필중의 궤도로 전자포함형에 쇄도하고.

그 모든 것이 허무하게 튕겨 나갔다.

[뭐……?!]

[단단하군……!]

장갑이 두껍다. 승무원이라는 불필요한 적재중량이 없는 만큼 장갑에 중량을 할애한 걸까.

탄속이 빠른 레일건을 경계하여 거리를 둔 이 위치에서는 위력이 부족하다. 더 가까이 접근하여 포격하는 것으로 장갑을 뚫으려고 〈바질리스코스〉가 변침했다.

그 직후에 전자포함형이 반격했다.

정해함대에 좌현을 드러낸 채로 고정된 거함의 그 좌현 측 155mm 속사포 11문이 맹렬히 불을 뿜었다. 표적이 커지는 측면은 군함의 약점이긴 하지만, 동시에 측면을 적함에 드러낸 자세는 가장 많은 포를 적함에 돌리고 최대 화력을 투사할 수 있는 자세이기도 하다.

탄막이라고 해도 좋을 밀도와 발사속도, 무엇보다도 화포로서 불가능한 탄속에 쫓겨서 〈바질리스코스〉가 다급히 방향을 틀었다. 주포인 800mm포와 마찬가지로 레일건인 속사포.

이래선 도저히 접근할 수 없다.

그 고전을 보고 제2층, 스피어헤드 전대 중에서 유일하게 유토의 지휘하에 들어간 세오는 이를 갈았다.

전자포함형은 한 척뿐이다. 게다가 이동이 봉쇄된 상태지만, 정해함대와 전자포함형의 전투는 마치 쥐 무리가 호랑이를 사냥하려는 것처럼 일방적이었다.

정해함대의 남은 모든 배를 합친 것보다도 많은 포를 실었고, 게다가 탄속이 빠른 레일건의 탄막에 정해함대는 마음껏 공격하지 못하는 탓이다. 155mm 속사포 22문과 800mm 주포 2문이 자아내는, 악몽과 같은 맹포격.

세오처럼 마천패루 거점 제2층에 전개하고 88mm 전차포를 장비한 〈저거노트〉도 속사포를 조준하여 거듭 사격하지만, 적 함에는 50기가 넘는 40mm 6연장 대공포가 있다. 그 매서운 탄막 때문에 저격은 고사하고 가만히 사격하기도 어렵다. 주포인 800mm 레일건을, 155mm 속사포를 지키기 위해 배치된 대공포다. 속사포를 조준할 수 있는 위치는 반드시 대공포의 십자포화에 드러난다.

우연히 속사포까지 사선이 열려도, 정면에 있는 방패가 단단하다. 이 거리에서는 관통할 수 없다.

확실히 배제하려면.

"접근하지 않으면…… 올라타지 않으면 무리인가."

전자포함형까지의 거리는 〈레긴레이브〉로 도약할 수 있는 최대 거리보다도 살짝 멀다. 그냥 도약만으로는 닿지 않는다. 시선을 돌려서 뭔가 이용할 수 있는 것이 없을까 찾다가.

──있다.

"〈래핑폭스〉가 각기에. 넘어가겠어! 원호 부탁해!"

조종간을 전진 위치로 밀었다. 〈래핑폭스〉가 쏜살같이 튀어 나
갔다.

입체기동이 특기인 자신에게는 이어지는 구역을 하나하나 내려
가는 것보다도 외벽을 똑바로 뛰어 내려가는 편이 더 빠르다. 앵
커를 꽂아서 기체를 지탱하면서 수직인 탑의 측면을 타고 단숨에
아래로.

라이덴이 놀라서 통신에 끼어들었다.

[세오, 무리하지 마! 동요하다간 실수하게 돼!]

"알고 있어. 괜찮아, 동요한 게 아니야."

사실은 거짓말이다. 동요하고 있다. 그런 자각은 있었다. 분위
기에 휩쓸려서 냉정한 판단을 할 수 없게 되듯이, 가슴속을 불태
우는 감정의 덩어리를 부정할 수 없었다.

구원을 얻었을 터인, 미래를 볼 수 있었을 터인…… 행복해질 수
있었을 터였던 사람조차도 빼앗겼다. 무자비하게. 어처구니없
이. 갑작스럽게── 이 세계의 유일한 평등으로서.

그렇다면 나는. 구원조차 얻을 수 없는 우리는── 분명 더욱더
어처구니없이, 무자비하게.

분위기에 휩쓸리진 않는다. 그랬다간 진짜로 죽는다.

"하지만…… 무리하지 않는 것은 무리."

가슴속을 태우는, 소리 지르고 싶어지는 감정을 억누르기 위해

서는.

목표는 아래, 떨어진 구조재가 어딘가에 격돌했는지 중간에 부러지고 휘어서 점프대처럼 비스듬히 바다를 향해 튀어나온 철골.

"간다……!"

실수 없이 착지해서 낙하의 기세를 죽이지 않고 질주하다가, 최대전속인 채로 끝부분을 박차고 도약했다.

"포병전대, 탄종 변경. 대인산탄, 장전 즉시 사격 개시!"

〈래핑폭스〉가 튀어간 것에 바로 반응하여 레나는 명령했다. 이쪽도 소이탄과 마찬가지로 고기동형의 광학위장 대책으로 가져온 탄종이다. 함포사격에도 버틸 수 있는 전자포함형의 장갑을 파괴하기엔 부족하지만, 폭염으로 그 센서를 기만하는 정도라면.

도약 동안에는 회피가 불가능하다. 그동안에 세오가 전자포함형의 공격을 받지 않도록.

멀리서 전자포함형의 그림자를 폭염의 꽃이 뒤덮었다. 폭음은 이 거리라면 아직 닿지 않는다.

"사격 속행! 별도의 명령이 있을 때까지 탄막을 지속하세요!"

넘어가겠다고 소리친 세오의 목소리도, 레나의 원호 명령도, 지각동조를 통해 크레나에게도 닿았다. 제3층, 레일건의 포격을 피해서 대피한 채로 우두커니 서서 움직일 수 없는 그녀.

자신도 원호해야 한다고 머릿속 구석으로는 생각하지만 움직일 수 없었다.

이리저리 움직이는 시선을 따라서 헤드마운트 디스플레이를 오가는 조준선이 너무 거슬렸다. 바들바들 떨면서 힘이 들어가지 않는, 조종간을 쥐고 있는 감각조차 없는 오른손.

신이 떨어졌다.

그만큼은 없어지지 않는다고 생각했는데.

신과 만날 때까지, 신과 만난 뒤에도 많이 죽어간 동료들처럼. 2년 전 스피어헤드 전대의 카이에나 하루토나 쿠조나 키노, 장난에 희롱당해 죽은 부모나…… 좋아했지만 돌아오지 않았던 언니처럼.

신만큼은 결코. 나를 두고는.

죽지 않을 터였는데……!

"안 돼……. 싫어. ……두고 가지 마……!"

멍하니 섰다. 몸에 힘이 들어가지 않아서, 머리가 돌아가지 않아서 움직일 수 없었다. 그런 주제에 손은 떨리고, 시선은 이리저리 움직여서, 포탄 한 발도 맞힐 수 있을 것 같지 않았다.

하지만. 하지만. 내가 있을 곳은 신의 곁밖에 없는데. 다른 게 없더라도, 설령 긍지조차 잃어버리더라도, 그래도 동포라는 사실은, 하다못해 그것만큼은 변하지 않을 터였는데.

〈건슬링어〉의 곁으로 뭔가가 달려왔다. 잘 닦은 하얀 뼈 같은, 잃어버린 머리를 찾아 전장을 배회하는 백골 사체 같은 펠드레스. 〈레긴레이브〉.

　잃어버린 머리를. 죽어서 빼앗긴 형의 머리를. 홀로 찾아 전장을 방황하는 건, 이런 내게는 불가능하다.

　없어진 신을—— 나는 더 이상 찾을 수 없다.

　〈레긴레이브〉의 붉은 광학 센서가 이쪽을 보았다. 누군가의 눈의 색깔과 비슷한 그 붉은빛.

　퍼스널마크는 비늘과 날개가 달린 소녀. 샤나가 모는 〈멜뤼진〉.

　고기동형을 상대하려면 머릿수가 부족하다고 보고 브리싱가멘 전대의 모두가 제3층에 올라온 모양이다. 지각동조가 연결되고 샤나 특유의 차가운 목소리가 말했다.

　[크레나. 뭐 하고 있어, 원호를…….]

　그렇게 말하다가 샤나는 눈치챈 모양이다.

　숨길 마음도 없는 혀 차는 소리가 지각동조 너머로 들렸다.

　[못 쏘면 방해돼. 물러나.]

　그 말이 무엇보다도 강하게—— 그 말처럼 아무런 도움도 안 되는 소녀를 강타했다.

　10톤이 넘는 〈래핑폭스〉의 기체가 바닥이 보이지 않는 푸른 나락 위에서 완만한 포물선을 그렸다. 정점에 도달하고, 디딜 발판이 없는 공중에서 낙하 궤도에 들어갔다.

　전자포함형의 갑판까지는 아직 다소 부족하다. 와이어앵커를 사출해 튀어나온 레이더 마스트에 걸고 휘감아서 그 부족한 거리를 벌었다. 그 우직한 돌진을 대공포가 조준했다.

사선에 들어가는 그 순간에 날아온 고폭탄들이 주위에서 차례로 자폭. 폭염과 충격파가 사선을 가로막고 〈래핑폭스〉의 모습을 전자포함형으로부터 숨겼다.

동시에 세오는 적함에 얽은 와이어앵커를 회수하고, 반대쪽 앵커를 사출했다.

뱃전에 앵커가 걸려 고정되고, 직후에 회수한 앵커가 소리를 내며 사출기로 돌아왔다. 그 반동과 중력으로 〈래핑폭스〉는 반대 방향으로 움직였다. 대공포의 사선을 벗어나서, 고정된 상태의 와이어에 이끌려서 비스듬히 포물선을 그리면서 해상을 이동했다.

그리고 와이어를 감으면서 상승에 들어가는 궤도를 이용하여 전자포함형의 갑판에 올라탔다.

갑판에 구멍을 내는 것도 개의치 않으며 뒤쫓아 쏴대는 대공포를 피해서, 갑판 위에 부러져 꽂힌, 요새의 구조재인 듯한 철골의 뒤로 들어간다. 전자가속포형이 적극적으로 요새의 각 구역을 무너뜨리지 않으려 했던 것은 밑에 이 녀석이 있었기 때문인가.

그 직후에 역시나 와이어앵커를 구사하여 레르케의 〈차이카〉와 유토의 〈베레스라그나〉, 전위 담당인 몇 기와 살아남은 〈알카노스트〉가 넘어왔다. 대인산탄의 탄막에 몸을 숨기며 대공포의 요격을 피해서 마찬가지로 차폐물 뒤에 숨었다. 세오와 뒤따라온 자들이 발판으로 삼았던 부러진 철골이 그 부하 때문에 뽑혀서 구웅 소리와 함께 굴러떨어지는 게 보였다.

〈래핑폭스〉와 가장 가까운 곳에 숨은 〈차이카〉가 비난하듯이 이쪽을 보았다.

[당신도 꽤 무모한 짓을 하시는군요, 여우님……! 그러한 만용은 저승사자님만 했으면 좋겠습니다만.]

"그런 소리는 나중에 해, 참새 나리. 다들 뭘 해야 하는지는 알고 있지? 레일건을 부숴야 해. 그러면 정해함이나 원제함이 접근할 수 있게 돼. 함포사격으로 해치울 수 있어."

전장 300미터인 전자포함형의 거구에 마구잡이로 포격을 날려도 〈저거노트〉의 88mm 포는 그냥 장난감이나 마찬가지다. 격파하려면 제어중추를 정확하게 파괴하든가, 구경이 더 큰 함포사격으로 가까이서 명중시킬 수밖에 없다.

다만 레일건의 장갑을 관통하려면 〈저거노트〉의 88mm 포로는 아무리 가까워도 어렵다. 접근하기 위해서는 레일건을 지키는 적 전력을 배제할 필요가 있다. 그러니까.

"그러니까 우선은 귀찮은 속사포를 우선해서……."

[대공포 배제가 먼저다, 릿카. 전자포함형 위의 전력은 지금 있는 이게 전부다. 후속은 거의 기대할 수 없어. 이 머릿수로 억지로 속사포만 노려도 전멸할 뿐이다.]

유토가 담담히 지적했고, 세오는 그 말이 옳다고 의식하여 숨을 내뱉었다. 이미 발판은 없다. 애초에 이런 곡예는 전위 중에서도 기동전투가 특기인 자밖에 할 수 없다. 기계와 대화하는 듯한 착각마저 드는 유토의 냉정함은 이런 상황에서 특히나 고마웠다.

[요새 쪽에도 대공포를 우선해서 노리라고 지시하고 오긴 했지

만. 무시해서 좋을 리도 없으니까 우리끼리라도 배제하는 편이 효율적이겠지.]

[속사포도 어느 정도 정해함대에게 맡겨도 되겠지요. 다만 함포의 근거리 사격이라도 이 정도의 군함 자체를 격파하려면 제어중추를 노리지 않으면 어렵지 않을까요…….]

애초에 전장 300미터의 거구다. 〈스텔라마리스〉나 원제함의 40cm 포로도 바늘구멍 정도의 대미지겠지. 군함인 이상 대미지 컨트롤도── 피탄하여 선체가 손상을 입었을 때 침수를 최소한으로 막는 방법도 확실히 준비되어 있을 것이다.

또한 이스마엘에게 들은 이야기로는 〈스텔라마리스〉를 포함한 원자력함은 동력부에 설령 전투기의 자폭 공격──어뢰에 상당하는 종류의 돌격──을 맞더라도 원자로는 파괴되지 않을 정도로 동력부 주위의 방어는 튼튼하다나. 겉보기로는 굴뚝이 없는 이 전자포함형도 아마 동력은 원자력이겠지. 동력부를 노려도 효과는 별로다.

제어중추가, 오로지 그 한 점만이 이 강철의 괴물을 일격에 침묵시킬 수 있는 약점이고, 그것은 겉으로 봐서는 판단할 수 없지만.

레르케를 거쳐서 들은 것일까, 비카가 지각동조를 연결하고 말했다.

[거기에 대해서는 이쪽에서 조사와 해석 중이다. 고기동형이 나온 이상 〈시린〉의 사이즈라면 침입은 가능하다.]

〈알카노스트〉의 조종석 해치가 열렸다. 소녀의 모습을 한 기계 인형들이 줄줄이 갑판으로 내려왔다.

[아무리 그래도 중추처리계까지 통로가 이어진 것은 아니겠지만, 안에 들어가면 밖에서는 알 수 없는 것도 보이겠지. 〈레기온〉이라고 해도 합리적으로 배치한다면 선내 구조의 위치는 어느 정도 기존 군함과 같을 테고. 전함, 혹은 강습양륙함이라고 생각하면 배치도 예측할 수 있다.]

그 강습양륙함이란 게 뭔지 세오로서는 전혀 모르겠지만.

"잘 모르겠지만, 가능하다면 맡길게, 왕자 전하."

[그렇다기보다는 내가 할 수밖에 없지. 밀리제도 관제관들도 정신없는 이상, 나 말고 이걸 할 수 있는 인간이 없다.]

담담히 말하더니, 잠시 뒤에 다소 짜증 내듯이 말을 이었다.

[노우젠이 있으면 이런 수고 없이도 제어중추를 알 수 있는데.]

"……"

배려 없이, 대수롭지 않게 마음을 후비는 말에 세오는 이를 악물었다. 그랬다. 인정이 없는 살모사라고 비카 본인도 몇 번이나 말했던 것을 다시금 실감했다.

"하지만 없으니까. 우리만으로 어떻게든 할 수밖에 없잖아."

차폐물에 숨은 채로 상황을 엿보았다. 대공포와 속사포의 창날들 안쪽, 〈언더테이커〉를 격추한—— 그의 원수인 레일건.

그걸 치기 위해서는 먼저.

"일단은 대공포."

[그래. 등 뒤에서 총을 맞고 싶진 않군. 함수부터 배제한다.]

고기동형에게는 발판이 많은 이 철골의 요새.

입체적으로 뛰어다니면서 위아래도 포함한 전방위에서 공격해오는 고기동형들을 뒤에 달고서, 미끼를 맡은 〈저거노트〉가 질주했다. 관통력을 중시한 전차포를 장비하였고, 광범위를 한꺼번에 쓸어버리는 무장은 격투 암의 중기관총뿐이라서 고기동형과 싸우기에 불리한, 기동전을 특기로 삼는 전위 담당 프로세서가 모는 기체.

애초부터 속도, 운동성능으로는 〈레긴레이브〉보다 고기동형이 훨씬 위다.

이 양산형들도 한층 기체 사이즈가 커지고── 중량이 무거워진 모양이지만, 속도는 오리지널 고기동형과 거의 동등. 프레임과 장갑만이 아니라 출력도 강화된 모양이다. 탄속이 빠르긴 하지만 바늘 같은 한 점에 파괴력을 집중하게 만들어진 88mm 전차포로는 일단 명중을 기대할 수 없다.

그러니까.

[라이덴! 부탁해.]

"오냐!"

눈앞에 미끼 〈저거노트〉가 통과한 직후, 일어선 라이덴과 그 지휘하에 있는 임시소대가 기관포와 격투 암의 기총 두 정을 일제히 난사했다. 등에 달린 건 마운트암에 40mm 기관포를 장비한, 기관포 사양기의 임시소대.

예상된 회피 범위까지 모조리 커버한 강철비다. 도망칠 수 있을리가 없다. 사냥감을 쫓으려다가 포격 범위로 유인된 고기동형들은 한꺼번에 그 사격을 맞았다.

전차포와는 궁합이 나쁘다. 속도로 뒤지는 이상, 계속 도망쳐도 떨쳐낼 수 없다.

그러니까 쫓아오는 것을 이용해서—— 동료의 킬존으로 유인한다.

이미 확립된 대책이다.

양산형 투입의 가능성이 있을 거라면서 레나가 대응하기 쉬운 무장의 〈레긴레이브〉를 증원해 준 덕도 있다. 기관포만이 아니라 각 전대에 반드시 산탄포를 장비한 〈저거노트〉를 새로 몇 기 추가했다. 면 제압 소대의 다연장 미사일에 추적 목표 중 하나로 설정된 고기동형의 데이터.

더불어서 모든 〈저거노트〉가 공유하는, 오리지널 고기동형을 통해서 산출된 운동 예측.

탄막에 스스로 뛰어들어서 찢겨나간 고기동형들이 쓰러졌다. 목소리는 신이 없으니까 애초에 들리지 않는다. 일제사격을 맞은 기체가 모두 대파된 것을—— 죽은 척하는 게 아니라는 것을 확인한 뒤에 시선을 돌렸다.

——다음.

땀을 닦고 숨을 내쉬었다. 호흡이 가빠지는 것을 그 동작 동안에 자각했다. 대책은 확립했고, 대항 수단도 갖추었지만, 결코 편한 싸움이 아니다.

그래도 대책을 세운 만큼 그나마 낫다. 레일건을 장비한 전함 같은 괴물과 처음 맞닥뜨려서 싸우는 세오나 유토와 비교하면.

하물며······.

"앙쥬, 더스틴. 여기는 이제 됐어."

[라이덴 군? 하지만 아직 고기동형은······.]

"아래를 부탁해. 세오를 원호해서······ 도와줘."

앙쥬가 숨을 삼켰다. 지금 와서 그 부재를 깨달은 기색으로 〈스노윗치〉의 광학 센서가 어딘가 놀란 듯이 전자포함형과 그 갑판 위를 뛰어다니는 〈레긴레이브〉의 하얀 모습을 발견했다.

[알았어. 세오 군, 무슨 짓을······.]

[슈가, 에마, 원호는 이쪽에서 할게. 하지만 최대한 빨리 가.]

대화를 듣던 프로세서가 제안했고, 〈스노윗치〉와 〈사지타리우스〉, 두 사람과 같은 소대의 〈저거노트〉가 몸을 돌렸다.

그 너머, 시덴이 지휘하는 브리싱가멘 전대가 뛰어다니는 고기동형을 굶주린 늑대처럼 몰아붙이고 포위해서 두들기는 게 눈에 들어왔다.

브리싱가멘 전대의 차석인 샤나는 그 전열에 있지 않았다. 그녀가 모는 〈멜뤼진〉은 현재 요새 최상층, 제3층 제3구역에서 대공포를 위에서 저격하는 역할을 담당하고 있다.

그 역할을 맡아야 할 〈건슬링어〉는 지금도 혼란에 빠진 기색으로 움직이지 못했다.

그럴 수밖에 없다. 크레나도, 세오도, 어쩐 일로 시야가 좁아진 앙쥬도, 지금은 몰라도 추락 순간에는 명백하게 공황에 빠졌던 레나도.

라이덴 자신도 동요하고 있다는 자각은 있다.

애초에 목소리가 들리지 않는다. 여태까지 항상 함께 있었던 그 지긋지긋한 망령의 목소리가. 아까 들었던 전자포함형의 그 기이한 절규마저도.

이미 몇 년이나 함께 있었던—— 그들을 이끌어온 붉은 눈의 저승사자가.

그 바보가……

그리고 나는 유감스럽게도 그 바보의 다음 서열이다.

그 부재를 조금이라도 메워야 한다고, 라이덴은 쇳빛 눈동자를 가늘게 떴다.

대공포와 속사포를 제거하기 위해 〈저거노트〉가 마천패루 거점에서 거듭 사격하고, 몇 기에 이르러선 전자포함형에 건너가는 한편, 정해함대 또한 함포사격으로 속사포를 제거해 나갔다.

다만 근거리 포격으로 제어중추를 파괴하는 역할은 위력이 강력한 함포 외에는 불가능하다. 이 이상 침몰할 수는 없으니까 아무래도 적탄을 피할 수 있는 거리를 유지하고 조준되지 않도록 침로를 거듭 바꾸면서 포격하게 된다.

그렇더라도 포신이 과열될 정도의 맹포격에, 전자가속포형과의 포격전을 예상한 비장의 카드인——그리고 아이러니하게도 전자포함형과의 전투를 알았으면 가져오고 싶었던——어뢰를 줄이면서까지 가져온 대량의 포탄이 순식간에 줄어들었다.

속도가 느린 두 척의 구난함이 간신히 쫓아왔다. 〈데네볼라〉의 얼마 안 되는 생존자를 구조하는 그들을 거쳐서, 원호함대를 보내겠다는 연락이 멀리 본국에서 들어왔다.

한편, 전자포함형도 전혀 손상이 없지는 않았다.

800mm 레일건, 한 쌍의 창 같은 포신 안쪽에서 전자장을 형성하는 은색 유체금속이 사격의 반동에 격렬하게 날아갔다. 포신이 마모되었다.

가루눈이나 불타서 떨어지는 재처럼, 은색 물방울이 해양의 진청색에 떨어졌다.

1개 전대도 안 되는 숫자라도 넘어온 적을 방치해선 안 된다고 판단했을까. 마천패루에 상륙했던 고기동형 일부가 전자포함형으로 돌아왔다.

당연한 판단에 세오는 거칠게 혀를 찼다. 도대체 어디까지 방해하는 걸까.

전자포함형에 올라탄 〈저거노트〉는 모두 전위 담당으로, 전차포가 주무장인 인원들이다. 에이티식스 중에서도 기동전투를 특기로 삼으니까 얼마 안 되는 발판을 딛고 올라탈 수 있었지만……
아무래도 고기동형과의 상성은 별로 좋지 않다.

원호로 레나의 지휘 밑의 포병전대가, 요새에 남은 〈저거노트〉의 누군가가 날려준 대경장갑 산탄의 맹포격이 고맙다. 어느 것이고 고기동형의 유체장갑을 날려버리고 다소나마 타격을 준 모양인지 발을 묶어 주었다.

폭염이 갰다. 함수 쪽의 레일건 포탑 위, 또다시 돌아온 듯한 새로운 고기동형이 도약, 머리 위에서 〈래핑폭스〉를 향해 덮치는 게 광학 스크린에 비쳤다.

"큭……!"

비치고서야 간신히 그것을 깨달았다. 접근 경보가 울렸다. 그 기계장치의 한탄은 들리지 않는다.

적이 숨은 장소를 전혀 알 수 없다.

신이 없기 때문이다.

〈레기온〉들의 목소리를 듣고 경고해 주는, 그렇지 않더라도 어느 정도 규모의 적이 근처에 있는지를 지각동조로 공유하여 파악하게 해 주는 신이, 이 전장에 없기 때문이다.

그가 없는 전투는 대체 몇 년 만일까.

그때는 대체 어떻게 싸웠던 건지 떠올리지 못하는 자신을, 세오는 깨달았다.

그만큼 오랫동안 그의 힘을 빌렸다.

아슬아슬하게까지 끌어들이고 물러난다. 추락하듯이 착지한 고기동형에 격투 암의 중기관총을 들이대고 사격. 살육기계 특유의 기이한 반응속도로 고기동형은 공이 튀듯이 도약해서 도망쳤다. 그렇게 도망쳐서 같은 은색이 무리 지은 곳에 착지했다.

그 발밑에.

고주파 블레이드 한 자루가 굴러다니고 있었다.

"저건……."

〈언더테이커〉의…….

고기동형과 격돌하면서 관통시키고 빠진 것이겠지. 격투 암의 선택 무장 중 고주파 블레이드를 쓰는 건 기동타격군 전체에서도 신밖에 없다. 사거리 몇 킬로미터의 전차포와 중기관총이 지배하는 전장에서, 극도로 사거리가 짧은 백병전 무장을 쓰는 자는 86구에서도, 지금도 그밖에 없다.

그런 장비를 저 목 없는 저승사자가 계속 쓴 것은.

고주파 블레이드를 고기동형이 밟았다.

신과 〈언더테이커〉가 바닷속에 떨어진 지금, 그 기체 중 유일하게 남은 파편일지도 모르는 그것을, 마음이 없는 살육기계는 아무렇게나, 무감동하게 짓밟으려고 했다.

그때 솟구친 것은 분노가 아니라── 각오나 결의라고 불러야 할 것이었다.

"크으……!"

88mm 포를 선회시켜서 연사. 고기동형이 뛰어서 물러나는 것을 계속 포격해서 흩어버리며, 녀석들이 있던 장소로 진출했다. 적기의, 은색 야수들 한복판. 하지만 그래도 좋아.

"파이드!"

외부 스피커를 켜고 소리쳤다. 마천패루 거점 최하층에서, 틀림없이 신이 떨어진 근처를 신경 쓰면서 〈저거노트〉에 보급 임무를 감행하는 충실한 〈스캐빈저〉가 돌아보았다.

이쪽을 보고 아슬아슬한 가장자리까지 달려오는 것을 겨누고 고주파 블레이드를 걷어차서 날렸다.

〈스캐빈저〉에 대한 명령으로는 모호하기 짝이 없지만, 파이드라면 이걸로 알아듣겠지. 한순간 쩔쩔매며 발을 구른 뒤에 낙하 예측지점으로 위치를 조정. 열심히 광학 센서로 낙하의 궤적을 확인하면서 등에 달린 컨테이너로 받아냈다.

"확보해 둬! 반드시 네가 가지고 돌아가!"

끄덕이듯이 파이드가 광학 센서를 위아래로 움직이는 것을 본 체만체하고 적기들 쪽으로 방향을 돌렸다.

신에게 쭉 의지하고 있었다.

신은 쭉 그걸 받아주고 있었다. 기계장치 망령이 되풀이하는 단말마의 한탄을 듣고 〈레기온〉의 위치를 간파하는 이능력. 함께 싸우고 먼저 죽은 전우를 한 명도 빠짐없이 기억하고, 기억과 마음을 품고 끝까지 데려가 주겠다는 약속. 적진 깊숙이 치고 들어가서 휘저으며 혼란을 일으키는 전위의 역할.

무엇보다 〈레기온〉들의 귀를 찌르는 절규에 시달리면서도, 누구보다도 많은 포탄의 비와 칼날이 날아드는 백병전으로 싸운 그 모습.

모두 동료를 지키기 위해서.

그중에서 자신이 이어받을 수 있는 것은 이것밖에 없으니까.

은색 야수의 무리 안. 에워싸려고 몇 기가 〈래핑폭스〉의 퇴로를 끊는 위치로 이동하는 것을 확인하고 의식해서 조용한 목소리로 말했다.

"〈래핑폭스〉가 각기에. 고기동형은 내가 붙들어놓겠어. 치고 들어가서 혼란을 일으키겠어. 그 틈에 배제해."

내가 그 틈을 만들 테니까──그 역할을 내가 이어받을 테니까.

돌아오는 목소리를 확인하지도 않고, 조종간을 전진 위치로 밀었다. 포위되는 것을 일부러 무시하고 고기동형 무리── 적기 무리의 안쪽으로.

치고 들어서 혼란을 일으키고, 적기의 사격을 한 몸에 모으고, 자신을 위험에 드러내면서 동료가 파고들 틈을 적진에 계속 만드는 그들의 저승사자가.

신이 언제나 그랬듯이.

몰아붙이듯이 산탄포를 연사하고, 속도가 잽싼 고기동형의 퇴로를 좁히면서 시덴은 마천패루 거점, 제3층을 질주했다. 늠름하면서 어딘가 사나운 느낌인 레나의 목소리가 지각동조를 통해 전달되었다.

[포병전대, 캐니스터탄 장전. 사격 개시!]

산탄의 비가 마지막 고기동형의 앞을 가로막았다. 뛰어서 몸을 피하려는 찰나에.

[포인트 E12, 대기 해제, 일제사격!]

매복하고 있던 〈저거노트〉가 기총사격을 퍼부어댔다.

그 지휘에 시덴은 내심 숨을 내쉬었다.

──회복했군, 레나.

애초에 그딴 녀석 때문에 너무 동요하지 않아도 되지 않나 싶지만. 짜증이 치밀었다. 저승사자란 별명이 있을 정도의 실력이나 그 별명을 스스로 짊어진 모습을 인정하지 않는 건 아니지만, 그런 바보 같고 둔감한 멍청이.

이 전투도 어중간한 타이밍에서 없어지고.

"이래 놓고 진짜로 죽은 거면 지옥 끝까지 쫓아가서 죽일 거야, 이 빼질이 자식."

마천패루 거점, 상륙한 고기동형을 모두 배제. 전자포함형과의 포격전을 원호 개시.

보고받고 지켜보며 레나는 작고 세게 숨을 내뱉었다. 아직 전투는 끝나지 않았다.

전자포함형은 아직 건재하다.

이미 6년이나 전장에서 산 세오도 경험한 바 없는 〈레기온〉과의 백병전.

그것도 고기동형 무리를 상대하는 전투다. 밀려드는 긴장감은 보통 전투와 비교도 되지 않는다.

벌써 몇 기째인지 모르는 은색 야수가 덤벼드는 것이 눈에 들어왔다. 교차하는 순간 블레이드처럼 옆으로 기총사격을 훑어서 총탄을 퍼부었다. 격파에는 이르지 못했다. 다리를 끌며 후퇴하는 적을 무시하고 장갑 갑판에서 뛰어서 〈래핑폭스〉를 질주시켰다.

적 집단 한복판이다. 이동을 멈추고 있으면 바로 붙잡힌다. 그렇게 되면 전사를 피할 수 없다.

옆에 있는 것에 익숙해진, 하지만 사실 여태까지 거죽 한 꺼풀 차이로 닿을 듯하면서 닿지 않았던 죽음의 기척이 이 근접전에서는 바짝 달라붙어 떨어지지 않는다. 생존본능이 비명을 지른다. 죽기 싫다고 원초적 본능이 자꾸 아우성을 쳐댔다. 죽지 않기 위해 의식은 모두 가늘고 날카롭게 집중했다.

그래, 죽기 싫다. 나는 죽고 싶지 않다.

죽을 수는 없다.

지금의 나로는 신의 죽음에 아직 못 미친다. 그런 상태로 나까지 죽어버리면, 신은 그야말로 개죽음한 꼴이다.

전대장이 누구에게도 보답받지 못한 것처럼, 지금의 자신이 전대장의 희생을 전혀 보상할 수 없듯이.

그래선 안 된다.

포격이 온다. 포신 과열에도 불구하고 살아남은 대공포는 〈래핑폭스〉를 포함한 〈저거노트〉들에게 맹포격을 날려댔다. 그 대공포의 바로 위로 날아오른 〈레긴레이브〉의 미사일들이 작렬하여 대장갑산탄을 흩뿌렸다.

이 세계는 악의로 가득하다. 하지만 그렇다고 인정하면 그것은 악의에 굴하는 것이다. 빼앗기기만 하고 아무것도 얻을 수 없는 존재라고, 짓밟히는 게 당연한 존재라고 포기하는 것이다.

나도 동료들도, 정해씨족들도 신도 전대장도—— 빼앗기고 죽는 게 당연했다고.

그래선 안 된다. 그런 건── 싫다.

아군기가 확보한 함수 쪽 갑판, 철골 차폐물 너머로 와이어앵커가 발사되었다. 두 개의 앵커를 갑판에 걸고, 중간에 선체를 박차고 속도를 더해서 새로운 〈저거노트〉가 날아올랐다. 라이덴의 〈베어볼프〉와 앙쥬의 〈스노윗치〉, 그리고 더스틴의 〈사지타리우스〉.

전자포함형의 포격으로 벗겨져 떨어진 듯한 철골들로 된 벽면을── 군데군데 외벽 패널이 남아서 가라앉지 않았던 듯한 그것을 손이 비는 구조정의 견인으로 요새 옆까지 이동시켜서 박차고 넘어온 모양이다. 밑에서는 10톤 넘는 중량에 계속 밟힌 발판이 바닷속에 빨려들려고 하기에 구조정은 다급히 견인줄을 잘라내고 거리를 벌렸다.

착지와 동시에 〈스노윗치〉가 다연장 미사일을 발사. 〈베어볼프〉가 기총사격. 발사된 대장갑산탄이, 흩뿌린 기관포탄이, 〈래핑폭스〉 주위에 무리 지은 적기를 쓸어버렸다.

[미안, 세오 군. 늦어졌어.]

[남은 고기동형은 맡겨, 세오. 그러니까 이젠 무리하지 마. 그런 것까지 녀석을 흉내 내지 않아도 돼.]

"응……."

거칠어진 숨을 길게 후욱 내뱉었다. 강철의 빗줄기 사이로 레일건 2문을 올려다보았다.

전투 전에 들은 말이 되살아났다.

──살아있으면 얻을 수 있으니까.

그건 분명 거짓말이다.

이스마엘은 딱히 거짓말하려는 의도가 아니었겠지만, 그래도 거짓말이다. 그것만이 아니라 사실은 정반대다.

살기 위해서 얻어야만 한다. 자신을 형성하는 유일한 것을, 잃더라도 새롭게 다시금.

빼앗긴 뒤에도, 살기 위해서.

패배하여 빼앗기고, 그대로 죽지 않기 위해.

찾아야만 한다. 몇 번 빼앗기더라도, 무엇을 빼앗기더라도, 거짓으로라도 고개를 들기 위해서는.

──나 자신이 부끄럽게 살고 싶지 않아.

그래, 신. 나도 부끄럽게 살고 싶지 않아. 나 자신에게. 그리고 ── 너나 전대장에게도.

그러니까 그러기 위해서.

패배한 채로 살지 않기 위해, 너를. 전대장을.

전자포함형 내부에 잠입시킨 〈시린〉 중 마지막 한 기가 정비기계에 발견되어 배제당했다.

"칫……."

비카는 무심코 혀를 찼다. 제어중추의 위치는 어느 정도 좁혀졌다고 해도, 아직 명확하지 않다. 조금만 더 가면 되었는데── 정보를 취득할 수단이 더 없는 이상, 완벽함을 기할 수는 없는 노릇이다. 〈스텔라마리스〉의 잔탄도 슬슬 아슬아슬하겠지.

지각동조를 통합함교로 다시 연결하고 입을 열었다.

"밀리제, 함장. 현시점의 제어중추 위치 예측을 보내지. 후보는 세 군데, 이 이상의 조사는 불가능하다. 어중간해서 미안하지만……."

대구경포를 운용하는 해상 포격전은 전차포의 교전 거리보다도 멀다. 〈가듀카〉의 125mm 포로도 힘들지만, 거리에 따라서는 뭔가 도움이 되겠지. 데이터를 보내면서 다른 손으로 전투 기동의 수순을 수행하며 비카는 말하다가…….

시야 구석, 격납고 출입구 너머의 통로를 스치는 쇳빛에 손을 멈추었다.

마지막 대공포를, 마천패루 거점에서의 사격이 날려버렸다.

전자포함형에 남은 마지막 고기동형이 누군가의 앙갚음처럼 갑판에서 추락했다.

보고 내용이 노성처럼 오가는 가운데 〈베네트나시〉의 마지막 주포와 800mm 포의 탄도가 교차했다.

40cm 포탄이 전자포함형 위에서 외피를 터뜨리고 흩어져서 좌현에 마지막으로 남았던 두 기의 155mm 속사포를 작렬하는 자탄으로 날려버렸다. 한편으로 〈베네트나시〉 또한 그 선체에 800mm 포탄의 직격을 맞았다.

무슨 농담처럼 함미가 잘려 나갔다. 스크루까지 파손되었는지 속력이 떨어져서 곧바로 정지── 자력항행 불능.

스크린을 통해 그걸 보면서 이스마엘은 입을 열었다. 전자포함 형의 무장은 이제 엉뚱한 방향으로 고정된 우현 속사포 5문과 귀찮기 짝이 없는 주포 2문뿐.

하지만 〈베네트나시〉는 자력항행 불능, 〈바질리스코스〉는 주포 2문 모두 파손. 〈스텔라마리스〉도 주포 잔탄은 이제 예비탄약고에 남은 것밖에 없다.

그것도 바닥을 드러내면 함체로 부딪쳐서라도 가라앉힐 생각이지만, 그 전에.

"파룽포 발사를 준비한다. 밀리제 대령."

옆에서 지금도 〈저거노트〉를 지휘하는 소녀를 돌아보았다.

"너희 병력을 데리고 퇴함 준비를 시작해라. 구난함에 회수시킬 테니까 그걸 타고 돌아가. 거점에 있는 에이티식스들도 이 상황에서 구난함을 바짝 붙이는 정도라면 어떻게든 된다. 〈레긴레이브〉는 버리게 되겠지만, 아이들만이라면."

그걸 위해서 이 작전을 결정한 장성들에게 고집을 부려서 두 척이나 받아온 구난함이다. 최악의 경우, 〈스텔라마리스〉마저 움직일 수 없게 되었을 때―― 소년병들만이라도 돌려보내기 위해서.

"기동타격군의 임무는―― 거점 제압과 전자가속포형 배제는 완료했다. 너희는 여기까지면 된다. 선단국군의, 정해함대의 전쟁에 더 함께하지 않아도 된다."

"아뇨."

하지만 레나는 고개를 내저었다.

그것이 이스마엘의 책임이고, 각오고, 긍지라면.

에이티식스들에게는 이것이 긍지고, 그 여왕인 자신의 책임이다.

"당신들을 버리고 도망치는 것은 그들의 긍지에 상처를 냅니다. 그것은 저도 마찬가지입니다. 그들이 아직 싸우고 있다면, 저는 같은 전장에 서야만 합니다. 도망칠 준비는 할 수 없습니다."

〈베네트나시〉의 기울어진 상부 갑판 위에 엘리베이터로 초계 헬기가 올라왔다.

완전히 올라오기 전에 엔진을 켜서 휘청거리며 날아올랐다. 휘청거리는 것은 본래 짐을 싣는 곳이 아닌 곳에까지 포탄을 매달아서 적재중량을 초월한 채로 날아올랐기 때문이다. 얼핏 봐도 자폭이 목적이라고 알 수 있게 중무장하고, 하나의 미사일로 변하여 전자포함형에 돌진했다.

그 광경을 배경으로 두 왕은 서로를 한순간 노려보았다. 무정한 바다를, 이형의 괴물을 상대로 계속해서 싸운 정해씨족의 마지막 우두머리와 죽음의 86구에서 살아남은 에이티식스들이 모시는 여왕이.

"너무 위험해지거든 함장 권한으로 퇴함시키겠다. 그거면 되겠지?"

자폭을 시도하는 초계 헬기가 전자포함형의 직전에서, 우현의 속사포가 선회하여 펼친 탄막에 속절없이 격추되는 게 보였다.

헬기는 거의 원형도 남지 않은 금속 덩어리로 변해 추락했다. 가득 실은 포탄이 유폭해 불길이 치솟았다.

그 순간, 바다가 붉게 타올랐다.

원제함의 동력원은 원자력이지만, 탑재한 초계 헬기나 수송 헬기의 동력은 가스 터빈 엔진이다. 보급을 위해 제트 연료를 실었고, 그 연료가 〈데네볼라〉에서, 〈베네트나시〉에서도 유출되어 바다 위로 퍼졌다. 기화한 연료가 인화하여 투명한 붉은 화염이 바다 표면 전체를 훅 훑으며 퍼졌다.

먼바다의 푸른 전장이 시뻘건 색채로 물들었다.

그 불빛을 받으면서, 전자포함형의 기동을 계속해서 저지하던 〈데네볼라〉가 드디어 기관실에 포격을 맞았다.

155mm 속사포의 집요한 포격에 선체가 반쯤 구멍 나고, 노출된 내부에 드디어 속사포탄이 꽂혔다. 조작하는 자는 아무도 살아있지 않은, 시체나 마찬가지인 몰골로 기관만을 움직이던 〈데네볼라〉가 힘없이 스크루를 멈추었다.

그래도 계류삭은 집념처럼 배를 붙들어 함께 가라앉는 익사자의 손길처럼 풀어지지 않았다. 그걸 뿌리치려고 전자포함형은 전진하고, 그대로 변침했다. 계류삭의 태반이 끊어지고, 아직도 붙들고 드는 군함의 잔해를 억지로 뿌리쳤다.

구웅 하고 포효처럼 기관의 신음 소리를 낸 전자포함형의 광학 센서가 다시금 적 기함인 〈스텔라마리스〉로 향했다.

거대 전함이 기운다.

전복할 정도의 급각도로 선체를 기울이며, 커다란 덩치에 어울리지 않는 급변침을 실행한다. 기울어져서 아래로 바다가 보이는 갑판에서, 주저앉은 고기동형과 〈저거노트〉가 나란히 미끄러져 떨어졌다.

"제길……!"

라이덴은 재빨리 앵커를 박아서 〈베어볼프〉를 그 자리에 고정시켰다. 제길. 움직이고 말았다. 이쪽은 아직 대공포와 고기동형을 배제했을 뿐, 속사포는 다 파괴하지 못했는데.

함수가 〈스텔라마리스〉를 마주 보다가 통과하여 우현을 그쪽으로 돌렸다. 멀쩡한 주포와 우현에 살아남은 함포 5기. 군함이 적함에 최대 화력을 발휘하는 자세.

당황한 것처럼 〈스텔라마리스〉가 변침하는 것이 멀리서 보였다. 비웃듯이 구웅 하고 무겁게, 두 문의 800mm 레일건이 선회했다.

그렇게는 안 되지.

형을 없애고, 그것만을 이루고, 자기는 구원도 얻지 못한 채 죽을 터였던 신에게, 누군가와 함께 사는 미래를 제시했다.

공화국 시민의 태반이 죽음을 맞은 대공세 속에서, 라이덴을 지킨 노부인이나 신을 기른 신부님은 살아남았고, 재회할 수 있었다. 이 세계에는 구원이나 보답이 아직 있다고. 희망이라고 할 것을 남긴 듯한 시늉을 그 정도까지 해 주었다.

그런데 그렇게 준 희망이나 미래를 다시금 무자비하게 앗아가려는 심술이 이 세계의 본모습이라면.

그렇다면 더더욱 네가 바라는 대로 절망 따위에 멈출 수는 없는 노릇이지.

〈저거노트〉를 일으켜 세울 수도 없는 경사, 그것도 와이어앵커에 매달린 자세로는 포격해도 명중률을 기대할 수 없다.

"그렇다면 흔들리지 않게…… 고정하면 되는 거잖아."

무장 선택, 전환.

타오르는 바다의 화염 파도를 함수로 가르며 전자포함형이 뱃머리를 돌린다.

탄을 전부 소비한 미사일 포트를 내버리고, 중기관총의 잔탄을 확인하는 상황에서의 급변침이었다. 갑판에 남은 약간의 아군기와 마찬가지로 와이어앵커로 기체를 고정한 상태임에도 〈스노윗치〉의 다리가 갑판에서 떨어질 정도의 급경사에 앙쥬도 고생했다.

전자포함형의 주포가——800mm 포가 선회하는 게 눈에 들어왔지만, 공격할 수 있는 무장이 이미 없다. 중기관총으로는 아무래도 저 거대한 몸에 타격이 되지 않는다.

레나. 그리고 프레데리카도.

어떻게 해야 하나 싶어서 이를 갈았다.

전방의 저 너머. 경사진 갑판을 미끄러져 떨어지다가 솟구친 철골에 걸려서 멈춘, 〈시린〉이 빠져나와서 아무도 없는 〈알카노스트〉가 눈에 들어왔다.

〈레기온〉에 기밀을 빼앗기지 않기 위해 자폭용 고성능 폭약이 내장된 기체.

근처에 매달린 〈사지타리우스〉의 안에서 더스틴이 말했다. 즉석에서 2기 분대를 짜서 서로를 도우며 고기동형을 토벌하고…… 함께 탄이 바닥났다.

〈스노윗치〉에서 〈알카노스트〉까지는 다소 거리가 있다. 〈사지타리우스〉가 더 가까이 있지만, 〈레긴레이브〉를 탄 지 얼마 안 되는 더스틴에게 이 곡예는 불가능하다.

[앙쥬…….]

"그래."

그것 말고 방법은 없다.

"하지만…… 잊지 마."

전위니까…… 항상 선두에서 달리기 때문에 그 사는 방법까지도, 앞을 가로막는 것을 베어내는 모습을 보여준 사람이 알려준 희망을. 미래를. 바라야 할 행복이라고 해야 할 것을. 자신도, 더스틴도.

설령 그 사람이 이 전투에서 이대로 사라지더라도.

[물론. 확실히 기억하고 있어.]

그때 아무래도 지각동조 너머에서 더스틴은 웃었다.

[나는 너를 두고 먼저 죽지 않아.]

선택 무장 전환. 다리의 대장갑 파일드라이버. 4기 동시 기폭.
격발.

57mm 전자 파일 4기가 장갑판으로 덮인 갑판에 꽂혀서 〈베어
볼프〉를 고정했다. 그 반동으로 앵커가 벗겨져서 와이어로 포물
선을 높게 그렸다.

개의치 않고 라이덴은 무장 선택을 주포로 되돌렸다. 각도는 고
정되었지만, 선회포탑을 가진 〈레긴레이브〉의 등에 장비된 건마
운트 40mm 기관포. 한 번 손가락을 떼었던 방아쇠를 즉각 당겼
다.

"이거라면, 어떠냐!"

시선을 따라서 미미하게 움직여 조준을 수정한 기관포가 짐승
이 으르렁대는 것과 비슷한 포성을 냈다. 기관포탄의 폭우가 하
늘을 갈랐다.

〈사지타리우스〉가 다리의 파일드라이버를 전부 쏘았다. 그 기
체가 고정되었다.

[지금이야, 앙쥬. 가!]

동시에 경사진 갑판을 억지로 달려서 뛰쳐나간 〈스노윗치〉가
그 〈사지타리우스〉를 발판으로 삼고서 더욱 도약했다. 대각선으
로 솟구친 철골에 착지하고, 무게를 견디다 못해 무너지기 전에

혼신의 힘으로 〈알카노스트〉를 걷어찼다.

"부탁이야. 닿아!"

기도하듯이 올려다보며 양쪽의 중기관총을 일제히 발사했다.

〈베어볼프〉의 기관포탄은 함미 쪽 800mm 포의 포구 근처에, 그 안쪽에서 전자장을 형성하는 유체금속에 모조리 착탄했다. 포신을 파괴하는 데는 미치지 않았지만, 강렬한 효과로 유체금속을 유리처럼 날려버렸다.

함수 쪽 800mm 포의 포탑에 〈알카노스트〉가 떨어졌다. 〈스노윗치〉가 퍼부은 기관총탄에 내장된 고성능 폭약이 유폭해서 초속 8000미터에 달하는 폭발이 역시나 유체금속을 깨뜨렸다.

그 직후에 사격된 800mm 포탄의 탄도를——폭발에 흐트러진 전자장이 아주 약간 어긋나게 했다.

해상 포격전치고 가까운 거리라고 해도, 10킬로미터 거리다. 탄도가 약간 어긋나기만 해도 탄착이 흐트러지는 것과 직결된다. 두 발의 마탄은 양쪽 다 〈스텔라마리스〉를 크게 빗나가서 해수면에 꽂혔다.

비행갑판이 한순간 쓸려갈 정도의 큰 파도가 좌우에서 정해함을 덮쳤지만, 최대배수량 10만 톤이라는 인류 최대의 군함이 뒤집힐 정도는 아니었다. 비행갑판 위 〈저거노트〉도 덮쳐드는 파도에 쓸려가지 않고 견뎌냈다.

모함은 무사하다. 하지만 그 대가로.

맹렬한 사격 반동에, 동료기의 발판이 되면서 걸린 상정 이상의 무게를 견디다 못해 파일이 벗겨졌다. 10톤이 넘는 펠드레스가 올라탄 철골이 이상한 소리와 함께 빠져서 떨어졌다.

기울어진 상태인 갑판을 〈베어볼프〉가, 〈스노윗치〉와 〈사지타리우스〉가 굴러떨어졌다. 와이어앵커의 재사출은 전원 다 이미 늦었다.

물기둥 세 개가, 전자포함형의 측면에 드높게 솟구쳤다.

그래도 방해할 수 있었던 것은 일격으로 치명상이 되는 800mm 포 2문의 사격뿐이다. 속사포 5문의 포탄은 방해받는 일 없이 〈스텔라마리스〉로 질주했다. 살짝 각도를 주어서 부채꼴로, 좌우 어느 쪽으로 향하더라도 피할 수 없도록 하는 교활함.

〈스텔라마리스〉는 좌우 어느 쪽으로도 향하지 않았다.

그저 살짝 변침해서 함수를 전자포함형과 마주 보게 했다. 착탄까지의 몇 초 동안에 피탄 면적이 가장 적은 자세를 취했다.

태풍은 지나갔다고 해도 아직 바람이 강하다. 안 그래도 거친 파도 속에서 한발 먼저 착탄한 800mm 포탄의 파도가 얄궂게도 〈스텔라마리스〉를 속사포의 탄도에서 살짝 비껴가게 했다.

옆바람에 떠밀려서, 파도 덕분에 조준이 어긋나서, 함수 부근에 명중할 터였던 속사포탄조차도 지근탄으로 끝났다. 뱃전을 스치듯이 해수면에 떨어졌다.

행운은 더 이어지지 않았다.

"큭, 2번 스크루에 착탄?! 떨어져 나간 모양입니다!"

비명 같은 보고에 이스마엘은 혀를 차고 싶은 걸 참았다.

"수중탄, 인가. 마지막에 가서 운이 없었군."

일정 각도로 바닷속에 진입한 포탄이 물의 저항으로 수면 밑을 직진하는 현상이다. 〈스텔라마리스〉를 스친 한 발이 그 직선 경로에서 우연히 스크루에 맞은 모양이다.

거구를 움직이는 네 기의 스크루. 그중에서 한 기를 상실한 〈스텔라마리스〉는── 전자포함형 앞에서, 안 그래도 빠르지 않은 속도를 치명적으로 잃었다.

"라이덴?! 앙쥬!"

두 사람, 그리고 더스틴까지도 지각동조가 끊겨서 세오는 경악하여 말을 흘렸다.

떨어진 〈저거노트〉 따윈 개의치 않고 전자포함형은 느긋하게 변침을 마치려 했다. 급각도로 기울어졌던 배의 자세가 차츰 수평에 가까워졌다.

"큭!"

공격할 때다. 레일건의 방어도 꽤 얇아졌다. 〈스텔라마리스〉도 속사포탄을 완전히 다 피하진 못했는지, 지금 움직임이 멎었다. 하필이면 전자포함형의 포 정면에서!

눈앞에서 떨어진 동료들의 희생에 마치 떠밀린 것처럼, 세오는 〈래핑폭스〉를 몰고 나가려 했다.

그걸 예견한 것처럼 그 앞을 펠드레스 2기가 막아섰다. 얼음으로 세공된 거미 같은 〈알카노스트〉와 마찬가지로 잘 닦은 뼈의 순백색인 〈레긴레이브〉. 레르케의 〈차이카〉. 그리고 유토의 〈베레스라그나〉.

마침내 함께 넘어온 인원 중에서, 세오를 제외하면 갑판 위에 두 사람의 기체밖에 없다.

[적 포는 두 기입니다, 여우님. 혼자서는 쓰러뜨릴 수 없지요.]

[적은 교활하다. 이런 상황에서도 아직 수를 남기고 있을지도 몰라.]

인간이 아닌 소녀의 냉철함이, 무기질적일 정도로 감정이 흐릿한 동료의 목소리가, 끓어오르던 머리를 식혀 주었다. 다시금 자기 시야가 좁아지고 있는 것을 깨닫고, 의식하듯 숨을 내뱉었다.

"미안해……. 고마워."

슬쩍 〈베레스라그나〉가 이쪽을 보았다.

[주공은 맡기마, 릿카. 결정타는 네가 먹이고 싶겠지.]

전자포함형의 변침이 끝났다. 원상복구. 갑판이 수평으로 돌아오고, 그 직후에 반대 방향으로 기울기 시작했다——. 반대쪽으로 방향타를 틀었다. 이번에는 부자연스럽게 속도를 늦춘 〈스텔라마리스〉를 향해 함수를 돌리려고 했다. 확실하게 접근하여 처리하려는 생각일까.

갑판의 경사가 최대로 기운 동안에는 〈레긴레이브〉라도 움직일 수 없다. 레일건에 접근할 수 있는 건 지금밖에 없고, 그 기회를 놓칠 생각은 유토에게도 없다.

탑승기인 〈베레스라그나〉의 광학 센서처럼 무기질적으로 빛나는 붉은 두 눈을 레일건 2문으로 향한 채로 입을 열었다.

"〈베레스라그나〉가 요새의 각기에. 적 주포 파괴에 임한다. 함수 쪽을 〈프리다〉, 함미 쪽을 〈기제라〉라고 호칭. 일단은 〈프리다〉를 뭉갠다. 우현 속사포의 배제를 부탁한다."

속사포의 배제를 우선하기에는 시간이 부족하다. 증원을 기다릴 유예도 없다.

갑판이 기운다. 질주할 수 없는 각도가 시시각각 다가온다.

"레르케……."

[언제든지.]

새가 지저귀는 듯한 대답에 고개를 끄덕여 주고, 거의 동시에.

"간다."

돌진.

〈차이카〉가 살짝 선행했다. 전자포함형의 갑판은 선체 중앙을 향해 급경사를 그려서, 함수에 가까운 여기에서는 휘어진 것처럼도 보인다. 정상의 레일건 2문, 그중에서 함수 쪽 포탑을 향해 불탄 장갑을 박차고 질주했다.

좌우로 어지러울 정도의 자잘한 도약을 거듭하는, 짐승 같은 난수기동으로 적 포의 조준으로부터 몸을 피한다. 이미 인간에게는 불가능한 급가속과 급감속, 그리고 급선회.

속사포는 아직 전멸하지 않았다. 가까운 속사포 몇 기가 선회하고, 질주하는 〈차이카〉를 조준했다. 탄막을 펼쳐지려는 그 순간, 요새에서 날아드는 동료기의 포격. 방패가 없는 포탑 뒷부분에 88mm 고속철갑탄 포화를 집중, 관통시켜서 날려버렸다.

지근거리의 폭염과 튀는 포탑 파편이 날아가는 가운데, 어떠한 두려움도 없이 〈차이카〉는 내달렸다.

전자포함형의 주무장은 800mm 레일건이다. 고작 펠드레스 몇 기에 격파되어서는 안 된다. 무거운 바람 가르는 소리를 내며 함수 쪽의 〈프리다〉, 함미의 〈기제라〉, 두 레일건이 함께 선회한다. 30미터에 달하는 기다란 포신과 800mm 대구경 포구를, 그 거구와 비교해서 너무나도 작은 두 기의 펠드레스로 돌렸다.

조준. 지금이다…….

[유토! 〈기제라〉는 맡겨 줘!]

레일건 두 문이 모두 함수를 향한 순간―― 함미 쪽 〈기제라〉도 〈차이카〉를 노린 틈을 노려서, 무방비한 함미에 새로운 전대가 뛰어올랐다.

전자포함형과 마천패루 거점과의 거리는 이미 〈레긴레이브〉로는 아무리 발버둥 쳐도 넘을 수 없지만, 몸을 던져서 전자포함형의 전진을 붙들었던 원제함 〈데네볼라〉의 잔해. 전자포함형이 뿌리쳐서 지금은 해상을 무력하게 떠도는 그 강철의 사체가 거대 전함과 마천패루 거점 사이에 들어온 순간에 징검다리로 삼아 뛰어넘었다.

도약으로 부족한 거리는 와이어앵커로 보충하면서 갑판에 도달했다. 선두는 시덴의 〈키클롭스〉. 이어서 여태까지의 전투에서 다섯 기가 탈락하고 〈멜뤼진〉을 요새 위에 남겨서 17기 남은 브리싱가멘 전대의 전원.

　적선에 뛰어드는 해적처럼 넘어온 그녀들은 곧바로 눈앞에 있는 포탑에 달라붙었다. 50기 전부가 파괴된 대공기관포와 좌현 쪽은 전멸한 22기 속사포. 그것들이 갑판 중앙에 계단형으로 포개진, 포만으로 구성된 성채 같은 상부구조물. 다시금 앵커를 쏴서 지지대로 삼고, 작은 발판에 〈레긴레이브〉의 다리를 박듯이 타고 올라갔다.

　포신 길이보다도 안쪽에 침입한 그녀들을, 〈기제라〉는 포격할 수 없다. 함수 쪽 〈프리다〉 또한 〈기제라〉가 방해되어서 조준할 수 없다.

　그러니까 〈기제라〉의 30미터 포신 자체를 바람 가르는 소리와 함께 휘둘렀다.

　옆으로 휘두른 포신의, 그 자체만 해도 수백 톤은 될 만한 대질량이 부주의한 한 기를 날려버렸다. 우그러져서 바다로 굴러떨어지는 동료의 이름을 외칠 여유도 없이 다른 〈저거노트〉가 계속 올라갔다.

　야생마처럼 사납게 포신을 휘두르고, 달라붙는 날벌레를 쳐내려는 〈기제라〉의 움직임에 또다시 몇 기가 날아갔지만, 그래도 드디어.

함수 쪽 레일건 〈프리다〉의 눈앞에 〈차이카〉가 도달했다.

함미 쪽 레일건 〈기제라〉의 포탑 위에 〈키클롭스〉가 올라갔다.

레일건 2문의 포탑 위에 펼쳐진 방열용 은색 날개가 풀어져서 단두대의 칼날처럼 떨어졌다. 근접격투용 전도체 와이어. 전자가 속포형이 정상층에서 신과 싸울 때 최후의 카드로 이용한 레일건의 방어 무장. 역시 접근을 허용할 사태를 대비해서 비장의 수를 남겨두고 있었나.

〈차이카〉나 〈키클롭스〉와 전도체 와이어의 거리가 너무 가깝다. 정상층에서 전자가속포형과 전투를 벌일 때 레나가 무력화에 이용한 소이탄 사격도 여기서는 할 수 없지만…….

[질리게 본 수에 허를 찔릴 것 같은가, 이 고철덩이.]

〈차이카〉가 이동을 멈추고 포격했다.

긁힌 갑판이 그슬릴 듯한 급제동으로 이동을 멈추고, 떨어지는 전도체 와이어에 포구를 돌리고 연사한다. 신관의 최단기폭거리(미니멈 레인지) 설정을 해제하고 시한신관으로 공중에서 기폭. 탄창의 잔탄을 단숨에 다 쏴버려서 만든 폭풍의 방패가, 떨어지는 전도체 와이어를 도로 튕겨내고 끊어버렸다.

〈차이카〉 또한 스스로 만든 작렬의 폭풍에 휘말리는 형태로 고개를 숙였다.

자기 기체를 파괴 반경에 들이지 않기 위한 설정이 포탄의 최단기폭거리다. 그것을 해제하고, 더군다나 눈앞에 탄막을 펼쳤는데 멀쩡할 수 있다는 보증은 없다.

마침내 전신에 지근탄의 파편을 받아서 갈가리 찢긴 〈차이카〉가 주저앉았다.

무릎 꿇은 그 기체의 뒤에서 마치 떠오르듯이——유토의 〈베레스라그나〉가 포탄 파편과 전도체 와이어의 칼날 폭풍을 빠져나갔다.

포탑까지 남은 거리, 20미터. 30미터 포신을 보유한 레일건에는 사각이 되는 근접거리.

하지만.

역시 한 걸음 모자랄까…….

유토는 〈차이카〉를 향하려던 포신이 그 속도를 줄이는 일 없이 선회하여 휘두르려는 것을——〈베레스라그나〉를 부수려고 쫓아오는 것을 시야 한쪽으로 보았다. 포탑 후방, 제어중추가 있을 듯한 위치까지는 아직 조금 멀다.

한 쌍의 창 같은 포신이 옆에서 다가온다.

극한의 집중으로 아주 느리게 보이는, 하지만 직격하면 〈저거노트〉는 절대로 버틸 수 없는 초중량 흉기.

그것을 두렵다고 생각하는 마음은 이미 몇 년 전에 잘라내서 사라졌다.

동료가 죽는 것은 기동타격군에 올 때까지 당연했고, 전우는 하나도 살아남는 일 없고, 그러니까 익숙해졌다.

포신이 다가온다. 짓뭉개어질 때까지 얼마 남지 않았다.

갑자기 떠올랐다. 세오에게 했던 탑 이야기.

올라가면서 감정도 욕심도 번뇌도 내버리는, 마치 죽음을 향해 나아가는 듯한 정죄(淨罪)의 탑.

86구에서는 어디고 그 탑을 오르는 것처럼 느꼈다.

하지만 지금은 더 오르지 않는다. 여기는 죽음의 86구가 아니고, 그러니까 죽음을 목표로 하는 것처럼 살지 않아도 된다.

그렇다면 긍지 이외의 번뇌도 감정도 욕심도 소망도, 여기서는 내버리지 않아도 될지 모른다.

옆에서 날아드는 〈프리다〉의 포신.

자신에게 다가오는── 하지만 파괴도 방어도 불가능한 그 흉기를, 그렇기에 완전히 무시하고 다른 목표. 〈프리다〉를 파괴하기 위해 침묵시켜야 할 전도체 와이어의── 나비 날개가 돋아나는 뿌리 같은 그 기반에 88mm 전차포의 포격을 날렸다.

"시덴. 전도체 와이어는 나한테 맡겨."

동료기가 아래층으로 대피하는 가운데, 일부러 남은 마천패루 거점, 제3층 제3구역. 그 구석, 중간에 부러져서 꽃잎처럼 바깥으로 비스듬히 휘어진 철골 위.

그 끄트머리 근처까지 진출하여 전자포함형과의 거리를 조금이라도 좁힌 〈멜뤼진〉에서 샤나는 서둘러 특기도 아닌 장거리 저격의 조준을 신중하게 맞추었다. 자리를 옮기기에는 너무 높아서 쓸 수 없는, 바람이 강해서 저격에도 맞지 않는 불안정한 발판 위.

특기가 아니니까 이렇게 자칫하면 발판이 부러지든가, 발이 미끄러져서 떨어질 듯한 위험한 장소까지 진출해선 안 된다. 특기도 아니고 위험하지만, 이러지 않으면 질 테니까 어쩔 수 없다.

져서 죽고 싶지 않으니까.

이 세계에 인간 따윈 필요 없다. 인간은, 세계는, 악의로 가득하고 잔인하다. 그런 건 알고 있다. 지금 크레나나 레나가 깨달은 것처럼, 눈앞에서 빼앗기지 않아도 잘 알고 있다.

세계는 잔혹하다.

죽는 게 훨씬 편하다고, 희미한 웃음마저 띠고 칼날을 들이댄다.

그래, 그러니까 죽어버리자고는──좋아할 수도 없는 이런 세계가 하는 말에 따를 것 같냐.

〈기제라〉의 등을 향해 대각선 위에서 포격.

표적은 와이어 뭉치가 돋아난 그 뿌리의 장갑에 난 약간의 틈새. 마천패루에서는 이미 점으로밖에 보이지 않는 그 한 점에 정확히 고속철갑탄을 꽂아서 날려버린다.

죽어가는 뱀이나 야수가 내장을 흘리듯이, 꿈틀거리면서 강철의 줄이 떨어졌다. 그 틈새를 누비며 〈키클롭스〉는 포탑의 등, 레일건의 제어계가 있을 듯한 장소에 산탄포를 꽂았다.

[뒈지라고, 고철덩이.]

포성.

발사된 88mm 포탄이 〈기제라〉를 등에서부터 관통했다. 비명 대신 유체를 흩뿌리며, 고정된 상태로 순간 뒤로 젖힌 듯한 함미 쪽 800mm 레일건이 드디어 불을 내뿜으며 침묵했다.

한편 함수 쪽, 다른 레일건인 〈프리다〉는 전도체 와이어를 뿌리째 잃었다. 두들겨 맞은 성형작약탄에 전도체 와이어가 불타고 제어를 잃어 힘없이 간판에 퍼졌다.

　다만 전도체 와이어를 배제해도 〈프리다〉 그 자체는 죽지 않았다.

　근접한 적기를 배제하기 위해 휘두른 레일건의 포신은 속도를 잃는 일 없이 옆에서 날아왔다.

　[방어무장 배제. 나머지 일은⋯⋯.]

　유토는 순간적으로 〈베레스라그나〉를 옆으로 도약시켰던 모양이다. 그 회피도 허무하게 순식간에 쫓아온 〈프리다〉의 포신이 10톤 넘는 〈저거노트〉를 조약돌처럼 튕겨버렸다.

　지각동조가 끊겼다.

　고통스러운 비명 한 번 지르지 못하는 채로, 〈베레스라그나〉가 아래쪽 바다로 떨어졌다.

　그 처절함과 맞바꾸어서.

　"응, 맡겨 줘, 유토. 레르케도."

　아직 남은 폭염을 공중에서 가르며 〈래핑폭스〉가 〈프리다〉의 머리 위에 출현했다.

　땅을 기듯이 질주한 〈차이카〉와 〈베레스라그나〉를 미끼로, 〈차이카〉의 폭염에 몸을 숨기고 와이어앵커와 도약으로 〈프리다〉의 머리 위 공중으로.

최대 각도로 굽어보며 갑판을 향해 포신과 광학 센서의 초점을 맞추던 〈프리다〉는 그 입체적인 연대에 허를 찔렸다. 방어를 위한 무장은 모두 다 썼다.

다만 〈프리다〉 자체는── 레일건 자체는 아직 포격을 실행하지 않았다. 창 같은 포신이 선회하여 〈래핑폭스〉를 다시금 향했다. 그 전체에 빠지직하고 전류의 뱀이 뛰어다니고, 다음 순간 파쇄음과도 비슷한 천둥소리가 울려 퍼졌다.

〈래핑폭스〉의 광학 센서에 이쪽을 향하여 노려보는 구경 800mm의 포구가 비쳤다. 거포라고 해도 역시나 〈레기온〉. 반응이 빠르다. 이쪽도 제어계를 파괴하기 위해 포탑의 등까지는 도달하고 싶었는데.

어쩔 수 없다.

사람 하나는 통째로 삼켜버릴 듯한, 눈앞의 거대한 구멍. 그 안에 탑재되어 있을, 사격 직전의 800mm 포탄에 조준을 맞추고.

격발.

〈레긴레이브〉의 88mm 활강포가 철판을 때리는 듯한 포성을 울렸다.

포신이라고 해도 그 구멍은 구경 800mm만큼 크다. 창끝을 나란히 세운 창 같은 레일들의 사이, 그 정중앙을 포탄이 빠져나갔다. 다만 사격 직전에 조준을 변경한 만큼, 약간이나마 각도가 안 좋았다. 800mm 포탄이 나아가야 할 탄도를 88mm 성형작약탄이 도중까지 역주하고. 포신의 중간 정도를 통과했을 때 전자장을 형성하는 유체에 접촉하여, 그것을 찢으면서 레일을 따라 돌진하더니.

그때 신관이 작동해 터졌다.

전자장을 형성하던 유체의 일부가 성대하게 흩어졌다.

중량 수백 톤이 넘는 포신이다. 88mm 포탄이 내부에서 터졌다고 해서 파괴되지는 않는다. 하지만 안쪽에 가득한 유체가 성대하게 날아가고 회로가 과부하를 일으키며 전류가 폭주했다. 당장에라도 발사하려던 800mm 포탄의——〈프리다〉에게는 불운하게도 눈앞의 날벌레를 쫓아버리기 위해 장전했던 산탄의 외피 신관이 레일 사이에서 오작동하여.

조금 전 작렬보다 더한, 귀를 찢을 듯한 굉음을 내며 폭발했다.

탄체가 가속하기 전—— 운동 에너지를 부여하기 전이다. 요새조차 날려버리는 본래 위력에는 훨씬 못 미친다. 하지만 몇 톤 분량의 산탄을 광범위에 뿌리기 위한 작약의 막대한 에너지가 그대로 〈프리다〉 자신을 덮쳤다.

튼튼하기 짝이 없게 만들어진 레일도 이 충격에는 견딜 수 없다. 낙뢰에 두 동강 난 거목처럼, 한 쌍의 레일이 각각 반대 방향으로 부러지며 포신이 벌어졌다. 탄체를 가속시키기 위한 레일이 그 역할을 다하지 못하는 형태로 불가역적으로 변화했다.

절반 이상 우연이 영향을 끼친 결과——라는 식이긴 하지만.

"〈프리다〉, 격파."

나머지 일은……이라고 생각할 때 충격이 덮쳤다.

"세오?!"

근거리 폭발로 〈래핑폭스〉가 함수 방향으로 성대하게 날아갔다. 격파된 〈기제라〉의 포탑 위에서 시덴은 무심코 소리쳤다.

텅, 텅, 하고 두 번 정도 구르고—— 〈래핑폭스〉는 비틀거리면서 일어섰다. 계속 이어진 상태인 지각동조 너머로, 어질대는 머리를 누르는 기색으로 세오가 말했다.

[아야야야……. 아, 일단은 무사해.]

"참 나……. 평소보다 더 위험천만했다고……."

이걸로 800mm 레일건은 양쪽 다 격파했다.

이제는 남은 속사포를 없애고 〈스텔라마리스〉로 가면 된다고 생각했을 때, 그 〈스텔라마리스〉가 상처 입은 거구를 질질 끌듯이 전자포함형의 좌현 쪽으로 돌아오려는 것을 알아차렸다. 애초부터 전자포함형 자신이 거리를 좁히고 있었으니까, 접근과 포격에 시간은 오래 걸리지 않는다. 속사포를 뭉개는 것도 서두르는게 좋을 것 같다.

갑자기 세오가 긴장된 목소리를 흘렸다.

[앗……! 시덴! 브리싱가멘 전대도 다들 흩어져! 이건…….]

초조함에 사로잡힌 빠른 말로 경고가 날아왔다. 그 목소리가 시덴도 반쯤 잊었던 1년 전 레일건과의 전투 광경을 떠올리게 했다.

그랑 뮬의 정상에서 보았던, 그때는 아직 그라고 생각도 하지 않았던 〈언더테이커〉와 전자가속포형의, 악몽같은 새벽노을 속 대결. 그 종말.

기밀을 지키기 위해, 혹은 적기를 길동무로 삼기 위해서. 자기

체내에 그것을 품은 전투기계의 광기를 드러내는 것.

[전자가속포형엔 자폭장치가 있어!]

경고는, 그걸 떠올리는 것은 정말 아주 조금 늦었다.

〈레기온〉의 전투불능을 판단하는 신은 여기에 없고, 경고는 한 발 늦었다.

무음의 섬광. 그리고 폭음.

내달린 충격파와 섬광과 함께 〈기제라〉가—— 그 자체가 천 톤은 될 법한 레일건이 무게만큼 강철 파편을 산산이 뿌리며 날아갔다.

레나는 자폭한 〈기제라〉의 머리 위나 근처에 있던 브리싱가멘 전대 전체가 날아가는 것을 목격했다. 충격파에 날아가고, 파편을 맞아, 무력하게 전자포함형에서 굴러떨어졌다.

"……!"

튀어나오려던 비명을 간신히 삼켰다.

안 된다. 아까 시덴이 뭐라고 했던가. 그런데 또 동요하는 건 그녀에 대한 배신이다.

급행하는 구조정에 지시하는 에스텔의 목소리가 들렸다. 5번, 7번, 가고 있지요? 12번, 수용 완료 후 대기 위치로. 15번, 이미 한계겠죠. 급유를. 구조정은 정해함대에 속한 모두가 한 명이라도 많은 사람을 구하려고 불바다와 빗발치는 포격 속을 쉴 새 없이 돌아다니고 있다. 그들 중 누군가가 구할 거라고 믿어야 한다.

해난구조는 한시를 다툰다. 그 효율을 조금이라도 올리기 위해 프레데리카가 이능력을 계속해서 쓰고 있는 모양인지, 흐느껴 우는 그녀에게 구조정의 누군가가 말을 거는 게 무선 통신 너머로 들렸다.

　[꼬마 아가씨, 이제 정말로 됐으니까 그만 봐. 손상 정도는 우리가 보고 있고, 부상자 선별 훈련도 받았다. 네가 무리하지 않아도 돼!]

　흐느껴 울면서 프레데리카는 그래도 당차게 고개를 내저은 모양이다.

　"아니 된다. 내게는 할 수 있는 일이 있다. 바다에 떨어져서 구해야 할 이들은 아직 많다. 할 수 있는 일을 하지 않고 후회할 순 없다. 그러니까, 아직이다."

　"…………예."

　소리 내지 않고 입 안으로 중얼거리며 레나는 고개를 들었다. 그렇다. 아직 손을 멈출 수는 없다. 아직—— 전자포함형 자체는 죽지 않았다.

　문득 뭔가가 경보를 울렸다.

　죽지 않았다……?

　그럼 레일건은 죽었을까?

　무엇을 근거로—— 죽었다고 확인했지?

　〈레기온〉의 한탄을 듣는 신은 여기 없다. 기계장치의 망령이 이 세상에 계속 머무는 한 거듭되는 단말마의 비명, 그게 끊어지는 순간을 아무도 확인할 수 없는데…….

그 생각에 이끌린 것처럼 고개를 들고 바라본 곳. 전자포함형 상공에 소용돌이치는 은색이 눈에 들어왔다.

햇살을 난반사하며 소리도 없이 날갯짓하는, 그것은 은색 날개가 달린 나비의 대군이다. 〈레기온〉 제어계가 변한 기계장치의 나비.

아마도 격파한 〈기제라〉의 제어와 화기관제를 위한 마이크로머신.

마천패루 거점 최상층의 전자가속포형이 격파된 직후, 떨어져 내린 은색 물방울.

그때 깨달았어야 했다.

전자포함형은 고기동형과 마찬가지로 불사의 기능을 가진 지휘관기다. 기체를 파괴한 정도로는 격파했다고 판정할 수 없다.

그것은 앞으로 대치할 〈양치기〉── 어쩌면 잡병들마저도.

나비 떼가 무너져 내렸다. 추락하듯이 날개를 접고, 불길한 달빛처럼 쏟아져 내렸다.

그것이 향하는 곳은 세오가 격파한 함수 쪽 레일건, 〈프리다〉. 날아서 무리를 지어, 가느다란 틈새로 물방울이 스며들 듯이 장갑의 작은 이음매를 통해 들어갔다. 포신 내부에서 폭발이 일어나 레일 형태의 포신이 휘어지고 벌어진, 더는 쏠 수 없을 터인 레일건에.

바짝바짝 타들어가는 듯한 초조함이 입을 통해 튀어나왔다.

"프로세서 전원에게, 〈프리다〉의 사선에서 대피! 세오, 도망치세요!"

말하면서 깨닫고 있었다.

틀렸다, 이건 늦었다. 알아차리는 게 치명적으로 늦었다. 저 은색 나비들이 그 형태를 띠고 있는 동안에 두들겼어야 했다.

레일건의 포격 때마다 부서져서 흩어지던 은색 물방울.

그것은, 그것도 유체 마이크로머신이다. 포신의 마모란 다시 말해 전자장을 구성하는 유체 마이크로머신의 소모다.

자폭에 몰린 〈기제라〉는 몰라도 〈프리다〉의 파괴된 부위는 포신뿐이다. 탄체를 가속하는 레일의 기능은 다할 수 없기에, 그걸로 격파했다고 생각했다.

하지만 전자장을 구성하는 것이 유체 마이크로머신이었다면.

이를테면 근처에 아군기의 잔해가 있어서 대량의 유체 마이크로머신을 손에 넣는다면.

"포격이 옵니다! 유체 마이크로머신이 포신이 되어…… 〈프리다〉가 부활합니다!"

확 날아든 무수한 은색 입자가 함수 쪽, 구부러진 포신을 갑판에 늘어뜨린 〈프리다〉에 빨려들었다. 메마른 모래가 탐욕스럽게 물을 빨아들이듯이, 쏟아져 내린 것들이 죄다 순식간에.

광학 센서에 파란불이 켜졌다.

무력하게 기울어져 있던 〈프리다〉의 30미터 포신이 바닷바람을 가르며 수평 위치로 올라갔다. 수소의 뿔처럼, 동방의 투구 장식처럼 구부러지고, 틈이 벌어진 창 모양의 레일.

그 안쪽에 은색이 스몄다.

전자장을 구성하는 유체 마이크로머신. 본래 공간보다 틈새가 훨씬 크게 벌어졌지만, 은색의 유체가 대량으로 넘쳐나고 성에가 성장하듯이 뻗어서 그것을 메웠다.

격파된 〈기제라〉의 화기관제계. 그것을 구성하던 유체 마이크로머신을 흡수해서, 말 그대로 빈 구멍을 메워서.

대기를 찢는 절규로 보랏빛 전류가 튄다.

전자장이 융기한다. 〈프리다〉의 강철의 몸 구석구석에서 소규모의 벼락이 주위 갑판이나 포의 전해에 착탄했다. 포신이 고개를 쳐들었다. 수평. 더욱 앙각을 취하여 살짝 대각선으로.

조준은——마천패루 거점. 그 위에 있는 〈저거노트〉들.

800mm 레일건이 포효했다.

근처에 벼락이 떨어진 것처럼 800mm 포의 격렬한 포성이 울려 퍼졌다. 그 이상으로 파괴적인, 상상을 초월하는 탄속이 만들어낸 충격파가 갑판 위를 쓸어버렸다.

사격 직전에 함수 근처까지 날아갔다가 그대로 함수에 와이어 앵커를 걸어 뛰어내리는 것으로 〈래핑폭스〉는 그 맹렬한 충격파를 피했다.

하지만 그렇게 버티고 와이어를 감아서 다시 올라간 전자포함형의 갑판 위.

거기서 보이는 참상.

"아…………."

들어본 적 없는 파쇄음이 울렸다. 이런 근거리에서 800mm 포탄의 직격을 맞은 마천패루 거점이, 자기 중량을 이기다 못해 삐걱대는 비명을 지르고 있었다. 제3층 전체가 피탄했다.

초고속, 대질량 탄체는 그 몸에 두른 막대한 파괴력을 남김없이 강철탑에 퍼부었다. 고층 건조물의 막대한 중량을 지탱하기 위한 견고한 기둥이 부러지고 찢어져서, 금속이 삐걱대는 날카로운 소리를 내고 있었다.

아직 탑에 있을 터였던.

"크레나. 다른 사람들은……."

쏟아진 파편이나 충격파에 당한 모양인 〈저거노트〉가 찢어진 철골 틈새에 수없이 쓰러져 있는 것이 광학 스크린에 비쳤다.

다행스럽게도 대피가 시작된 뒤였기에 파괴된 숫자는 그리 많지 않다. 아니, 그렇다고 해도 너무 적다. 나머지는 날아가서 추락했든가——운 나쁘게 사선에 있어서 완전히 사라졌든가.

근처에 있던 동료가 달려가서 조종석을 열었다. 다행스럽게 숨이 붙어있는 듯한 동료를 끌어내 자기 조종석까지 데려가서 서둘러 요새를 내려갔다.

마천패루 거점이 삐걱댔다.

자기 자신의 막대한 중량을 견디다 못해——드디어 한계에 도달하여 여섯 개의 기둥 중 하나가 뚝 부러졌다.

강철을 조립한 기둥이 산산이 분해되듯이 쓰러졌다. 그 자체가 빌딩 정도로 거대한 기둥이, 거기에 연결된 대들보와 함께. 너무나도 거대하기에 완만하게도 보이는 움직임으로, 하지만 중력에 이끌려서 차츰 속도를 더하여 맹렬하게. 신경이나 혈관이 함께 뽑혀 나오듯이 철골이 요새에서 뽑혀서, 혹은 도중에 끊겨서, 강철의 창으로 변하여 추락했다. 그 틈새를 살아남은 〈저거노트〉가 필사적인 속도로 달려서 내려갔다.

한편 사격을 마친 〈프리다〉에서는 은색 유체 마이크로머신이 선혈처럼 흩어졌다.

포신 대신 유체 마이크로머신을 사용하는 것은 아무리 〈레기온〉이라도 무리가 있었던 거겠지. 포신을 구성했던 유체는 그 태반이 깨진 수정 조각처럼 성대하게 흩어져 날아갔다.

빛을 그리며 배 밖까지 흩어진 작은 물방울은 그대로 바다로, 어느 정도 이상의 덩어리는 낙하하기 전에 나비로 변해 얇은 종이 같은 날개로 바람을 받아 돌아왔다. 사격의 반동으로 더욱 휘어지고 벌어진 포신 틈새를 그 나비들이 다시금 메웠다. 역시나 그것만으로는 다 메우기에 부족한지 〈프리다〉 본체에서 또다시 유체 마이크로머신의 물방울이 나와서 성에가 뻗듯이 은색을 성장시켰다.

〈프리다〉 자신의 제어용 유체 마이크로머신까지 포신에 쓰는 재포격 준비.

——아직도 쏠 수 있다니……!

낙뢰의 포효가 다시금 레일건의 발사 준비 완료를, 흘러나오는 벼락의 충격음을 통해 알렸다.

그 포탑이, 부품 중 뭔가가 간섭하여 삐걱대는 비명을 지르며 선회한다.

표적은.

"〈스텔라마리스〉……."

이미 움직일 수 있는 〈저거노트〉는 자신의 〈래핑폭스〉 말고 없다.

라이덴도 앙쥬도 더스틴도, 유토도 시덴도 떨어졌다.

요새에 있는 크레나 등은 마천패루 거점이 쓰러지기 전에 안전한 지점으로 도망쳐야만 해서, 스크루가 손상된 데다가 유인에 걸려 접근한 〈스텔라마리스〉는 이 순간 사선 위에서 도망칠 수 없다.

그러니까.

그 사실에 신기하게도 정신이 고요해지는 것을 세오는 느꼈다. 세계에 자신과 눈앞의 레일건밖에 없는 듯이, 가늘고 날카롭게 연마되어갔다.

자신 말고는 아무도 이 사태를 타개할 수 없다.

〈스텔라마리스〉가 격침되면 안 된다. 저 배를 잃을 수는 없다.

레나를 죽게 할 수는 없다. 프레데리카나 비카나 마르셀이나 관제원, 정비 크루도. 이스마엘 등 정해함의 승조원들도 살아서 돌아가는 것까지가 역할이다. 동포를 희생하면서 길을 열어주고, 자신들만 귀환하는 오명을 쓰면서까지 밀고 나가는 마지막 긍지가 그 역할이다.

무엇보다 〈스텔라마리스〉는 돌아가기 위한 배다. 여기에 있는 모두를 돌려보내야 한다.

그리고 자신도.

"돌아가야지……."

그런 장소가 아무 데도 없더라도, 어딘가에서 찾아내고. 만들어서.

붕괴하는 철탑은 전자포함형의 측면을 스쳐서 해수면에 꽂히는 궤도로 쓰러졌다. 그러니까 쓰러지는 도중인 지금, 그 중량의 태반은 세오와 전자포함형의 머리 위에 있다.

혹사했어도 아직 무사한, 기동전투를 위해 튼튼하게 만들어진 와이어앵커. 왼쪽의 그것을 머리 위를 향해 쏘았다. 쓰러지는 철탑의, 거의 해수면과 수평이 된 그 측면의 철골 중 하나에 얽었다. 동시에 도약.

와이어를 휘감고 각력만을 이용한 것보다 더 고속으로──── 레일건의 머리 위를 향해, 〈래핑폭스〉는 뛰었다.

그래, 세계는 잔혹하다. 악의로 가득하고 부조리하다.

살 이유가 있는 인간이 죽고, 살 이유 따윈 없는 인간이 살아남고. 반대여야 한다고 생각하지만, 그렇게 되는 일은 있다. 그러니까 살아남은 쪽은 살아야만 한다.

죽은 그 녀석에게, 죽어서 이미 어디에도 없지만 아직 자신은 기억하는 그 녀석에게, 볼 낯이 없는 식으로 살 수는 없으니까.

그러니까 행복해져야만 한다.

혼자라도, 미래를 생각하는 건 아직 무섭더라도 반드시.

전대장.

──용서하지 말아 줘.

자신의 죽음을 저주로 삼고 싶지 않으니까, 그렇게 말한 거겠지. 죽는 그 순간까지 타인을 배려했다. 마지막까지 고결하게 살았다.

하지만 내게는 그 저주가 아직 필요하니까.

당신이라는 저주가 없으면 아직 살아갈 수 없으니까.

당신의 죽음에, 죽은 당신에게, 나는 내 삶으로 보상해야만 한다. 아무에게도 보답받지 못하고 죽은 당신에게, 그러니까 당신을 아는 유일한 생존자인 내가 내 삶으로 보답하지 않으면 당신은 정말로 개죽음이 되어버린다.

그걸 위해서.

전대장.

당신은 분명 어리석은 짓을 했지만,

온 세상 모두가 바보라고 할지도 모르지만, 하지만 틀림없이 옳았다.

당신은 올바르게 살았다고, 당신을 어리석다고 말하는 세상에 계속 보여주기 위해서는…… 나는, 내가, 살아서 행복해져야만 하니까.

아무것도 없더라도, 모든 것을 다 잃었더라도, 그래도 살아야만 한다고 생각하기 때문에.

행복해져야만 한다는 저주로── 당신을 바꾼다.

조준은 레일건의 등, 장갑 아래의 제어계. 시덴이 거길 쏴서 보여준, 일격으로 레일건을 침묵시킬 수 있는 몇 안 되는 약점.

그 한 점을 노려서, 포물선을 그리며 〈래핑폭스〉는 뛰었다.

——여기다.

노려야 할 한 점이 눈앞으로 온다. 기체를 뒤집어서 포를 아래로 향하게 한다. 짧고 날카롭게, 멈추고 있던 숨을 무의식중에 내뱉었다. 조준이 맞기까지 얼마 남지 않았다.

하지만 하늘을 나는 기능은 없는 〈저거노트〉는 공중에서 포물선으로밖에 움직일 수 없다. 단순한 그 궤도는 지극히 겨누기 쉽다. 시야 구석, 살아남은 마지막 속사포가 이쪽을 향하는 것이 눈에 비쳤다.

피하고 있을 겨를은 없다.

조준이 맞았다.

방아쇠에 건 손가락을.

함포를 조준하는 방법을, 그는 모른다. 그러니까 들린 것을 그대로 전했다.

"함수에서 120미터, 흘수선 바로 위……."

그게 육상이었으면 도저히 살아남을 수 없는 높이에서의 추락이다. 〈레긴레이브〉의 고성능 완충계는 그래도 탑승자를 지켰지만, 군의에게 안정을 명령받을 정도로 중상이었다.

그래도 필요하다고 생각했으니까 치료를 중단하고 통합함교에 왔다.

아직 자신은 살아있고, 아직 동료들은 싸우고 있고, 그리고 아직 할 수 있는 일은 남아있다. 그런 이상 그것을 하지 않고 자고 있을 수는 없다.

해석이 헛일이 되었다고, 부축하던 비카가 쓴웃음을 지었다. 고개를 돌리고 귀를 기울이던 이스마엘이 화기관제사관에게 시선을 주어 조준 지시를 내렸다.

눈을 크게 뜨고 얼어붙은 은백색 두 눈동자에서 지금은 눈을 돌리고―― 이것만으로도 벌써 숨이 가쁜 상태로 그것의 위치를 말했다.

"제어중추는 거기입니다. 거기가 가장 목소리가 많습니다. 조준하세요!"

정해함〈스텔라마리스〉, 비행갑판.

네 문의 40cm 연장포가 굉음과 함께 선회했다. 방금 전 폭풍의 비바람과 이 전투에서의 검댕과 생채기. 마지막 항해에서 전상(戰傷)의 영예를 얻은 전함의 여왕의 그 웅장한 모습.

갑판에서의 준비를 마치고 함교 안으로 대피했던 캐터펄트 요원들이 새롭게 전달한 조준에 맞춰 조정을 마친 그 거포를 만감이 어린 심정으로 바라보았다. 정해함〈스텔라마리스〉주포, 아마도 이것이 그 마지막 사격.

그 마지막 사격에 정해씨족이 아닌, 선단국군인조차도 아닌 외국 병사의 힘을 빌리게 된 것은, 고맙기는 해도 아주 살짝 열받는 일이다.

[발사!]

폭발과 같은 발사염과 강렬한 사격의 충격파를 흩뿌리면서 포격. 잔탄을 죄다 허공에 토해내어서 뭉게뭉게 포연을 일으키며 침묵——영원한 침묵.

이어서.

"운이 좋구나, 〈스텔라마리스〉. 우리의 의붓어머니이자 마지막 어머니. 마지막 싸움에서 파룡포까지 쏘고 끝낼 수 있어."

캐터펄트 요원 하나가 중얼거렸다. 명령이 내려왔다. 그들의 의붓형, 하지만 위대한 맏이인——이스마엘의 마지막 포격 명령.

[조준은 그대로. 파룡포…… 발사!]

활주로에 길게 파묻힌 증기 캐터펄트. 하얗게 수증기의 꼬리를 일으키면서 셔틀이 작동 순간을 고대하는——그 캐터펄트가 작동했다.

두 기의 원자로가 내는 막대한 파워가 셔틀을 날려버렸다. 중량 30톤의 전투기를, 순식간에 이륙 결심속도까지 가속하는 것이 항공모함의 계보인 정해함에 장착된 캐터펄트의 역할이다. 그 전투기를 견인하는 셔틀이 함재기가 아니라 쇠사슬의 꼬리를 끌고 질주했다. 굵은 쇠사슬. 양쪽 끝에 정해함 〈스텔라마리스〉의 중량 15톤에 달하는 닻을 끌고서.

그것은 셔틀에 끌려서 비행갑판 위, 90미터의 활주로를 1초도 못 되는 시간 동안에 주파했다. 캐터펄트란 원래 장력식, 혹은 꼬임식의 힘으로 탄체를 쏘는 공성병기의 명칭이다.

그 이름을 가진 전투기의 발진 보조장치가 과거의 투석기의 역할을 그대로 이었다. 셔틀이 활주로 끝까지 도달, 딱딱한 대음향으로 급정지. 그 기세 그대로 떠오른 와이어가 포물선의 정점에서 닻을 내던졌다.

시속 300킬로미터의 속도가 그대로 부여된 중량 15톤의 거대한 화살촉이 날아갔다.

파룽포.

함재기도 포탄도 다 떨어졌더라도 눈앞의 포광종을 없애기 위한—— 정해함의 마지막 무장.

닻이 날아간다. 앞서 도달한 40cm 포의 중량 1톤급의 포탄을 뒤쫓아서. 고대의 투석기와 큰 차이 없는, 원시적인 난폭한 투척 방법으로 발사된 화살촉이 인류의 어느 나라도 실용화에 이르지 못한 최신예 레일건, 그 예상되는 탄도와 교차하여.

포성이 들린 듯했다.

그럴 리는 없다. 소리가 도달하는 속도는 포탄보다도 느리다. 탄속이 빠르고 교전거리가 먼 현대의 전쟁에서 포성은 착탄보다 나중에 온다.

하지만 그 포성에 마치 등을 떠밀린 것처럼, 세오는 방아쇠를 당졌다. 상대하는 155mm 속사포의 포성 따윈 귀에 들어오지 않았다.

머리 위에서 발사된 88mm 고속철갑탄은 〈프리다〉의 제어부를 위에서부터 관통했다.

들릴 리 없는 기계장치의 망령이 지르는 비명이 들린 듯했다.

위에서의 포격에 〈프리다〉는 순간 제어부부터 두 쪽으로 부러진 듯이 포신을 쳐들었다. 포신에 집중되었던 전자력이 갈 곳을 잃고 회로를 역류. 온몸에서 벼락의 피를 분출하여 쓰러졌다. 직후에 자폭장치가 작동. 엉뚱한 방향으로 날아간 800mm 포탄이 먼바다의 저편에 착탄했다.

이어서 〈스텔라마리스〉의 포격이 전자포함형에 착탄── 또다시 착탄한다.

견고한 장갑을 자랑하는 전자포함형이지만, 〈스텔라마리스〉는 거리를 좁혔고, 또한 전자포함형 자신이 정해함에 접근해 있었다. 탄속을 줄이는 거리라는 방패를 스스로 내버렸다.

40cm 포탄의 연사가 측면의 한 점에 정확하게 연속으로 꽂혔다. 몇 번째일지 모를 작렬에 드디어 관통. 다음 탄이 함체 내부에 침입하여 거기서 작렬.

장갑 내부에서의 충격에── 드디어 전자포함형의 측면에 커다란 구멍이 뚫렸다.

그 구멍에 시대착오인가 싶은 거대한 닻이 마무리 일격이라는 듯이 날아와서 돌입했다.

은색 유체 마이크로머신이 뿜어져 나오는 선혈처럼 성대하게 뛰었다.

구웅……! 하고 지각동조의 너머, 전자포함형이 포효를 질렀다. 분노의 포효. 혹은 증오의 포효.

쇳빛의 거함은 그대로 착탄의 기세에 굴한 것처럼 옆으로 쓰러졌다. 해일처럼 바다를 가르며, 파도 너머로 가라앉았다.

마지막으로 집착 같은 시선을 바다 너머의 정해함으로 보내고.

최대배수량 10만 톤의 거대 전함은 속절없이 바닷속으로 가라앉았다.

이어진 상태인 지각동조의 너머, 전자포함형이 내는 비탄의 목소리는 아직 사라지지 않았다.

아직 살아있다. 그 사실에 레나는 험악한 눈초리를 했다.

침몰한 게 아니다. 잠수한 것이다. 애초부터 바닷속에서 부상한 전자포함형이다. 전투 자체는 불가능해도 잠항은 가능하다고 봐야겠지.

거리를 덜 좁혔다. 잔탄의 태반을 장갑을 파괴하는 데 소비해버렸다. 제어중추의 완전파괴에는 이르지 못했다.

상처 입은 물고기가 헤엄쳐 떠나듯이, 전자포함형의 규환이 멀어졌다.

그걸 듣고 레나는 이스마엘을 돌아보았다.

"함장님, 추격을. 아직 전자포함형은 죽지 않았습……."

그렇게 말을 꺼내다가.

레나는 말을 잃었다.

마치 목과 혀가 얼어붙은 듯이, 움직이기는커녕 생각조차도 할 수 없게 되었다.

모두가 그렇게 되었다.

외부를 비추는 홀로스크린.

그 스크린을 가득 메운 거대한 안구가 내려다보고 있었다.

중앙에 하나. 좌우 측면에 하나씩. 안구 하나하나가 인간이 그대로 들어갈 듯한, 그렇게 거대한 안구가 응시하고 있는데도 불구하고 시선이 마주친 것처럼도 느껴지지 않는 그런 시선이었다.

인간이라는 생물의 연약함과 왜소함을 더없이 깨닫게 되는 듯한.

검은 동공과 그 주위의 홍채, 눈꺼풀은 없지만 흰자위 부분은 거의 보이지 않는, 살짝 투명감이 있는 동공의 구조에서 인간이나 동물과 구조 자체의 차이는 그리 없다고 깨달았다. 하지만 원이나 타원이 아니라 날카로운 마름모꼴이 이어진 동공과 금속광택이면서 유막의 무지갯빛과 비슷하게 빛나는 공작색의 홍채.

인간이 아닌 이형의 존재.

마천패루 거점에서 수십 킬로미터 저편. 바다의 색깔이 변하는 경계. 인간의 영역과 그 바깥과의 경계.

그 경계를 어느새 넘어서, 정해함의 눈앞에 한 마리 고래가 떠올라 있었다.

기다란 목과 뾰족한 머리. 하나같이 비늘에 뒤덮였고, 그 비늘의 질감이 뭐라고 할 수 없이 이상했다. 금속의 예리한 광채를 띤 갑옷처럼, 나이프처럼 날카로운 비늘을, 수정처럼 투명하면서도 해파리의 몸처럼 부드러운 질감의 또 하나의 비늘층이 두텁게 뒤덮고 있었다. 뒷머리부터 목 뒤쪽, 등에 해당하는 부분에 빈틈없이 난, 쪼개진 수정의 무리 같은 등지느러미형의 기관.

딱딱한 비늘의 존재와 뾰족한 입은 구태여 말하자면 파충류. 하지만 어딘가 부드러운 실루엣은 바다 민달팽이 같은 연체동물을 인상케 했다.

몸길이는 추정 330미터. 고래 최대급인 포광종(무스쿨라), 관측사례가 있는 것 중에서 최대급인 300미터급이 행차했다.

푸른 바다를 지배하는 바다의 왕은 〈스텔라마리스〉를 조용히, 그리고 오만하게 내려다보았다. 정해함 안에 우글대는 육상포유류의 존재를 명백히 인식하고 있다는 것을 왠지 알 수 있었다.

눈꺼풀이 없는 안구는 껌뻑이지 않고, 함내의 일행을 응시한 채로 움직이지도 않았다.

지친 인류와 그 배, 그 적이자 인류가 만들어낸 기계의 일종인 강철의 괴물. 그 쌍방 중 어느 쪽에게도 이질적이며 통하는 바가 하나도 없는 이질적인 시선.

이 세계에 신이 있다면 그것은 이런 시선을 할지도 모른다.

눈앞에 있는 포광종의 뾰족한 머리에서 갑자기 입이 쩍 벌어졌다.

안쪽에서 예리하게 빛나는 수정 모양의 돌기가 엿보였다.

하늘을 태우는 레이저의 발진부라고, 마비된 머릿속 한구석에서 가까스로 이해했다.

그때, 포광종이 포효했다.

————————————————————————

————————————————————————!!

무거운 〈스텔라마리스〉의 함체가 찌르르 진동하여 소리낼 정도
인 고주파의 대음향. 인류의 가청영역 아슬아슬한, 소리라기보다
는 충격파에 가까운 그것이 온몸을 때렸다.

말은 없다.

고래는 인간의 말을 하지 않고, 또한 고래 사이의 커뮤니케이션
에 언어가 사용되는지도 아직 판명되지 않았다.

그래도 그것이 경고임은 모두가 이해했다.

본능적인 공포가 몸도 생각도 얼어붙게 했다. 인간 따윈 본래 대
지를 기어다닐 뿐인 무력한 동물의 일종이다. 혼자서 인류의 예
지도 살육기계의 전투 능력도 깨뜨리는, 자연의 폭위 그 자체인
절대강자와 대치할 수 있을 리도 없다.

열렸을 때와 마찬가지로 갑작스럽게 입을 다물고 포광종이 몸
을 돌렸다. 몸길이 300미터 이상, 생물이라고 믿기지 않는 거구
의 동물에게 어울리는, 무엇도 겁내지 않는 느긋한 움직임으로.

그 기다란 머리의 코앞부터 파도 밑으로 사라지고, 천천히 노닐
듯이 수평선 너머로 헤엄쳐 갈 때까지—— 인간들은 누구 하나도
꿈쩍할 수 없었다.

Illustration:I-IV

숨조차도 최소한으로 억누르고 몸을 움츠린, 폭풍을 넘기는 조그만 동물들 같은 시간이 지나가고 잠시.

휴우……하고 길게 숨을 내뱉고 처음에 움직인 것은 신이었다.

그렇긴 해도 자신의 의지로 움직인 건 아니다. 치료도 받지 않고 억지로 통합함교까지 왔던 그 무리가 드디어 한계에 도달해서 서 있을 수 없이 몸을 굽힌 것이다.

"신?!"

다급히 레나가 달려왔다. 부축해 주고 있던 비카가 무릎을 꿇었기에, 옆에서 따라서 그대로 무릎을 꿇었다.

"정말이지…… 그러니까 무리하지 말아달라고……!"

"경이 돌아오면 내 할 일도 없고, 간곡하게 부탁하길래 데려왔는데……이젠 됐겠지. 얌전히 치료를 받으러 가라. 마르셀, 도와다오."

"그야, 전투가 끝났으니까 돌아갈 거긴 한데. 조금만 기다려."

울음을 터뜨릴 듯한 레나에게서 눈을 돌리고, 탄식하는 비카와 고개를 들고 한숨을 내쉬는 마르셀은 일단 무시하고, 구조되었을 때는 일단 벗겼다가 여기에 오는 도중에 대충 끼웠을 뿐인 레이드 디바이스를 고쳐 썼다.

동조의 대상은 당연히.

"크레나, 세오. 걱정을 끼쳤군. 나는 무사하다. 다른 녀석들은 아직 회수 중이라서 확인할 수 없지만……."

크레나가 크게 숨을 들이마시는 소리가 들렸다. 그런 뒤로 오랫동안, 정말 오랫동안 울듯이 숨을 내쉬는 것도.

[······························! 신··························!]

[아, 나도 회수되었고, 일단 살아있어. 최소한 앙쥬와 더스틴은 함께 회수되었어.]

이어서 치료실이나 병원에서 통신만으로 끼어든 라이덴의 목소리도.

세오의 대답만이 없었다.

눈물을 닦고 레나가 먼저 말했다.

"고맙습니다, 세오. 당신이 레일건을 파괴해 주지 않았으면 우리는 당했습니다."

대답하는 목소리는 역시 없다. 의아하게 신이 입을 열려던 직후에 간신히.

[잘됐어, 레나. 신, 라이덴도…… 다행이야. 너희는 무사해서.]

그 목소리의 느낌.

억누르는 듯한. 뭔가를──이를테면 통증을 참고 있는 듯한.

"세오……?"

부상이라도 입었나 싶어서 무의식중에 목소리가 낮아졌다. 긴박함이 목을 죄어드는 것을 자각했다.

이 목소리.

견디듯이 억누르고, 그리고 어딘가 부자연스러울 정도로 차분하고 조용한. 체념과도 비슷한 목소리. 견디고 있는 건 상처의 고통만이 아니다.

다급한 심정으로 물었다.

"부상을 입었나. 자력으로 돌아올 수 없다면 지금……."

그 말을 가로막으며 세오는 말했다.

이야기할 수 있는 시간은 아마 별로 없다. 자극이 너무 강해서 감각이 마비되었기 때문에 아무것도 느끼지 않을 뿐이지, 돌아오면 분명 입도 열 수 없다.

"응. 미안……."

마지막에 교차한 155mm 함포탄은.

산탄이었다. 신관의 설정이 어긋났던 것인지, 〈래핑폭스〉의 옆을 통과한 뒤에 자폭했다. 직격은 아니었다. 작렬하여 흩어진 그 파편도 대부분은 등의 포가 막아주었다.

다만.

전자포함형을 붙들어주고 있던 원제함 〈데네볼라〉의 잔해. 그 위에 선 〈래핑폭스〉의 조종석 안, 세오는 그 손상을 보았다. 폐쇄된 조종석 안에서 직접은 보이지 않을 터인 〈래핑폭스〉의 손상을 보았다───. 뒤에서 덮친 포탄 파편은 왼쪽 다리를 앞뒤 모두, 장갑과 프레임, 이어서 조종석 블록의 일부에 이르기까지 잘라내어 가져갔다.

도려내진 것처럼 뻥 하니 구멍이 뚫린 프레임에서 푸른색이 엿보였다.

하늘의 푸른색과 바다의 푸른색. 잔해라고 해도 원제함의 갑판이었던 장소는 해수면보다 훨씬 높은 위치에 있고, 그렇기에 가로막는 것이 없는 바다 저 멀리까지 눈에 들어왔다. 바다라고 하면 연상하는 푸른 색채와 먼바다의 낯선 깊은 남색.

수면 위로 생물이라곤 인간이나 동물만이 아니라 새도 곤충조차도 살 수 없는 맑은 대기의, 폭풍이 지나간 뒤에 깨끗하니 구름 한 점 없는 하늘의 남색 하늘. 수평선을 경계로 그 아래, 남색의 바다와 푸른 바다는 높이 떠 있는 햇살에 파도 가장자리를 치밀하면서도 아름다운 청색으로 빛냈다.

어느 한쪽이, 어쩌면 양쪽 다가 거울처럼 새파랬다.

양쪽 다 빛나듯이, 그 심연의 어둠은 결코 통과시키지 않는다.

청색은 어둠의 표면.

들여다보이지 않는 나락의 표층인데도—— 왜 이렇게나 빨려들 것처럼 아름다울까.

전장이, 전투가 좋다고 생각한 적은 없다.

공화국 86구에서 무인기의 부품으로 강제로 싸우게 되고, 그 끝에 헛되이 죽으라는 명령을 받은 것을 지금도 세오는 원망한다.

싸우고 싶지 않았다. 그것밖에 선택할 길이 없었을 뿐이다.

살아남았는데. 자신의 긍지를 지키기 위해서.

그럴 터인데 왜인지. 눈물이 흘러내렸다.

"나는 이제…… 함께 싸울 수 없어."

배후에서 덮친 포탄 파편. 튼튼한 조종석마저도 잘라내는 위력의 파편.

파편도, 그 위력도 태반은 등에 달린 포가 받아내 주었다. 하지만—— 침투한 충격에 내부의 부품이 찢겨 날아갔다.

그중 하나가 지나간 왼손은—— 손목과 팔꿈치 중간에서 잘려나가 어디에도 없었다.

작가 후기

작중의 분위기는 무시하고! 바다 편입니다. 안녕하십니까, 아사토 아사토입니다.

뭐, 저는 어렸을 적부터 바다를 무서워해서, 그 공포가 강하게 드러난 편이 되었습니다만. 무서워, 바다. 그렇긴 해도 심해 다큐멘터리 방송은 좋아합니다만. 꿈이 있지요, 심해. 메갈로돈이라든가 크라켄이라든가 드래곤이라든가, 사실 어디에 없을까.

자, 그럼.

항상 감사합니다! 『86-에이티식스-』 8권 'Gunsmoke on the water' 를 보내드립니다. 타이틀의 소스는 Deep Purple의 명곡 'Smoke on the water' 에서. 이번에는 선단국군편입니다. '선단국군이 뭐지?' 라고 생각한 분은 본문을 봐주세요!

그리고 여러분, 감사합니다. 소메미야 스즈메 선생님의 『학원86』 만화 연재와! 이시이 토시마사 감독, A-1 Pictures 님 제작으로 애니메이션 제작입니다!

기쁜 나머지 꿈에서도 계속 나올 것 같습니다. 모두 많은 분들이 응원해 주신 덕분입니다. 정말로 감사합니다! 꼭 기대해 주세요!

항상 다는 주석

· 정해함

상정하는 적이 현실의 항공모함과 다르거나 예산이 없든가 해서 운용도 무장도 꽤 다른 86 세계관의 항공모함. 함대의 편성도 잠수함과 강습양륙함이 없거나 합니다. 참고로 건조한 곳은 사실 기아데 제국입니다. 예산과 기술이 없는 선단국군과 원양함 그 자체는 중요하지 않지만 운용 데이터의 취득과 건조 기술의 축적, 만에 하나 바다 정복에 성공했을 경우의 이권을 획득하고 싶은 제국과의 이해가 일치한 것입니다.

· 고래

3권 언저리에 슬쩍 나왔던, 86 세계관의 해양 설정. 등장한 것 말고도 여섯 종류 정도 있어서 여러 설정도 짜긴 했습니다만, 본편과는 전혀 관계없으니 죄다 생략.

아, 참고로 더는 안 나옵니다. 정체를 밝힐 생각도 없습니다.

마지막으로 감사의 말을.

담당 편집자, 키요세 님, 츠치야 님. 이번 권도 작품의 완성도를 올리는 지적들 감사합니다.

시라비 님. 애니메이션 축하 일러스트를 보면서 이 후기를 쓰고 있습니다.

Ⅰ-Ⅳ 님. 이번 권에서 또 아이디어를 사용하게 해 주셔서 감사합니다.

요시하라 님. 86구의 진짜 지옥을 앞으로 치밀하게 그려주신다고 생각하니 두근거립니다.

소메미야 님. 미소 넘치는 세일러복 차림의 레나와 조금 반항기인 학생복 신이 귀엽습니다. 두 사람과 동료들의 학교 생활, 앞으로도 매우매우 기대됩니다.

이시이 감독님과 스태프 여러분. 만나 뵐 때마다 86 애니메이션에 대한 막대한 열량을 느끼며, 이 분들이 제작을 담당해 주셔서 다행이라고 생각하고 있습니다.

그리고 이 책을 손에 들어주신 당신. 항상 감사합니다. 드디어 전쟁의 끝이 보이기 시작한 가운데 에이티식스들의 선택을 부디 지켜봐주세요.

그러면 이쯤에서, 사람의 출입을 거부하는 푸른 이계에. 다른 전장에서 마찬가지로 긍지 높게 사는 뱃사람들과 만나는 소년소녀의 곁으로. 당신을 잠시 데려갈 수 있기를.

후기 집필 중 BGM : Smoke on the water (Deep Purple)

86 -에이티식스- Ep.8
-Gunsmoke on the water-

2023년 03월 20일 제1판 인쇄
2024년 02월 20일 제2쇄 발행

지음 아사토 아사토
일러스트 시라비

옮김 한신남

발행 영상출판미디어(주) | **등록번호** 제 2002-000003호
주소 07551 서울특별시 강서구 양천로 570 NH서울타워 19층
대표전화 02-2013-5665

ISBN 979-11-380-2626-0
ISBN 979-11-319-8539-7 (세트)

구매 시 파손된 도서는 구매처에서 교환하실 수 있습니다.
기타 불편사항, 문의사항이 있으신 독자님께서는 노블엔진 홈페이지 [http://novelengine.com] 에서
Q&A 게시판을 이용해 주시기 바랍니다.

 노블엔진(NOVEL ENGINE)은 영상출판미디어(주)의 라이트노벨 및 관련서적 브랜드입니다.